Magnolia Creek

Jill Marie Landis

Magnolia Creek

Traduit de l'américain
par Nicole Ménage

Titre original :

MAGNOLIA CREEK
Ballantine Books,
published by The Ballantine Publishing Group,
a division of Random House, Inc., N.Y.

*Avec mes remerciements
à Shauna Summers,
Ken Christison et Donna Quist*

Quand une jolie femme perd la tête
Et découvre trop tard que les hommes sont des traîtres,
Quel charme apaisera sa mélancolie ?
Et par quel art sa culpabilité sera-t-elle effacée ?

Oliver GOLDSMITH,
Le Vicaire de Wakefield

1

Mai 1866, Kentucky Sud

Assise à l'arrière d'un chariot, la jeune femme en vêtements de deuil contemplait le paysage à travers la voilette noire qui bordait son chapeau. Non seulement celle-ci enveloppait le monde d'une pénombre mortuaire, mais elle dissimulait ses cheveux auburn, ses traits fins, ses yeux d'un bleu limpide.

Et une ecchymose sur sa joue gauche.

Elle tenait dans les bras une enfant aux cheveux blonds et bouclés, drapée d'un épais châle noir qui la protégeait du vent vif de l'après-midi. Sa fille. Profondément endormie, elle ne percevait ni la fraîcheur de ce printemps tardif ni le désespoir de sa mère.

Sara Collier Talbot voyageait depuis des jours. Elle avait marché depuis l'Ohio sur des routes dévastées par la guerre, empruntant des chemins détournés pour éviter les ponts effondrés ou les longues files d'attelages chargés de soldats qui rentraient chez eux, et de Noirs affranchis en route vers le nord. Elle avait supplié pour qu'on la laisse monter dans des charrettes et à l'arrière de fourgons bondés, voyageant sur des tas de foin ou entre des tonneaux de vivres.

Pour s'acheter sa tenue de deuil, elle avait vendu tous ses vêtements.

Elle n'avait plus ni maison, ni argent, ni fierté. Plus rien qu'un vieux sac de voyage contenant un jupon

9

propre, deux robes pour sa fille, une douzaine de biscuits salés et l'entame d'une miche de pain. Sa précieuse Elizabeth, une enfant née de la honte, était son seul trésor.

Aujourd'hui, par un coup du sort, elle revenait chez elle, à Magnolia Creek.

Une brise inattendue se leva soudain sur les terres arables. À l'abri derrière sa voilette, elle jeta un regard à l'unique autre passager, un ancien soldat vêtu de ce qui subsistait de l'uniforme des confédérés. Recroquevillé à l'autre bout du chariot, il n'avait plus que la peau sur les os. Quand Sara était montée à bord, il l'avait à peine saluée avant de refermer ses yeux tristes de vaincu et de sombrer dans le sommeil. Heureusement, car elle n'était pas d'humeur à converser.

Une paire de béquilles de fortune se trouvait près de lui. Il avait perdu le pied droit. Une barbe poivre et sel lui mangeait les joues et des taches violacées marquaient sa peau.

Sara soupira. D'une manière ou d'une autre, la guerre avait fait d'eux tous des invalides.

Elle reporta son attention sur le paysage vallonné, les collines en pente douce, les bosquets de peupliers jaunes, de sycomores, de chênes, de noisetiers et de noyers qui séparaient les champs en jachère. Çà et là s'élevaient des colonnes de fumée signalant la présence de cabanes dissimulées dans les bois.

La campagne du Kentucky avait peu changé depuis son départ, contrairement aux voyageurs qui empruntaient ses chemins écartés.

Avant la guerre, il s'agissait surtout de fermiers, de marchands ou de familles, et de quelques vagabonds. Des réfugiés les avaient en grande partie remplacés, des soldats confédérés surtout, originaires du Kentucky, des hommes bannis, accusés d'avoir trahi après que l'État avait voté l'alliance avec l'Union. À présent, un an après la capitulation, ces mêmes hommes parcouraient toujours les routes pour rentrer chez eux.

Il y avait beaucoup plus de Noirs, bien sûr. Ces anciens esclaves, qui avaient d'abord célébré leur liberté dans la liesse, affichaient maintenant le même regard désorienté que les victimes blanches de la guerre. Ils arpentaient la campagne à la recherche d'un moyen de subsistance, perdus dans ce monde chaotique.

Le Sud regorgeait de veuves comme Sara, mais à en croire les journaux, le Nord aussi.

Aux abords de la ville, la vieille pancarte était toujours là. *Bienvenue à Magnolia Creek, ville des Moulins Talbot. Trois cent quatre-vingt-un habitants.* Personne n'avait pris la peine de la remplacer. Sara savait, hélas, que l'on pouvait soustraire au moins un à ce nombre.

Magnolia Creek avait conservé ses rues rectilignes qui rappelaient les carreaux d'un plaid légèrement usé et effiloché sur les bords. Les bâtiments de brique de Main Street avaient souffert des intempéries et des canonnades. Tout comme leurs occupants, sans doute, ils gardaient des séquelles.

Une étrange mélancolie flottait dans les rues bordées de maisons blanchies à la chaux. Autour du jardin du palais de justice, on avait cloué des planches sur les fenêtres de certains magasins dont les vitres avaient disparu non seulement à cause des canons des Yankees, mais parce qu'on ne trouvait plus de carreaux. L'imposant bâtiment du palais de justice quant à lui conservait une certaine majesté avec ses drapeaux arborant les étoiles de l'Union.

Sara avait arpenté Main Street pendant des heures, à son arrivée, un peu plus tôt ce même jour, émue par les souvenirs et captivée par les nouveautés dans les vitrines des boutiques. Cette fois-ci, elle leur accorda à peine un regard.

Le fermier arrêta le chariot devant l'épicerie. Le soldat ne bougea pas quand elle descendit avec sa fille et contourna l'attelage pour remercier son propriétaire. Après avoir jeté un regard d'envie à la boutique tandis que son estomac vide gargouillait, elle lui tourna résolument le dos et se dirigea vers Ash Street.

— Nous sommes presque arrivées, mon bébé, murmura-t-elle à Elizabeth. Presque.

Elle espérait avoir fait le bon choix, et qu'on ne lui refuserait pas un repas chaud et l'hospitalité, ne serait-ce que pour une nuit.

Entourée d'une pelouse et d'une barrière blanche, la demeure était toujours la plus grande de la ville.

Parfois, la nuit, les yeux grands ouverts dans l'obscurité, elle s'était demandé si l'époque magique où elle y avait vécu n'était pas simplement le fruit de son imagination. Elle avait l'impression que sa vie d'avant-guerre n'était qu'un rêve. À quinze ans, elle y était entrée pour s'occuper de Louzanna Talbot. À dix-sept ans, après avoir été courtisée par le Dr David Talbot pendant deux semaines merveilleuses, elle l'avait épousé, la tête pleine de promesses de bonheur.

Cinq ans plus tard, elle avait du mal à croire qu'elle ait pu être cette jeune fille innocente et romantique qu'il avait prise pour femme.

Aujourd'hui, elle n'était plus que la veuve de David Talbot, mais une veuve déchue aux yeux du monde. Une femme qui avait perdu à la guerre l'homme qu'elle aimait tendrement, et qui avait ensuite fait confiance à un individu qui ne le méritait pas. Et elle se retrouvait sans rien, excepté l'enfant issue de cette funeste rencontre.

Elle scruta la grande galerie à colonnades qui courait sur la façade de la maison. Pas un signe de vie, pas un mouvement derrière les rideaux de dentelle du salon. Rassemblant son courage, elle traversa la rue à pas pressés.

Le portail était de guingois. Les mauvaises herbes avaient envahi les parterres de fleurs. La tristesse ambiante avait contaminé la maison des Talbot. Les vieilles balancelles qui faisaient face à la rue semblaient sinistres, les rideaux autrefois si blancs pendaient, jaunis et informes, derrière les vitres sales.

Un soupir de soulagement échappa à Sara quand, à travers la fenêtre du salon, elle distingua des carrés d'étoffe de couleurs différentes en cours d'assemblage, près d'une corbeille à ouvrage. Les fameuses couvertures en patchwork que Louzanna Talbot confectionnait inlassablement depuis des années, une occupation qui était devenue le centre de sa vie.

Elle essaya de calmer sa fille qui commençait à gémir et, de sa main gantée qui cachait l'absence d'alliance, elle actionna le marteau en cuivre. Trois fois. Puis elle attendit, Elizabeth bien calée sur la hanche. Comme personne ne venait ouvrir, elle frappa de nouveau, étonnée que Jamie, le serviteur noir de Louzanna Talbot, mette autant de temps à répondre.

Un léger mouvement attira alors son attention. Quelqu'un se trouvait à l'intérieur, si près de la porte que le bord du rideau du judas ovale s'était légèrement soulevé. Sara pressa le nez contre la vitre, mais elle ne voyait rien à travers sa voilette.

— Bonjour! Il y a quelqu'un? Jamie, vous êtes là? Louzanna? Tu m'entends?

Louzanna était une recluse qui avait peur de son ombre. Elle souffrait de sévères crises d'hystérie. Mais Sara resterait là toute la soirée s'il le fallait. Elle tenta de nouveau de voir à l'intérieur.

— Louzanna? Lou, ouvre la porte, s'il te plaît. C'est Sara, ajouta-t-elle en baissant la voix.

Le claquement d'un verrou se fit enfin entendre, puis un autre. La porte grinça et s'ouvrit de quelques centimètres. Une fine main blanche s'y agrippa, puis d'épaisses tresses relevées en chignon au sommet du crâne apparurent.

— Louzanna, c'est moi, Sara. Puis-je entrer ?

Sara savait ce que ce simple geste coûtait à sa belle-sœur. La sœur aînée de David avait trente-huit ans à présent. Vivant depuis si longtemps à l'abri de la lumière du soleil, elle avait, se souvenait-elle, la peau transparente, à peine ridée, et quelques rares fils d'argent dans sa chevelure brune.

Le silence s'éternisait. Finalement, un faible murmure s'éleva derrière la porte :

— C'est toi, Sara ? C'est *vraiment* toi ?

Les yeux de la jeune femme s'emplirent de larmes et elle cligna des paupières pour les chasser.

— Oui, Louzanna, c'est moi. S'il te plaît, laisse-moi entrer.

Nouveau silence. Le cœur de Sara se mit à cogner désespérément dans sa poitrine.

C'est alors que le front de Louzanna apparut dans l'entrebâillement, puis ses yeux noisette qui s'agrandirent en se posant sur l'enfant.

— Oh, Sara…

— Lou, je t'en prie.

Louzanna s'accrochait à la porte, s'en servant comme d'une carapace pour se protéger d'un monde dont elle s'était coupée bien avant que la guerre éclate.

Sara savait qu'elle était incapable de se débrouiller seule, et elle ne serait sans doute jamais partie si Jamie n'avait été là pour prendre soin d'elle.

— Où est Jamie ? s'enquit-elle.

— Parti. Avec les soldats de l'Union. Ils l'ont emmené juste après ton départ.

Le soleil déclinait lentement. Le crépuscule déroulait ses ombres sur les haies démesurément hautes et les bois qui s'élevaient derrière les maisons de Ash Street. La lumière du jour n'était plus là pour atténuer le désespoir de Sara. Elle glissa le pied entre le mur et la porte de crainte que Lou ne la referme dans un accès d'humeur.

Seigneur, donnez-lui le courage de me laisser entrer.

Affolée, Sara débita d'une voix saccadée :

— Je viens de l'Ohio. C'est un long chemin. Je suis d'abord allée chez mes parents, mais mon père m'a renvoyée. Je n'ai pas d'autre endroit où aller. Je t'en supplie, Louzanna, laisse-moi entrer. Si ce n'est pour moi, fais-le pour ma fille. Elle n'est pour rien dans ce que j'ai fait. Aie pitié d'elle, offre-nous l'asile juste pour cette nuit. Je ne te demande qu'un repas et un toit pour dormir.

Elle se souvint de la cabane où Jamie logeait, derrière la maison.

— Nous pouvons passer la nuit chez Jamie, tu ne sauras même pas que nous sommes là.

Qu'importait l'endroit dès lors qu'Elizabeth était à l'abri.

— Soulève ta voilette, Sara, dit Louzanna dans un murmure plein d'effroi.

Sara redressa sa fille sur son épaule, attrapa le bord de sa voilette et la rabattit sur son chapeau. Elle essaya de sourire, mais ses lèvres se mirent à trembler quand elle se souvint de la meurtrissure sur sa joue. Brusquement, les larmes affluèrent, lui brouillant la vue.

— Mon Dieu, Sara ! s'exclama Lou. Qu'est-il arrivé à ton visage ?

— Je... je suis tombée, mentit-elle en détournant les yeux.

Son père avait coutume de frapper d'abord, et de poser les questions ensuite. Aujourd'hui, il lui avait laissé un dernier souvenir avant de la chasser.

Lou recula et disparut momentanément. Puis la porte s'ouvrit, juste ce qu'il fallait pour que Sara puisse se glisser à l'intérieur, ce qu'elle fit en toute hâte, connaissant la terreur que la vue de la rue inspirait à Lou. Elle se tourna ensuite vers sa belle-sœur avec ce sentiment de soulagement profond qui vous envahit lorsqu'on retrouve un endroit familier après une longue errance.

Comme à son habitude, et un peu comme Sara aujourd'hui, Lou portait une robe de soie noire ornée de dentelle noire et de boutons de jais. Une alliance ornée d'une opale pendait au bout d'une longue chaîne en or, à son cou. Elle avait les traits tirés et les cheveux ternes, ainsi que quelques rides supplémentaires au coin des yeux.

En dépit des crises de terreur qui l'avaient menée au bord de la folie, Louzanna avait conservé son port altier et sa taille fine. Si les poignets et l'encolure de sa robe étaient usés, sa jupe froissée, elle était en revanche coiffée avec soin.

Calmée par la vue de ce lieu inconnu, Elizabeth blottit la tête au creux du cou de sa mère et enfourna son pouce dans sa bouche tout en observant Louzanna.

— Je suis désolée d'arriver ainsi sans prévenir, mais je n'ai vraiment pas d'autre endroit où aller, s'excusa Sara.

Le regard de Lou allait de la jeune femme à la porte, sans arrêt, comme si elle craignait que quelque horreur ne soit entrée avec elle.

— Que fais-tu toute seule, Sara ? Qu'est-il arrivé à l'homme avec lequel tu t'es enfuie ?

L'humiliation transperça le cœur de la jeune femme. Comme elle avait été stupide le jour où elle était partie en laissant l'alliance de David posée sur un mot à l'intention de Lou.

Elle déglutit avec peine. Elle pouvait mentir, certes, mais elle avait vécu presque deux ans avec Louzanna Talbot. Deux années durant lesquelles elles avaient partagé les lettres de David, leurs joies et leurs peines. Louzanna méritait mieux que des mensonges, mais

Sara ne put se résoudre à lui raconter son histoire sordide.

— Il est sorti de ma vie pour toujours.

Lou fixait la fillette, incapable d'en détacher le regard.

— Alors tu es revenue à la maison, dit-elle.

— Oui.

— Je le savais, remarque. Je n'ai jamais perdu espoir... Comment s'appelle-t-elle? ajouta-t-elle en s'efforçant de sourire.

Lou et l'enfant s'examinaient avec curiosité.

— Elizabeth.

La fillette tendit la main vers Louzanna qui, timidement, approcha la sienne. Les petits doigts agrippèrent ceux de Lou qui ferma les yeux en soupirant.

— Lou? s'inquiéta Sara, sachant comment son esprit partait parfois à la dérive.

Il fallait alors la rappeler doucement à la réalité.

Ahurie, Louzanna reporta son attention sur la jeune femme, puis tout à coup, elle lui sauta au cou, étreignant à la fois la mère et l'enfant. Quand elle s'écarta enfin, ses yeux brillaient de larmes.

— Je n'ai pas grand-chose, fit-elle d'une toute petite voix. Mais tu es la bienvenue. Tu es toujours chez toi ici, Sara. Je suis tellement contente que tu sois enfin de retour!

2

Le Dr David Talbot trébucha sur une pierre et tomba de tout son long. La route desséchée, bordée de bois de part et d'autre, avait un goût de poussière. Il grogna et s'assit en secouant la tête pour chasser les étoiles qui clignotaient devant ses yeux. La guerre l'avait brisé.

Il se sentait aussi vieux que le mulet qu'il avait trouvé, errant sur une route, et qui le regardait à présent avec une lueur de compassion.

— Je dois avoir une mine à faire peur, lui lança-t-il. Au moins, nous faisons la paire.

Les compagnons de route ne lui avaient pas manqué, depuis la Géorgie, mais le mulet était de loin le plus aimable et le plus supportable.

Après avoir arpenté le Sud des mois durant, à la recherche d'une ligne ferroviaire encore en fonction, il avait finalement traversé le Tennessee à pied et se trouvait maintenant si près de chez lui qu'il en percevait presque l'odeur.

Il se releva, les mains tremblantes. L'air du soir était frais, et il regretta d'avoir perdu la couverture que sa sœur lui avait offerte, la nuit où il était parti rejoindre l'armée confédérée dans le Tennessee. Il l'avait conservée si longtemps qu'elle était devenue une part de lui-même, tout autant que sa vieille douleur dans l'épaule et la longue cicatrice au-dessus de son oreille droite. Et tout autant que le souvenir de sa maison, de sa sœur, et surtout, de Sara, sa femme.

18

Malgré ses jambes de plomb, il poursuivit sa route, conscient que chaque pas le rapprochait de chez lui.

Il n'avait pas revu Sara depuis l'aube qui avait suivi leur mariage. Fidèle à sa promesse, il était parti subrepticement, sans lui dire au revoir. À présent, il se demandait s'il n'était pas fou de penser qu'après tout ce qu'il avait traversé, il pouvait reprendre sa vie d'autrefois là où il l'avait interrompue.

Il se rappelait chaque moment de leur brève mais ardente histoire d'amour. Il avait rencontré Sara deux ans avant de l'épouser, par une belle journée de printemps, alors qu'il partait pour le South Carolina Medical College.

La première fois qu'il avait posé les yeux sur elle, elle se trouvait dans le bac qui appartenait à son père et permettait de traverser le Magnolia Creek.

Plongé dans ses pensées, il montait à bord quand on lui tira la manche et qu'une jolie voix féminine lui dit :

— C'est cinq cents le billet, monsieur.

David plongea la main dans sa poche, en sortit une pièce et se retourna. Il se retrouva alors face aux yeux les plus bleus et les plus enchanteurs qu'il eût jamais vus. Le clapotement de l'eau contre les flancs de l'énorme bac, la toux d'un vieil homme, le babillage des enfants appuyés au bastingage, tout s'effaça de sa conscience pour ne laisser place qu'à la vision de cette jeune fille. Il sourit sans même s'en apercevoir, figé, le cœur battant, littéralement envoûté par le regard d'azur transparent.

La jeune fille lui rendit son sourire. Elle avait le teint lumineux, une peau lisse et parfaite sous la poussière qui tachait ses joues. Elle était grande pour une femme, mince comme une liane, avec une poitrine joliment ronde sous la robe cousue à la main dans un tissu rêche d'un gris fané. Et pieds nus.

Elle cligna des paupières, et le charme se rompit momentanément, du moins le temps que la main de David, qui s'était immobilisée à mi-chemin entre sa poche et l'ensorceleuse, se remît en mouvement. Les bruits lui parvinrent de nouveau, mais il continua de contempler la fascinante créature.

— Merci beaucoup, monsieur...

Absorbé par les doigts fins qui se refermaient sur la pièce, il ne comprit pas tout de suite qu'elle attendait qu'il lui dise son nom. Il se racla la gorge, le temps de se le remettre en mémoire.

— Talbot. David Talbot.

Les yeux bleus s'étrécirent et elle s'avança d'un pas vers lui, tout près. Si près...

— Talbot? Des moulins Talbot?

Son grand-père avait construit un moulin à sorgho dans la vieille ferme familiale, ce qui avait contribué à l'établissement de la ville voisine. Des fermiers de tout le comté y apportaient leurs cannes de sorgho pour les transformer. Gerald, le père de David, avait pris la suite, et la famille Talbot était demeurée l'une des plus célèbres et des plus prospères du comté.

Il hocha la tête.

— Le moulin appartenait à ma famille.

Il se surprit à souhaiter que la jeune fille reste là, qu'elle n'aille pas s'occuper des autres passagers. Tout à coup, il se moquait que le bac atteigne jamais l'autre rive. Il était simplement heureux de se perdre dans les magnifiques yeux bleus, et dans l'aimable et joli sourire.

— Êtes-vous marié, David Talbot?

Il éclata de rire, même si l'effronterie exprimée par des lèvres aussi innocentes semblait parfaitement naturelle.

— Non. Je pars pour la faculté.

— La faculté? Où?

— En Caroline du Sud.

— Si loin ! Moi, je n'ai jamais traversé rien d'autre que cette rivière.

Elle parut sur le point de le planter là, et il connut un bref accès de panique.

— Comment vous appelez-vous ? s'entendit-il alors lui demander.

— Sara. Sara Collier.

Elle avait prononcé son nom avec fierté, comme pour le mettre au défi d'en dire du mal. Il le connaissait, mais savait seulement que des Collier habitaient quelque part dans les basses terres, de l'autre côté de la rivière. Ils possédaient le bac et vivaient des quelques *cents* qu'il leur rapportait, de la chasse et de la vente d'alcool de contrebande.

— Quel âge avez-vous, Sara ? l'interrogea-t-il, poussé par une ardente curiosité.

Elle semblait très jeune, et cependant beaucoup plus âgée que lui sur de nombreux plans. Et il se surprit à se demander quel goût avaient ses lèvres.

— Un âge suffisant.

— Mais encore ?

— Je viens d'avoir quinze ans.

Cette fille si attirante mais sans éducation, qui marchait pieds nus et vivait dans les bois au-delà des basses terres n'était pas pour lui, songea-t-il avec une pointe de déception.

— Qu'allez-vous étudier à la faculté que vous ne puissiez apprendre ici, dans le Kentucky, David Talbot ?

Elle se cambra, faisant saillir ses seins, et lui sourit d'un air si clairement enjôleur qu'il en resta pantois.

— La médecine.

— Mon grand-père est guérisseur, et il m'enseigne sa science. Les herbes médicinales n'ont pas de secret pour moi. Je connais même certains sortilèges.

Elle était adorable, mais il doutait qu'une fille aussi jeune connaisse grand-chose à l'art de guérir.

À l'autre bout du bac, un jeune homme à l'allure négligée, les joues ombrées d'une barbe de trois jours, observait Sara. David l'avait vu aider les passagers à embarquer, et il supposa qu'il appartenait à la famille Collier, lui aussi.

Il s'efforça de prendre un air sérieux pour qu'on ne les soupçonne pas de badiner.

— Qu'entendez-vous par « sortilèges » ? Serait-il sorcier ?

Si son frère attendait qu'elle lui apporte l'argent du billet, elle ne semblait pas pressée d'obtempérer.

— Non. Il s'appuie sur la Bible, mais selon moi, il y a un peu de magie là-dedans. Mon grand-père appelle cela le pouvoir de la foi. Les gens ont besoin de croire qu'ils vont guérir ou que le sortilège va fonctionner. Pour certains, il peut s'agir d'incantations, mais grand-père ne recourrait jamais à des pratiques sataniques.

David se carra sur ses pieds pour lutter contre le tangage, captivé par les cheveux de Sara qui voletaient sous la brise.

— Donnez-moi un exemple.

— Eh bien, imaginons une personne souffrant d'un zona. Le remède consiste à frotter la plaie avec le sang d'un chat noir ou d'une poule noire. Ou bien… à penser très fort à la personne que vous aimez le plus.

Il se mordit la lèvre pour s'empêcher de rire, de crainte de la blesser, et concentra ses regards sur l'autre rive tandis qu'elle continuait.

— Pour un patient souffrant de rhumatismes, grand-père applique de la graisse de mouffette, et il soigne la typhoïde en posant des oignons et du poisson sur la plante de ses pieds.

— Ses pieds à lui ou ceux du patient ?

David aurait sans doute ri de sa plaisanterie s'il ne s'était perdu dans l'immense regard d'azur animé d'une lueur presque irisée.

— Êtes-vous en train de me taquiner, David Talbot ? dit-elle en affichant un air offensé que son sourire amusé démentait.

— J'ai bien peur que ce ne soit le contraire, mademoiselle Collier.

— Grand-père prend ses soins très au sérieux. Il m'a appris beaucoup de choses. Il y a certes une part de superstition, mais je suis prête à parier que bon nombre de ses remèdes sont les mêmes que ceux qu'on vous enseignera dans votre noble faculté. D'ailleurs, ajouta-t-elle en plissant les yeux, je me ferai un plaisir de vous aider quand vous vous installerez.

— Je ne reviendrai pas avant deux ans.

Cette réalité lui fit soudain retrouver son sérieux et il se demanda où serait Mlle Sara Collier dans deux ans.

— David Talbot ?

Sa voix glissa sur lui comme une crème onctueuse tandis qu'elle lui tirait de nouveau la manche.

— Je préfère vous prévenir, afin que vous ne soyez pas surpris quand cela arrivera.

— Qu'est-ce qui arrivera ?

— Nous allons nous marier. Ensemble.

Il revint au présent, et s'aperçut que les ombres s'étendaient sur le bois, que les cigales se taisaient peu à peu. Une chouette hulula quelque part. Il s'était habitué aux bruits de la nuit, mais il n'entendait plus rien quand son esprit s'évadait vers Sara.

Lorsqu'il était rentré à Magnolia Creek, deux ans plus tard, il avait découvert que Sara Collier habitait chez lui. Le Dr Maximus Porter, le médecin de la ville, un homme fort respecté, avait présenté Sara à Louzanna et incité celle-ci à engager la jeune fille comme dame de compagnie, dans l'espoir qu'elle aiderait Lou à surmonter ses crises d'hystérie en l'absence de David.

Le destin avait apparemment décidé de les réunir.

Au détour du chemin, il aperçut la lueur orangée d'un feu de camp et ralentit. Des irréductibles, des hommes qui n'avaient pas accepté la reddition pourtant vieille d'un an, erraient toujours dans les bois, incapables de surmonter leur profonde amertume. Heureusement, David portait des couleurs susceptibles de lui assurer une certaine sécurité dans cet État.

Il avait depuis longtemps troqué sa culotte d'uniforme en lambeaux pour un pantalon bon marché. Sa tunique grise d'officier n'était plus que l'ombre de celle qu'il avait jadis arborée avec fierté. L'écharpe de soie verte indiquant qu'il était médecin de l'armée servait à présent à attacher son épée et sa sacoche de cuir usé au harnachement du mulet.

— Talbot, 5e Kentucky ! cria-t-il aux deux hommes assis près du feu.

Ce serait bête de se faire tuer si près de chez lui.

Ils se tournèrent vers lui. Avec leurs cheveux roux et leurs dents écartées, on aurait dit deux frères.

— Approche. On est ici pour la nuit. De l'écureuil grillé, ça te dit ?

— Merci, fit David en tirant le mulet dans le cercle de lumière.

Il salua les deux hommes, puis sortit une boîte de haricots et des sardines en conserve d'un sac.

— T'es docteur, pas vrai ? lança le plus mince des deux barbus, la bouche pleine.

Il portait l'uniforme gris des États Confédérés d'Amérique.

— En effet, admit David.

Lorsqu'il avait été recruté, il débutait à la fois comme soldat et comme médecin, un métier dont il était fier. Mais au fur et à mesure que la guerre s'était déchaînée, il s'était senti de plus en plus inutile et dépassé.

Il avait appris à exercer dans les pires conditions, quel que soit son état d'épuisement physique ou moral. Il s'était parfois demandé combien de vies il avait vraiment sauvées en amputant des hommes d'une main, d'un pied, d'un membre ou même de deux.

Lors de sa première bataille, alors que le canon grondait au loin et que les blessés attendaient d'être opérés, il s'était félicité d'avoir assisté un médecin de campagne pendant quelques semaines avant de rentrer de Caroline du Sud.

Pendant les premières années de la guerre, il y avait eu tellement de soi-disant chirurgiens qui n'avaient jamais assisté à une opération, sans même parler d'en pratiquer !

Il lui était souvent arrivé de n'avoir pas le temps de réfléchir avant d'intervenir, et de ne se fier qu'à son instinct et à son audace. Certains jours, il aurait fait n'importe quoi pour échapper à la barbarie sanglante de la guerre. À sa grande honte, il avait même menti pour pouvoir s'en éloigner durant quelques mois bénis.

Après tout ce qu'il avait vécu, s'installer dans un cabinet tranquille à Magnolia Creek lui semblait aussi reposant que de traverser un jardin fleuri par une chaude journée d'été.

Il distribua les sardines, et ils dînèrent en parlant de temps à autre. Les deux hommes étaient bien frères, des garçons de ferme du 9e régiment du Kentucky. Ils rentraient chez eux, dans le comté de Davies.

Ils terminèrent leur repas par du café de gland. Dans le Sud, rares étaient ceux qui en avaient bu du vrai depuis des années. Ils avaient appris à fabriquer des substituts avec n'importe quel ingrédient susceptible de bouillir.

Le plus vieux des deux frères se vantait de n'avoir souffert d'aucune blessure par balle et d'avoir neuf vies à sa disposition. Pourtant, d'après les éruptions qui marquaient son cou et ses bras, David diagnostiqua une blennorragie au deuxième stade.

Il ne put lui offrir que le traitement commun : asclépias, résine et vitriol bleu. Durant la guerre, il avait traité nombre de jeunes garçons fraîchement sortis de la ferme qui avaient contracté cette maladie vénérienne auprès des prostituées qu'ils fréquentaient, surtout lorsqu'ils stationnaient en ville. Ils n'en mouraient pas directement, mais la typhoïde en plus et même une simple rougeole s'avéraient parfois fatales.

Au moins, il ne ramènerait aucune maladie à Sara. En cinq ans, il n'avait pas touché une seule femme. Il avait survécu à Shiloh et à Vicksburg, lutté contre la mort après qu'une balle l'eut atteint au-dessus de l'oreille droite. Il avait passé ensuite des mois éprouvants au camp de prisonniers de Point Lookout, dans le Maryland. Il s'estimait très chanceux.

Le souvenir de sa nuit de noces dans les bras de Sara, et la promesse de celles qui les attendaient quand ils se retrouveraient l'avaient maintenu en vie.

Plus tard cette nuit-là, étendu à même le sol dans le froid, David Talbot s'endormit le sourire aux lèvres.

Après cinq longues années, il était presque de retour chez lui.

3

Pour Sara, trouver refuge à Talbot House, c'était comme retourner dans un cocon demeuré intact en apparence. Ici, chez lui, il lui était impossible de ne pas évoquer sa mémoire. L'émotion l'avait envahie dès qu'elle avait franchi le seuil de la maison.

Les souvenirs l'assaillaient tandis qu'elle donnait à manger à Elizabeth avant de la changer et de la coucher dans l'une des chambres à l'étage. Louzanna insista ensuite pour qu'elles dînent ensemble dans la salle à manger, comme au bon vieux temps.

Tout en l'aidant à mettre la table, Sara se rappela le premier repas qu'elle avait pris ici, dans cette demeure qui lui semblait sortie d'un conte de fées avec ses innombrables chandeliers, ses pièces d'argenterie et de cristal.

À l'époque, tout cela était nouveau pour elle. Un véritable enchantement, si différent de tout ce qu'elle avait connu jusque-là que, par moments, elle ne savait plus auquel des deux mondes elle appartenait.

Dans cette splendide maison, on vivait en paix, dans le calme et la douceur, les bonnes manières, l'amour et la compréhension. David et sa sœur avaient grandi entourés de belles choses : des vêtements élégants, des tableaux sur les murs, des vases en cristal emplis de plumes et de fleurs séchées. Parfois, des fleurs fraîches remplaçaient ces bouquets immuables : du lilas au printemps, des roses en été, des fougères en automne et du houx en hiver.

Dans le salon, des pans entiers de murs étaient tapissés de livres. L'éducation, la culture, la connaissance étaient inhérentes à la richesse. Tout avait commencé quand le Dr Porter était venu à l'embarcadère lui demander si elle pouvait venir s'occuper de Louzanna Talbot. Ce fut son jour de chance.

Il l'avait alors emmenée chez le séduisant jeune homme aux yeux sombres avec lequel elle avait flirté quelques jours auparavant, et dont elle était tombée éperdument amoureuse au premier regard. Prendre soin de sa sœur n'avait présenté pour elle aucune difficulté. Elle utilisait des mélanges d'herbes que son grand-père lui avait appris à ajouter au thé, et posait des compresses au vinaigre sur le front de Louzanna chaque fois qu'elle était prise de terreurs. Elle la calmait aussi en l'entretenant de sujets simples tels que le temps ou le jardinage.

De son côté, Louzanna lui parlait de David, de ce qu'il aimait ou détestait, de son projet de prendre la suite du vieux Dr Porter, lorsqu'il aurait terminé ses études.

Quand il était rentré, au printemps 1861, Sara s'était rendu compte que ses sentiments pour lui n'avaient pas changé. Deux semaines plus tard, David lui déclarait sa flamme et la demandait en mariage. Son amour était le plus grand trésor qu'elle eût découvert à Talbot House.

Mais la guerre n'avait pas laissé à leur amour le temps de s'épanouir. Elle le lui avait enlevé à jamais.

Sara posa une assiette sur la nappe damassée. Meublée d'une grande table en bois de cerisier autour de laquelle les chaises assorties semblaient monter la garde, la salle à manger était deux fois plus grande que la cabane des Collier. La desserte, autrefois chargée d'un service à thé et de chauffe-plats en argent, était toujours contre le mur.

Sara avait pressé Louzanna de laisser Jamie cacher l'argenterie avant que les Yankees n'arrivent pour prendre la ville aux sympathisants sudistes.

Si seulement ils n'avaient emporté que des objets précieux !

Elle songea à David, si beau avec ses cheveux noirs bouclés et son regard intense, grand, bien éduqué. Lorsqu'ils s'étaient mariés, il s'apprêtait à s'installer comme médecin, et elle aurait travaillé à ses côtés.

Elle n'était certes qu'une fille des basses terres dont beaucoup pensaient qu'elle n'arriverait jamais si haut, mais elle jouissait d'un savoir de guérisseuse, d'un cœur plein d'amour et d'un désir profond de s'adapter au monde de David et de Louzanna.

Ce soir, Lou et elle étaient assises à cette table où elles avaient pris place quand David était parti à la guerre.

Fidèle à elle-même, Lou était vêtue de noir depuis que son fiancé bien-aimé, Mason Blaylock, avait trouvé la mort, désarçonné par son cheval alors qu'il se rendait à l'église, le jour de leur mariage.

— Tu portes toujours la bague de Mason, remarqua Sara.

Lou contempla le joli bijou orné d'une opale.

— Je ne l'ai jamais ôtée depuis la… tragédie.

Elle employait toujours le terme de « tragédie » dans un murmure, pour se référer au jour funeste, et elle continuait à pleurer le défunt comme s'il était parti la veille.

— Je suis désolée de n'avoir rien de plus à te proposer, poursuivit Louzanna avec cette intonation douce et modulée que Sara lui enviait jadis. Ma voisine, Minnie Foster… tu te souviens d'elle ? Elle m'a apporté ce petit poulet hier. J'ai pris l'habitude de faire durer les choses.

Sara regarda le minuscule morceau de volaille dans son assiette. Elle se rappelait Minnie, oui, et surtout son mari, Abel Foster, et ce qu'il avait fait quelques jours après qu'ils eurent appris la mort de David.

— Comment as-tu survécu toute seule, tout ce temps? demanda-t-elle à Lou, revenant au présent.

La pauvre femme ne s'aventurait jamais hors de la maison que pour aller chercher de l'eau dans le jardin de derrière et utiliser les commodités. Quand Sara était partie, elle était persuadée que Jamie, son seul lien avec le monde extérieur, resterait auprès d'elle.

— Je paie Minnie pour faire mes courses et m'apporter de la nourriture. Le Dr Porter passe me voir de temps en temps, et les voisins me donnent des petites choses quand ils peuvent. Je suis obligée d'être très économe. Le moulin a cessé de rapporter l'année où Jamie est parti, je ne sais plus très bien quand.

David avait vendu le moulin et fait mettre les traites du paiement au nom de Lou.

— Que s'est-il passé?

— Il a été incendié lorsque les troupes de l'Union ont saccagé la ville. M. Newberry n'a pas pu faire les réparations nécessaires. Il s'est retrouvé sans ressources et a dû cesser de me payer. J'ai vendu ou troqué des choses pour manger, d'innombrables choses : les sujets en porcelaine de maman, ce qui restait de l'argenterie que les Yankees n'avaient pas volée, les tableaux... La semaine dernière, j'ai même vendu ma plus belle couverture Baltimore pour un sac de pommes de terre, ajouta-t-elle, les larmes aux yeux.

Sachant ce que les ouvrages de Lou représentaient pour elle, Sara posa sa fourchette et lui prit les mains. David avait toujours veillé sur sa sœur. Il n'aurait pas aimé apprendre qu'elle avait traversé tant d'épreuves.

— Je peux t'aider, maintenant que je suis là. Les Collier ont toujours vécu au jour le jour. Je sais chasser, m'occuper d'un potager, cuisiner, nettoyer. Je connais toutes les espèces d'herbes qui poussent dans la région. Je saurai prendre soin de nous trois…

Sara se remémora la dernière pension minable où elle avait séjourné. Elle ne retournerait à cette vie qu'en dernier ressort.

— Tu m'as accueillie avec ma fille, je t'aiderai à subsister.

Elle regarda autour d'elle avant d'ajouter :

— Que comptais-tu faire après avoir vendu tout ce qui te reste ?

— Devenir plus mince, je présume, répondit Lou en tapotant les deux bandeaux de cheveux autour de son visage, un petit sourire tremblant aux lèvres.

Sara sourit à son tour, pour la première fois depuis des semaines.

Toutes deux avaient été comme des sœurs, autrefois. Elles avaient pleuré ensemble, s'étaient préparées à affronter l'ennemi, avaient aidé à confectionner des pansements que la Ligue des femmes de Magnolia Creek envoyait aux troupes confédérées. Lou lui avait donné des cours, l'avait aidée à lire des articles de *La Sentinelle*. Elles étaient devenues très proches bien avant que Sara épouse David.

Quel soulagement que Louzanna accepte de tourner la page sur le passé et de reprendre les choses là où elles s'étaient arrêtées.

Contre toute attente, le petit morceau de poulet et le pain la rassasièrent. Sara était habituée à se contenter de presque rien.

— Ton retour est une bénédiction, lui confia Louzanna en se tamponnant délicatement la bouche avec une serviette de lin.

Sara croisa les mains et prit une longue inspiration.

— As-tu reçu un avis officiel de la mort de David, Lou ?

Avant de quitter la ville, elle n'avait eu aucune confirmation officielle, seulement le compte rendu de Hugh.

Lou posa sa serviette d'un geste ferme. Pour une personne d'apparence aussi fragile, elle savait parfois faire preuve d'une force étonnante. Quand elle avait pris une décision, rien ne pouvait l'ébranler.

— Comment peux-tu me poser une telle question ? Je n'ai reçu aucune confirmation officielle pour la bonne raison que David n'est *pas* mort. Je l'aurais su si cela avait été le cas.

— Hugh William le tenait dans ses bras quand il a rendu le dernier soupir. Et Keith Jackman l'a vu tomber.

Hugh, le meilleur ami de David et le capitaine de leur régiment, avaient risqué la prison en franchissant la frontière du Kentucky pour leur apporter la nouvelle de la mort de David.

— Je me moque de ce que Hugh Wickham a dit. Je n'ai jamais reçu de confirmation officielle, et pour cause, puisque mon frère est toujours *vivant*. Il sera bientôt de retour, crois-moi.

Quand les communications n'étaient pas encore rompues, David écrivait tous les jours de Camp Boone, dans le Tennessee, décrivant ses activités de chirurgien, les maladies qui sévissaient dans le camp, les hommes morts avant même d'avoir pu combattre. Quotidiennes, puis hebdomadaires, ses lettres s'étaient espacées pour cesser complètement d'arriver quand la Kentucky Brigade était entrée en action. Dès lors, le courrier des confédérés était devenu illicite dans le Kentucky.

Sara avait conservé les lettres de David, certaines presque en lambeaux à force d'avoir été lues et relues.

Quelques mois après l'arrêt du courrier, Hugh

s'était présenté à la maison pour annoncer la terrible nouvelle. Sara avait à peine eu le temps d'être une épouse qu'elle était devenue veuve.

Au début, tout comme Lou, elle avait refusé d'admettre la mort de son mari. Mais après un an et demi de deuil et de ténèbres, elle s'était réveillée un matin, terrifiée à l'idée de devenir comme sa belle-sœur, de finir sa vie en noir, et de coudre indéfiniment des milliers de pièces de tissu entre elles en sombrant peu à peu dans la folie.

Lou fixait Sara en tremblant.

— Tu as commis une terrible erreur en t'enfuyant avec un autre homme. Comment as-tu pu faire une chose pareille, Sara? Déshonorer la mémoire de David de cette façon?

Lou avait raison. Elle avait commis la plus grave erreur de sa vie en se laissant séduire par un homme qui l'avait étourdie de belles paroles et de fausses promesses. Elle l'avait cru parce qu'elle était seule, qu'elle souffrait et qu'elle craignait de sombrer dans la folie, comme Lou qui, en s'enfermant dans son chagrin, avait développé une peur panique de l'extérieur.

Croyant à tort qu'elle pouvait faire une place à un autre dans son cœur, même si David y resterait à jamais, Sara avait donné sa confiance à un homme qui ne la méritait pas, un charmant lieutenant yankee.

Elle essaya de s'expliquer de son mieux sans avouer pour autant à Louzanna les vraies raisons de son départ.

— J'avais seulement dix-huit ans, Lou, et une longue vie de solitude m'attendait avec cette douleur d'avoir perdu David qui ne me quittait pas. Je voulais remplir le vide terrible qui m'habitait. Il avait promis de m'épouser, de me faire voir le monde.

Sara soupira et se laissa aller contre le dossier de sa chaise.

— J'étais jeune et j'avais tellement besoin de le croire.

Elle avait essayé d'aimer Jonathan, et était même parvenue, durant un temps, à s'imaginer qu'il la rendait heureuse. Il ne ressemblait en rien à David avec ses cheveux blonds, ses yeux bleus et son caractère exubérant. Elle ignorait alors que c'était un menteur consommé.

Pourquoi avait-il fallu que le destin mette David sur sa route, pour le lui enlever ensuite aussi prématurément ?

Elle leva les yeux et s'aperçut que Lou attendait la suite.

— Jonathan… poursuivit-elle en détournant le regard, Jonathan n'était pas celui que je croyais. Ce n'était pas un homme estimable, comme David. Il était sans honneur et dépourvu de sentiments.

— Tu aurais dû le deviner, c'était un Yankee.

— Je ne comprenais rien à cette guerre à l'époque. Ma famille n'avait jamais pris parti d'un côté ou de l'autre. Je ne comprends d'ailleurs toujours pas comment on en est arrivé à s'entre-tuer entre Américains.

— Est-ce qu'il t'a épousée ?

— Non. Il prétendait qu'il en avait l'intention, mais pas avant d'avoir eu la confirmation officielle de la mort de mon mari. Je t'ai écrit deux fois pour te donner de mes nouvelles, Lou.

— Vraiment ? Je n'ai jamais rien reçu, fit-elle, et sa surprise semblait si sincère qu'elle ne pouvait être feinte.

La seule bénédiction issue de leur union était Elizabeth. Si Sara se repentait amèrement de cette aventure sordide, jamais elle ne regretterait la naissance de sa fille. En ville, tout le monde savait qu'elle était partie avec un homme sans l'avoir épousé. Sa réputation était tellement salie que son propre père avait refusé de lui ouvrir sa porte.

34

— Oh, Sara, ton pauvre bébé... un bâtard, murmura Lou.

Sara saisit sa serviette d'une main tremblante et la plia avec soin comme Lou le lui avait appris quand elle n'était qu'une fille à peine sortie des bois, et qui n'avait encore jamais touché du lin. Auprès de sa belle-sœur, elle s'était toujours sentie comme une vieille poule égarée dans un nid d'alouettes.

— J'aimerais pouvoir revenir en arrière et changer les choses, Lou. Je regrette de t'avoir déçue. Dans mon innocence, j'ai cru que Jonathan était le remède à ma peine. Tout me rappelait David, ici. Il fallait que je parte. Pendant une brève période, j'ai cru être parvenue à surmonter l'idée de sa mort...

— Il n'est *pas* mort ! s'écria Lou en se levant d'un bond, les doigts agrippés au rebord de la table, le regard fou.

Sara s'alarma. Elle avait oublié combien sa belle-sœur sombrait facilement dans l'hystérie.

— Louzanna, ça va ? Veux-tu que je t'apporte un mouchoir à la lavande ? Une infusion de scutella ?

L'espace d'un instant, ce fut comme si ces deux années ne s'étaient pas écoulées et que Sara n'avait jamais cessé de s'occuper d'elle.

Cloîtrée dans la maison qui l'avait vu naître, Louzanna vivait totalement coupée de la réalité, indifférente au temps qui passait. Seuls les changements de saison et les morceaux de tissus colorés qu'elle assemblait lui offraient quelques repères.

Ainsi, en dépit de ce qu'on lui avait dit, s'accrochait-elle à l'espoir que David reviendrait.

Sachant que se quereller à ce propos ne mènerait à rien, et que les affrontements ne faisaient que la bouleverser, Sara préféra changer de sujet.

— Merci pour ce repas, Louzanna, d'autant que les temps sont durs. Et merci de nous avoir accueillies. Je sais qu'à tes yeux, j'ai trahi la mémoire de David et que j'ai péché en vivant avec un homme sans être mariée. Ma fille est peut-être une bâtarde, mais elle n'y est pour rien, et elle demeure le plus précieux cadeau que la vie m'ait offert.

— Elle est très jolie, admit Lou d'une voix douce.

— Merci, souffla Sara tandis que les larmes perlaient aux paupières de sa belle-sœur.

— J'aurais aimé qu'elle soit de David.

Le cœur de Sara se serra douloureusement.

« Moi aussi, pensa-t-elle. Moi aussi ! »

4

Cette nuit-là, Sara se retrouva dans la chambre qu'elle occupait quand elle avait été engagée comme dame de compagnie de Louzanna. Elizabeth dormait paisiblement dans le petit lit qui avait été celui de David et de sa sœur. Les deux femmes étaient allées le chercher dans le grenier, avant de se coucher.

Quelques couvertures en patchwork pliées constituaient un épais matelas. Celle de couleur ivoire qui recouvrait la fillette était ornée de boutons de roses brodés à la main.

Sara avait toujours trouvé que cette chambre était la plus agréable de la maison, avec ses deux lampes à huile jumelles sur les tables de nuit, son papier peint imprimé de feuilles de vigne et de fleurs, son lit à baldaquin orné d'une courtepointe aux tons pastel, brodée d'anneaux nuptiaux entrelacés. La première fois que Sara y avait dormi, elle y avait vu un heureux présage.

Autrefois d'une propreté impeccable, la pièce était aujourd'hui poussiéreuse, les meubles avaient besoin d'être cirés, et la porte de l'armoire était de guingois. Louzanna n'avait jamais épousseté quoi que ce soit de sa vie. En l'absence de Jamie, l'entretien de la maison laissait grandement à désirer.

Tous les vêtements que Sara avait abandonnés quand elle s'était sauvée avec Jonathan étaient toujours soigneusement rangés dans la penderie, des robes imprimées dont une en soie jaune pâle.

Elle essaya une chemise de nuit. Sa poitrine s'était arrondie, mais elle lui allait toujours. Sur la table de nuit se trouvait la brosse à cheveux en ivoire gravée aux initiales de la mère de David. Elle faisait partie du trousseau que Lou lui avait offert le soir de son mariage, et elle était restée posée là, comme si elle attendait son retour. Elle caressa l'ivoire jauni, ôta les épingles de ses cheveux et les coiffa.

Au début, elle évita de se regarder dans le miroir, puis elle rassembla son courage et affronta son reflet. La chemise de nuit était d'une blancheur de neige, et la lumière des lampes accrochait des éclats roux dans ses cheveux brillants. L'ecchymose que lui avait infligée son père lui barrait la pommette gauche.

À vingt-deux ans, elle était encore jeune. Aucune ride n'altérait son visage, et sa peau, bien que moins pâle que celle de Louzanna, n'était pas abîmée en dépit des heures passées à travailler en plein soleil, dans une ferme de l'Ohio.

En revanche, ses yeux… Seigneur, comme ils semblaient vieux ! Des yeux âgés dans un visage jeune.

À quoi ressemblerait David aujourd'hui, s'il avait vécu ?

Les ravages de la guerre auraient-ils marqué ses traits ?

Dans cette chambre où ils n'avaient passé qu'une seule nuit, la souffrance la frappa de plein fouet tandis que les souvenirs qu'elle s'était évertuée à enfouir au plus profond d'elle-même remontaient lentement à la surface.

C'était il y a longtemps, au printemps de ses quinze ans. Ce matin-là, avant sa rencontre avec David, elle était étendue dans le grenier de la vieille cabane en rondins, les yeux grands ouverts, essayant d'imaginer l'homme qu'elle épouserait. Elle le voyait grand, brun, séduisant, s'exprimant bien, légèrement ténébreux peut-être. Et avec toutes ses dents, tant qu'à faire.

Dès son anniversaire, son père avait décidé qu'il était temps de la marier, mais elle avait refusé tous ceux qu'il lui avait présentés, les jeunes comme les vieux. Il avait fini par s'énerver et avait juré qu'elle serait « casée » avant l'automne.

Déterminée à choisir elle-même son futur époux, elle s'était réveillée à l'aube, ce jour-là. Elle s'était levée avec précaution, veillant à demeurer courbée pour ne pas se cogner au plafond fortement incliné, et avait enjambé ses frères et sœurs blottis les uns contre les autres comme une portée de chiots.

Ce qu'elle s'apprêtait à faire nécessitait un minimum d'intimité, un luxe rare chez les Collier. Elle descendit sans bruit l'échelle qui donnait accès à la salle, et longea sur la pointe des pieds le lit où son père et sa mère dormaient avec le petit Arlo, deux ans, Fannie et Kitty, trois et cinq ans.

Elle ôta ensuite le tamis que sa mère suspendait chaque soir à la poignée de la porte d'entrée pour empêcher les sorcières d'entrer, et se glissa dehors. Elle descendit en courant le vieux sentier indien qui conduisait au bois et ralentit dès qu'elle fut hors de vue de la cabane.

Une fois dans la prairie, elle se dirigea vers le tronc noueux du vieux chêne tombé depuis longtemps et s'agenouilla près de lui dans l'herbe mouillée. Elle posa d'abord les mains sur son écorce, comme pour s'imprégner de la sagesse que symbolisait l'arbre mort.

Dans la cavité autrefois occupée par un nœud, la rosée s'était accumulée. Tout était réuni pour que le charme fonctionne.

Elle se pencha au-dessus de l'eau dans la lumière encore grise du petit jour. Son reflet vacilla à la surface, puis disparut quand elle y plongea ses mains réunies en coupe pour recueillir le précieux liquide. Le cœur battant, elle attendit que le soleil apparaisse à l'horizon et que sa lumière se répande sur le paysage. Alors elle se rinça le visage, à trois reprises, pour s'assurer du succès de l'opération.

Une fois le rituel accompli, elle s'assit sur les talons et ferma les yeux. « Lave-toi le visage avec la rosée du matin au point du jour et aucun homme ne pourra te résister, lui avait affirmé son grand-père. Tu rencontreras l'amour véritable. »

À l'en croire, ce charme était vieux comme le monde, et elle ne devrait pas y recourir à la légère. Pour sa part, elle n'accordait pas beaucoup de valeur à ce genre de pratiques, mais elle n'avait rien à perdre à essayer.

Ce jour-là, elle décida de travailler au bac avec son père et ses frères, ce qui lui arrivait rarement. Dès qu'elle avait posé les yeux sur David, le duvet de ses bras s'était hérissé et un long frisson l'avait parcourue de la tête aux pieds. L'air lui avait soudain manqué, comme la fois où son frère Darrel lui avait fait boire une gorgée d'eau-de-vie de l'alambic qu'ils cachaient dans les bois.

David Talbot était le plus bel homme qu'elle eût jamais vu. Très élégant dans son costume trois pièces et ses chaussures de cuir fin, il ne ressemblait à aucun des garçons de son entourage, et elle avait su aussitôt qu'il lui était destiné. Pourquoi aurait-il traversé la rivière le jour précis où elle avait décidé de travailler sur le bac ?

Son cœur avait failli se briser lorsqu'il lui avait dit qu'il partait pour la Caroline du Sud. Elle venait juste de le trouver qu'il s'en allait déjà !

Elle était sûre d'avoir vu du regret dans ses yeux quand le bac avait atteint l'autre rive et qu'il lui avait fait ses adieux. Après tout, elle l'avait fait rire en lui annonçant qu'ils se marieraient un jour.

— J'ai été heureux de faire votre connaissance, Sara Collier, lui avait-il déclaré avant de la quitter.

Avec l'un de ses sourires à couper le souffle, il avait poliment soulevé son chapeau, comme un vrai gentleman, avant de prendre les rênes de son cheval pour se diriger vers le bord du bac qui venait d'accoster.

— Oh, soyez tranquille, David Talbot, vous me reverrez, avait-elle rétorqué en le suivant. N'oubliez pas que nous nous marierons un jour.

Il avait ri de nouveau, et elle n'avait jamais oublié le timbre joyeux de ce rire. Elle avait agité la main pour lui dire au revoir gaiement, mais son cœur s'était serré douloureusement quand il avait sauté sur la rive en entraînant son cheval. Avant de s'éloigner, il s'était retourné sur sa selle pour la regarder. Alors elle avait eu l'audace de lui envoyer un baiser qu'il avait accueilli en s'inclinant légèrement.

Il s'était encore retourné deux fois avant de disparaître à la vue, et elle en avait déduit qu'il penserait à elle, du moins pendant un moment.

— Tu as l'argent des billets ? lui avait demandé Donnie, l'un de ses demi-frères.

Il sentait le tabac et la graisse rance. Son cou était épais et son large menton couvert d'une barbe de plusieurs jours. Sara plissa le nez. La différence entre Donnie et David Talbot était terrible.

Elle détacha sa bourse de sa ceinture et la lui tendit. Sauf une pièce, qui lui réchauffait la main, et le cœur : celle que David lui avait remise.

Cette nuit-là, elle la glissa sous son oreiller dans l'espoir de rêver du beau jeune homme qu'elle venait de rencontrer, dans l'espoir qu'un jour peut-être le destin les réunirait de nouveau.

Sara soupira. Quelques jours plus tard, le Dr Porter l'emmenait chez celui qui ne quittait pas ses pensées.

Elle avait alors soigné Louzanna, l'avait aidé à tenir ses crises de terreur en respect. Puis David était revenu, et ils étaient restés ensemble jusqu'à ce que la guerre, qui se moquait bien des rêves, des espoirs et des promesses, les sépare de nouveau.

À présent qu'elle se retrouvait chez lui, David allait hanter ses nuits comme il hantait ses jours.

5

Il serait à la maison avant midi.

David salua ses compagnons et reprit le chemin vers l'avenir. Son avenir avec Sara.

Une belle journée de printemps s'annonçait. La rosée matinale étincelait sur le sol humide. Les fleurs rouges des cornouillers auraient égayé le cœur le plus sombre. Les érables, les chênes, les hêtres bourgeonnaient, annonçant la vie qui renaissait envers et contre tout.

C'était la saison idéale pour s'installer comme médecin et fonder une famille. Il avait hâte de voir sa maison remplie d'enfants. L'univers de Louzanna s'élargirait quand elle aurait des neveux et des nièces, même si elle continuait de rester cloîtrée.

Sara. Encore et toujours. Il avait gardé d'elle l'image d'une femme-enfant et se demandait si elle avait changé. Enfin, il allait pouvoir lui offrir l'avenir qu'il lui avait promis. À midi, si Dieu le voulait, il serait chez lui.

La fraîcheur matinale se dissipa à mesure que le soleil montait dans le ciel, et il se félicita d'avoir pris ce vieux chapeau informe sur le crâne d'un caporal mourant qui n'en aurait pas eu l'utilité.

Après avoir été blessé à la tête, à Shiloh, on avait transporté David dans l'hôpital d'une prison du Maryland où il s'était morfondu sans savoir qui il était ni comment il avait échoué là. Même sa sacoche contenant ses instruments chirurgicaux ne l'avait pas aidé à recouvrer la mémoire qui lui était peu à peu revenue au bout de trois semaines. Immédiatement, le souvenir de Sara avait recommencé à le hanter sans relâche.

Il n'avait révélé son identité à personne, car si on avait su qu'il était médecin, on l'aurait échangé avec des prisonniers de l'Union dès son rétablissement. Alors, incapable de retourner exercer la chirurgie sur les champs de bataille, il feignit l'amnésie durant six mois, jusqu'à ce que sa conscience et son sens de l'honneur reprennent le dessus.

Il avait aussitôt écrit à Sara et à Lou sans jamais obtenir de réponse. Quand il réintégra son régiment, il apprit que les lettres n'étaient probablement pas parvenues dans le Kentucky.

Frustré, il s'était contenté de rêver de sa femme nuit et jour, et de lui composer mentalement des centaines de lettres.

Encore aujourd'hui, il se souvenait de sa stupeur lorsqu'il avait découvert Sara chez lui, le jour où il était rentré de la faculté.

Elle se tenait devant lui, souriante, les yeux brillants d'excitation, d'espoir et d'anticipation. La robe de toile grossière et le visage sale n'étaient plus qu'un souvenir. Elle avait tout d'une lady dans sa robe de mousseline brodée de fleurs. Ses pieds, nus et terreux autrefois, étaient chaussés de jolies mules. En deux ans, la petite sauvageonne effrontée qui avait prédit leur mariage était devenue une superbe jeune femme.

— Surpris, n'est-ce pas ? Bienvenu chez vous, David.

Il était entré, avait posé son sac et ôté son chapeau sans en croire ses yeux.

— Qu'est-ce qui me vaut le plaisir de vous trouver ici, chez moi, mademoiselle Collier ?

Elle avait reculé et l'avait toisé d'un air espiègle.

— Je travaille pour votre sœur. Le Dr Porter m'a engagée comme dame de compagnie parce qu'elle n'allait pas très bien depuis votre départ. Elle se porte comme un charme à présent, du moins la plupart du temps.

Il avait beau essayer de nier l'attirance que cette quasi inconnue exerçait sur lui, il sentait son sang courir plus vite dans ses veines. Il se souvint qu'elle lui avait dit s'y entendre en guérison et en herbes.

Il était si près d'elle qu'il sentait le subtil parfum citronné du savon sur sa peau et voyait une veine battre au creux de son cou. Jamais aucune femme ne l'avait attiré à ce point. Avec son regard lumineux et son sourire mutin, elle était la tentation incarnée.

Le lendemain soir, après le dîner, il alla voir le Dr Porter pour l'interroger à propos de Sara.

Tandis qu'ils étaient assis sur le porche, le vieux médecin frotta sa barbe grise et raconta à David comment Sara était devenue la dame de compagnie de Louzanna.

— Ta sœur n'a rien voulu te dire, mon garçon, mais elle était terrifiée quand tu es parti ; elle était convaincue qu'il t'arriverait malheur. Jamie m'envoyait chercher sans arrêt pour essayer de la calmer. Un jour où j'avais pris le bac pour traverser la rivière, je me suis mis à discuter avec Sara. Je l'ai trouvée vive, s'exprimant bien malgré son manque d'éducation. Nous avons parlé de son grand-père Wilkes, de ce qu'il lui avait transmis de son art de guérisseur, et je me suis dit qu'elle était exactement la personne dont Louzanna avait besoin. Elle a sauté sur cette occasion que je lui offrais de quitter sa cabane, et c'est ainsi que je l'ai présentée à ta sœur. Dès qu'elle l'a vue, Louzanna l'a prise sous son aile avec l'intention d'en faire une lady.

Le Dr Porter lui avait ensuite exposé la situation des Collier.

— Ils sont d'une pauvreté effrayante. Ils vivent à quatorze dans une cabane d'une seule pièce. Le vieux Daniel Wilkes, le père de Mme Collier, habite dans une cabane attenante, mais il se tient à l'écart. Il exerce avec une Bible dans une main et ses superstitions dans l'autre. Il prépare des remèdes et des potions maison en plus de ses recettes spirituelles pour soigner la population des basses terres. Depuis des années, je m'occupe de ceux qui habitent de ce côté-ci de la rivière pendant que Daniel Wilkes se charge de ceux qui vivent de l'autre côté.

« La plupart d'entre eux subviennent à leurs besoins. Ils ont tendance à se tenir à distance de ceux qui ne leur ressemblent pas. DeWitt Collier, le père de Sara, est un vaurien de la pire espèce, un sale type, violent à ses heures. Ses deux aînés sont de sa première femme.

David s'était toujours demandé comment Sara avait pu rester aussi pure et enjouée en ayant grandi dans un milieu pareil, et il fut reconnaissant au Dr Porter de l'en avoir sortie.

— Je suis impatient d'annoncer que mon protégé est de retour et que je vais pouvoir me retirer, continua le vieux médecin.

— Pas si vite, doc ! J'ai dit à Hugh Wickham que je l'accompagnerais quand il irait s'enrôler au Camp Boone.

— Je sais que tu penses la même chose que moi de l'esclavage, et que le jour où ton père nous a quittés, tu as affranchi Jamie. Alors pourquoi rejoindre les confédérés ?

— J'espérais que le Kentucky demeurerait neutre, mais la législature n'a pas voté en ce sens. Nous nous retrouvons contraints de prendre parti. Les hommes qui ont formé le régiment de Magnolia Creek sont comme des frères pour moi. Je me vois mal rester tranquillement ici pendant que mes amis et voisins iront risquer leur vie pour le Sud. Je ne peux ignorer leur appel à l'aide quand j'ai fait des études pour apprendre à sauver des vies. C'est une question d'honneur, cela n'a rien à voir avec mes convictions politiques.

Il tenait à continuer à vivre parmi eux après la guerre, et à soigner leurs familles. Comment aurait-il pu se dresser contre eux et refuser de devenir le médecin de la compagnie de Hugh ?

La seule chose qu'il n'avait pas prévue, c'était qu'il tomberait éperdument amoureux de Sara Collier.

La première fois qu'il avait osé l'embrasser, une semaine après son retour, il se trouvait dans la grange où elle l'avait rejoint. Après le dîner, ce soir-là, elle s'était assise près du feu tandis que Lou s'installait avec son ouvrage de couture, et il leur avait lu le compte rendu sur la guerre dans *La Sentinelle*.

D'humeur aussi légère et enjôleuse à son égard que le jour de leur rencontre, Sara ne le lâchait pas des yeux, l'écoutant avec une telle attention qu'il avait failli plier le journal pour aller la prendre dans ses bras.

Dès que sa sœur avait annoncé qu'elle allait se coucher, il s'était excusé, prétextant qu'il devait s'occuper des chevaux. À vrai dire, il désirait Sara avec une telle ardeur qu'il craignait de ne pas réussir à se contenir s'il se retrouvait seul avec elle.

Il avait prévu de ne rentrer que lorsque la maison serait endormie, mais Sara était venue le retrouver, ruinant ses efforts.

— David ?

Surpris, il s'était exprimé plus durement qu'il ne l'aurait voulu.

— Que faites-vous ici ?

— Je voulais vous parler.

— Il est tard, Sara.

— Je vous ai entendu dire à Louzanna que vous comptiez vous engager. Je ne pourrais supporter qu'il vous arrive quelque chose. Vous n'êtes pas obligé de partir, quoi qu'en disent Hugh Wickham et les autres. Mon père et mes frères aînés n'iront pas se battre. Ils resteront ici à vendre du whisky aux deux camps. Vous aussi vous pouvez rester chez vous et gagner de l'argent. Il y aura toujours des malades à soigner, et si les combats se rapprochent, le Dr Porter aura besoin de vous.

Il avait essayé de lui expliquer qu'il agissait par loyauté envers des gens qu'il connaissait depuis toujours, et non par cupidité. S'engager comme médecin de leur compagnie, c'était une façon de payer en retour ces hommes qui avaient travaillé au moulin, contribuant ainsi à la richesse de sa famille.

Mais il avait compris qu'avec l'éducation qu'elle avait reçue, elle n'était pas en mesure de comprendre ses motivations.

— Ces quelques jours que je viens de passer avec vous ont été les plus beaux de ma vie, lui avait-elle alors avoué. Je ne supporte pas l'idée que vous partiez à nouveau. Et Louzanna non plus.

— Elle va beaucoup mieux depuis que vous êtes là.

— Cela ne signifie pas qu'elle continuera d'aller bien quand vous serez à la guerre.

— Je vais m'engager, Sara. Il y a des choses que l'on doit faire parfois pour mériter de s'appeler un homme.

— Il y a des choses qu'une femme doit faire aussi, David. Vous empêcher d'aller vous faire tuer, par exemple.

Il avait contemplé son visage levé vers lui, tremblant de désir au point qu'il dut se détourner. Elle avait soupiré et lui avait effleuré le bras pour qu'il la regarde de nouveau.

— Je suis désolée. Je sais que cela ne fait que quelques jours, mais j'ai l'impression de vous connaître si bien. Vous… vous êtes devenu si important pour moi que…

Sans lui laisser une chance de dire quoi que ce soit d'autre, il l'avait attirée dans ses bras, succombant à la tentation. Il avait glissé les doigts dans ses cheveux, fait ployer sa nuque, puis, resserrant son étreinte, s'était emparé de ses lèvres au goût de miel.

Quand il avait enfin mis un terme à leur baiser, ils étaient tous deux pantelants. C'était une nuit de pleine lune. Le printemps déployait sa magie vieille comme le monde où la puissance du désir abolit les différences de classe sociale.

— Embrassez-moi encore, avait-elle murmuré en prenant le visage de David entre ses mains tremblantes. Cela ne ressemble à rien de tout ce que j'avais pu imaginer. S'il vous plaît…

Elle était douce, chaude, innocente et… tellement tentante ! Dès qu'il avait senti ses lèvres sous les siennes, il avait su qu'il voulait plus que cela. Il la voulait pour toujours.

Tandis qu'il la tenait dans ses bras, il s'était demandé comment une jeune femme aussi belle pourrait être en sécurité une fois que les combats auraient commencé. Qu'adviendrait-il d'elle si sa famille la rappelait et que les troupes entraient à Magnolia Creek ? Il l'imaginait, travaillant sur un bac plein de soldats, ou bien vendant du whisky sur les routes.

Réalisant soudain qu'il ferait n'importe quoi pour la protéger, il avait compris qu'il n'était pas seulement épris. Il était amoureux.

Elle lui souriait avec une candeur qui lui coupa le souffle, et il sut que, s'il l'embrassait à nouveau, il ne pourrait plus revenir en arrière.

Mais il était hors de question qu'il ne se conduise pas honorablement avec elle.

— Nous ne nous connaissons pas depuis long-temps, mais il est impossible de dire ce qui sortira de cette guerre. Voulez-vous m'épouser, Sara ? Voulez-vous devenir ma femme ?

— Je sais quel genre d'homme vous êtes, David. Je l'ai su dès que je vous ai rencontré, sur le bac. Je serai votre femme pour la vie, la meilleure femme dont un homme puisse rêver.

— Dans ce cas, nous nous marierons à la fin de la semaine.

— Vous comptez toujours aller dans le Tennessee avec Hugh ?

— Oui. Cela change-t-il quelque chose ?

— Bien sûr que non. Je vous aime, David.

Il la contempla, submergé de bonheur. Même la guerre toute proche et son cortège d'inquiétudes ne pouvaient assombrir une si lumineuse déclaration d'amour.

— Maintenant que je sais que la plus belle femme du Kentucky m'attend, je vaincrai les Yankees et je rentrerai à la maison avant même que vous vous soyez aperçue que je suis parti.

En ce printemps de 1861, il était aussi naïf que les autres en croyant que la guerre ne durerait que quelques mois et qu'il serait de retour chez lui pour célébrer son premier Noël avec Sara.

6

Louzanna adorait l'aurore. Elle aimait se lever avant l'aube, descendre dans le jardin d'hiver et contempler la campagne dans la pâle lumière rose du lever du jour. Un rituel quotidien qui lui permettait d'assister aux changements de saisons.

Ce matin-là, il était plus tard quand elle descendit, enveloppée dans un peignoir gris. Après s'être tournée et retournée dans son lit, elle avait fini par sombrer dans un sommeil lourd. Elizabeth avait passé une nuit agitée, criant parfois. En descendant, Lou avait entendu Sara chantonner une berceuse à sa ravissante petite fille qui avait déjà redonné vie à la vieille maison silencieuse.

Le jardin d'hiver tout en verre avait été construit par David et Jamie à son intention, afin qu'elle puisse profiter de son jardin sans avoir à sortir. De même, des bûches et du petit-bois étaient empilés tout près de la porte de derrière afin qu'elle n'ait pas à s'aventurer trop loin pour remplir son panier. Après le départ de Jamie, ses voisins avaient entreposé ses provisions de bois au même endroit, sachant qu'elle serait morte de froid plutôt que de sortir les chercher.

Elle prit quelques bûches et s'apprêtait à rentrer quand elle aperçut Minnie Foster, sa voisine, qui traversait le jardin.

Minnie ne lui donnait jamais rien sans exiger un paiement en retour. Quand le moulin avait cessé de lui rapporter, Lou lui avait cédé les bibelots de sa mère les uns après les autres, en échange du minimum vital. Elle avait même troqué une collection de tableaux pour de la nourriture.

Bien qu'elle eût aperçu Lou à travers la fenêtre latérale, Minnie frappa bruyamment à la porte de derrière qui s'entrouvrit peu après.

Louzanna n'avait jamais beaucoup aimé Minnie, mais elle l'invitait jadis à ses cercles de couture, car elle réussissait de superbes patchworks. Âgée d'une quarantaine d'années, Minnie avait épousé Abel Foster, le propriétaire du journal local, *La Sentinelle de Magnolia Creek*. Ils avaient perdu leur fils unique, Arthur, à la guerre. Peu après, Lou apprenait la mort de David, et les deux femmes avaient pleuré ensemble.

Petite et râblée, les cheveux d'un blond vif, Minnie était la commère la plus efficace de la ville. Et elle en tirait orgueil.

Quand elle entra dans la cuisine, Lou serra le bois dans ses bras en espérant que Sara ne descendrait pas. Elle n'avait pas envie d'expliquer la situation de sa belle-sœur, et elle pria pour qu'Elizabeth ne se mette pas à pleurer.

— Tu es bien matinale, Minnie.

Cette dernière scruta la pièce dans ses moindres recoins avant d'arrêter le regard sur la porte ouverte.

— Où est-elle ?

Lou prit le temps de ranger le bois dans le panier posé sur le sol, près de la cuisinière, puis brossa son peignoir. Pour empêcher ses mains de trembler, elle agrippa le pendentif qui ne la quittait jamais, son talisman, son seul lien avec la brève époque où elle avait été heureuse.

— Qui ? demanda-t-elle d'une petite voix timide qui ne cadrait pas avec l'expression assurée qu'elle essayait d'adopter.

Minnie alla jusqu'à la porte et passa la tête dans l'entrée avant de se tourner vers Lou.

— Tu sais très bien qui. *Elle*. Cette femme. Sara Collier.

— Elle s'appelle toujours Sara Talbot, rétorqua Lou.

Elle se serait mordu la langue pour avoir vendu la mèche.

Le regard de Minnie s'éclaira, et un petit sourire satisfait lui vint aux lèvres.

— Alors comme ça, elle ne s'est pas remariée ?

Louzanna avait conscience d'avoir commis une erreur, mais elle était incapable de mentir. Elle serra l'alliance entre ses doigts sans en tirer, hélas, le moindre réconfort.

— Non. J'allais faire du café, as-tu le temps d'en prendre une tasse ?

Refuse et va-t'en, je t'en prie. Va-t'en.

— N'essaie pas de changer de sujet. Je l'ai vue, hier. Enfin, j'ai vu une femme habillée en noir avec un bébé dans les bras. Elle a frappé à ta porte, puis elle t'a appelée. J'ai reconnu sa voix.

Inutile de nier. Minnie passait le plus clair de son temps derrière ses carreaux ou sur son porche, à épier tout ce qui se passait. Peu de choses lui échappaient. Dès qu'un fourgon ou un équipage descendait la rue, elle était là, à observer.

— Tu ne vas tout de même pas lui permettre de rester *ici* ? enchaîna-t-elle en se dressant sur la pointe des pieds.

— Elle ne me l'a pas encore demandé, mais si elle le souhaite, elle sera la bienvenue. David ne va pas tarder à rentrer. Il arrangera tout cela.

Minnie ricana.

— Cesse de me provoquer, Louzanna Talbot. Je sais que tu es un peu… excentrique, mais tu peux tout de même comprendre ce qu'il en coûtera à ta réputation si tu héberges une femme qui s'est acoquinée avec des *Yankees*! Dieu du ciel! Quand je pense que tu as perdu ton frère à cause de ces salauds...

Lou se raidit. Les paroles de Minnie lui portaient sur les nerfs.

— Je n'ai *pas* perdu mon frère. David est vivant. Il va rentrer à la maison.

Le regard avide de Minnie parcourut la pièce, puis elle se gratta la joue en marmonnant quelques mots inaudibles.

— Louzanna, déclara-t-elle finalement, tout le monde sait que David est mort. Quand te décideras-tu à l'admettre?

Jamais.

Le mot résonna comme un cri dans la tête de Lou, mais elle ne proféra pas un son. Les gens ne comprenaient-ils donc pas qu'en admettant la mort de son frère, elle perdrait le peu de raison qui lui restait?

D'ailleurs, il était vivant. Le retour de Sara était un présage de l'imminence de son retour. La vie redeviendrait alors ce qu'elle était autrefois. Elle reprendrait son cours. David serait médecin, Sara, sa femme. Ils habiteraient ici, élèveraient leurs enfants, et elle-même ferait partie de la famille.

— David a simplement disparu. Il n'est *pas* mort.

Sur ce, elle tourna le dos à Minnie et entreprit d'enfourner du bois dans la cuisinière.

— D'accord, admettons qu'il soit vivant. Qu'as-tu l'intention de lui dire quand il rentrera et qu'il la trouvera là, avec le bâtard d'un autre? Il lui enverra une bonne gifle, comme n'importe quel homme dont la femme est allée traîner avec un autre en son absence. Un Yankee, par-dessus le marché! Après ce que j'ai traversé, crois-tu vraiment que je supporterai le voisinage de cette créature?

Le cœur de Lou se mit à palpiter. Elle n'avait aucune idée de la façon dont David réagirait en apprenant ce qu'avait fait Sara. Minnie était aigrie depuis la mort de son fils, mais cela ne lui donnait pas le droit de se montrer aussi impitoyable.

— Tu n'es pas la seule à avoir souffert, Minnie.

— J'ai *perdu un fils*, alors ne me parle pas de ma souffrance ! Et encore moins de celle des autres.

Minnie s'approcha de la table et rangea nerveusement les chaises. Elle se planta ensuite au centre de la pièce, les poings serrés.

— Quand je pense que j'étais venue t'offrir un morceau de jambon ! Il n'en est plus question, évidemment. Pour qu'elle en profite elle aussi, elle ou son bâtard !

Lou se sentait sombrer. Elle lâcha l'anneau de Mason et remit en place une mèche de cheveux dans son chignon. La crise approchait. Les signes étaient toujours identiques : souffle court, gorge serrée, jambes tremblantes. Son cœur battait à grands coups désordonnés. Elle respira à fond, essayant vaillamment de résister.

— Es-tu en train de me faire du chantage, Minnie ? souffla-t-elle.

L'autre plissa les yeux.

— Toute la ville ne parlera plus que de ça.

— Uniquement si tu répands la nouvelle.

— Tu crois pouvoir la cacher longtemps ? Tu vis de la charité de tout le monde depuis des années. Que se passera-t-il si tu la gardes avec toi, à ton avis ? Si tu t'imagines qu'on t'aidera à nourrir ce genre de femme et son bâtard, tu te trompes lourdement.

Bâtard.

Quel mot hideux ! Louzanna se remémora la jolie petite Elizabeth avec ses superbes yeux bleus si semblables à ceux de sa mère, ses cheveux blonds brillants et son sourire innocent. Et puis Sara avec cette affreuse ecchymose sur la joue, et son insondable tristesse.

En ville, rares étaient ceux qui n'avaient pas perdu un proche à la guerre. Minnie avait raison. La plupart d'entre eux condamneraient Sara. Les citoyens de Magnolia Creek s'étaient sentis trahis quand la législature du Kentucky avait voté l'entrée de l'État dans l'Union, ce qui avait obligé des maris, des fils et des frères à s'engager. Les sympathisants du Sud avaient été chassés ou jetés en prison lorsqu'ils avaient crié trop fort leurs convictions. On avait arrêté les soldats confédérés qui essayaient de rentrer chez eux avant la fin de la guerre.

Il faudrait que les gens fassent preuve de beaucoup plus de compassion et de compréhension qu'ils n'en possédaient pour pardonner à Sara. Mais de quel droit la couvriraient-ils d'opprobre pour une faute qu'elle avait commise sous l'effet de la douleur et de la solitude ? Si elle était coupable, c'était d'avoir été jeune, insouciante et seule.

Le tremblement de Lou s'accentua.

— Sors d'ici, Minnie, parvint-elle à articuler en pensant à Sara pour se donner du courage.

— Qu'as-tu *dit* ?

— Tu m'as bien entendue. Je suis encore chez moi, vois-tu. Je considérerai toujours Sara comme ma sœur, et je suis libre d'accueillir qui je veux. Et qui je ne veux *pas*.

Les yeux plissés, les lèvres pincées, Minnie traversa la cuisine en faisant claquer ses talons. Avant de sortir, elle s'arrêta pour décocher sa dernière flèche.

— Tu regretteras d'avoir ouvert ta porte à cette traînée, Louzanna. Ne compte pas sur moi pour te prendre en pitié quand elle t'aura volé tout ce qui te reste et repartira de nouveau. Cette fois, personne ne viendra t'aider.

7

Tu regretteras d'avoir ouvert ta porte à cette traînée…

Sara frissonna, incapable de faire un pas de plus. La porte claqua et le silence retomba sur la maison tel un voile de deuil.

Elle apercevait Lou dans l'entrebâillement, et se demandait comment elle avait eu la force de se dresser contre Minnie Foster pour la défendre, elle.

Rassemblant son courage, elle entra dans la cuisine. Des œufs et du pain étaient posés sur la table. Lou ouvrit la porte du four, une chose qu'elle n'aurait jamais faite trois ans auparavant. Jamie s'occupait alors de tout dans la maison et au jardin, et un cuisinier venait préparer les repas.

Elle sursauta et tourna vers la jeune femme des yeux de biche effrayée.

— J'ai entendu ce que tu as dit à Minnie.

Le regard de Louzanna semblait totalement incrédule, comme si elle ne parvenait pas à croire à ce qu'elle venait de faire. Un sourire trembla sur ses lèvres.

— Je me sens toujours brave dès que tu es là, Sara.

— Pourquoi, Lou ? Pourquoi as-tu chassé Minnie ?

— J'ai… j'ai pensé à ce que tu m'as dit, hier. J'ai pensé à Elizabeth. Elle est innocente. De plus, je suis chez moi. Cette maison est la mienne, celle de David et la tienne aussi, Sara.

Elle fut la mienne, oui. Il fut un temps où j'avais ma place ici...

Mais aujourd'hui, sa présence compromettrait la réputation de Lou. Elle était devenue une réprouvée, et Minnie ne serait pas la seule à le penser.

Elle n'avait pas le droit d'infliger à Louzanna de plus grands tourments. Ce que sa belle-sœur venait d'endurer n'était rien comparé à ce qui l'attendait si elle hébergeait chez elle la femme qui avait sali le nom de son frère.

— Je ne veux pas te causer des problèmes. Dès qu'Elizabeth sera réveillée, je la nourrirai et nous partirons...

— Non ! Tu ne peux pas partir, Sara ! s'écria Lou en se précipitant sur elle et en l'agrippant fermement.

— Mais, Lou...

— Il n'en est pas question. Elle est toute petite, jamais je ne te laisserai partir avec elle alors que vous ne savez pas où aller. La question est réglée. Tu es ici chez toi, Sara.

Au bord de la panique, elle regardait frénétiquement autour d'elle, cherchant des arguments pour la convaincre.

— Hier soir... tu as proposé de m'aider en chassant et en t'occupant du jardin. Tu t'y es engagée. C'est comme si tu m'avais donné ta parole.

— C'est vrai, admit Sara après un silence. C'est vrai, et je la tiendrai, reprit-elle d'une voix ferme.

Oui, cette fois elle tiendrait parole. Elle veillerait sur Lou et s'efforcerait de mériter l'amour dont sa « sœur » l'abreuvait si généreusement.

Elle tourna les yeux vers la cuisinière. À l'intérieur, le bois commençait à crépiter. Elle avait terriblement envie d'une tasse de café chaud, de vrai café, mais elle doutait que Lou en eût.

Tandis que celle-ci remplissait la bouilloire, Sara pénétra dans le jardin d'hiver pour contempler le jardin. On distinguait à peine les anciens parterres de fleurs et le potager. Les mauvaises herbes avaient tout envahi. Ce qui subsistait était complètement desséché. Le chemin menant à la grange, au bâtiment abritant l'équipage des Talbot et à la cabane en lisière de forêt, à l'extrémité de la propriété, disparaissait sous les herbes folles.

Elle songea au mari de Minnie, Abel Foster. Il avait publié dans *La Sentinelle de Magnolia Creek* le compte rendu de Hugh Wickham sur ce qui était arrivé au régiment du Kentucky à Shiloh, rendant un bel hommage au petit-fils du fondateur de la ville. Aussi, lorsque Sara l'avait aperçu dans son jardin, était-elle sortie pour le remercier sans soupçonner ce qui se passerait, alors qu'ils se trouvaient près de la grange qu'elle regardait à présent.

« Vous êtes veuve aujourd'hui, Sara, mais vous êtes jeune, lui avait-il dit. Vous aurez... certains besoins. Si vous vous sentez seule et que vous avez envie de parler, je saurai être discret. »

Profitant de la stupeur que ces paroles inattendues avaient provoquée en elle, il l'avait plaquée contre le mur de la grange et avait tenté de l'embrasser tout en lui palpant les seins de ses mains moites en haletant. Profondément choquée, elle s'était contentée de le repousser avant de s'enfuir en courant tandis qu'il essuyait son visage congestionné avec son mouchoir.

Ce fut l'une des pires expériences de sa vie. Elle n'en avait jamais parlé à quiconque, mais à présent, elle souffrait de penser que la pauvre Louzanna avait été dépendante de gens comme les Foster.

Au-delà de la grange, la forêt entourait la ville. Le soleil déjà haut rayonnait entre les arbres. Des buissons d'un vert tendre égayaient les bois de couleurs printanières. Sara connaissait ces bois comme sa poche. Les noms des arbres, des pierres, des fleurs, des animaux n'avaient pas de secrets pour elle. Jusqu'à ce qu'elle quitte la maison familiale, elle avait passé des heures à s'y promener avec son grand-père.

Succombant à l'appel de la forêt, elle rejoignit Lou d'un pas vif.

— Cela t'ennuierait de veiller sur Elizabeth pendant que je vais chasser ?

Les yeux de Louzanna s'emplirent de larmes.

— Tu... tu me fais confiance, à *moi*, pour veiller sur elle ?

— Je te la confierais les yeux fermés, Lou.

— Mais... je ne suis pas toujours... fiable. Tu le sais bien. Et si j'avais une crise ?

Sara s'approcha d'elle, posa doucement les mains sur ses épaules et la regarda droit dans les yeux. Non seulement cette femme adorable lui avait ouvert sa porte et son cœur, mais elle l'avait défendue sans se soucier de sa propre réputation. Sara lui en serait éternellement reconnaissante, et la meilleure façon de le lui prouver, c'était de la traiter comme un être humain responsable.

— Tu n'en auras pas parce que tu seras trop agréablement occupée pour y penser. J'ai l'intention de nous ramener quelque chose de plus consistant que du poulet pour le dîner de ce soir.

Une heure plus tard, après avoir avalé un œuf et une tranche de pain grillé, Sara prit la direction de la forêt. Elle avait enfilé un pantalon et une chemise de David, et coiffé l'un des chapeaux noirs de son père.

Armée de l'Enfield, la carabine que Jamie avait cachée dans la cave pour tenir les Yankees à distance, elle arpentait les bois touffus et silencieux. Elle se rappelait son enfance et les innombrables parties de cache-cache qu'elle y avait faites avec ses frères et sœurs, croyait percevoir la voix de son grand-père dans le murmure de la brise.

Soudain, elle sentit un mouvement sur sa droite. Une présence. Elle s'immobilisa, les mains crispées sur la carabine.

Une silhouette familière se matérialisa entre les arbres. Celle d'un homme, grand et voûté. Au fur et à mesure qu'il approchait, elle reconnut la ligne des épaules, la démarche assurée, le chapeau défoncé. Un petit sac était attaché à sa ceinture. Ses longs bras pendaient le long de son corps et ses mains étaient négligées. Quand il émergea dans un rayon de soleil, elle vit la longue barbe blanche.

Inutile de se demander comment il l'avait trouvée. Il avait toujours eu des dons divinatoires, de même qu'il prédisait certains événements.

Les yeux de Sara se brouillèrent de larmes tandis que son grand-père franchissait la distance qui les séparait.

8

— Grand-père.

Daniel Wilkes perçut tout de suite le tremblement dans la voix de sa petite fille.

— Sara, dit-il tout en remarquant la vilaine blessure sur sa joue.

L'instant d'après, elle était dans ses bras.

Quand son gendre, DeWitt Collier, avait décrété que Sara ne méritait plus de porter son nom et qu'elle n'avait plus sa place chez eux, toute la famille s'était pliée à sa volonté – sauf lui. Dans la mesure où il était un Wilkes, pas un Collier, il estimait qu'il n'était pas concerné par les décisions de DeWitt.

Il fut un temps où il croyait sa petite-fille invincible, mais quand elle était partie à Magnolia Creek, elle s'était exposée à tous les dangers.

— Je suis désolée, grand-père.

Malgré l'incertitude, sa voix demeurait claire et musicale.

— Moi aussi, pour ce qui t'est arrivé hier. On m'a raconté comment ton père t'a reçue.

Il la lâcha et recula d'un pas. Elle esquissa un sourire et une fossette se creusa brièvement dans sa joue.

— Je suis surtout désolé que tu sois partie de chez nous, reprit-il. Mais nous n'aurions jamais pu te donner ce dont tu pensais avoir besoin.

— Le Dr Porter m'a offert une chance de mener

une vie différente. Je ne voulais pas finir comme maman et les filles, passer ma vie à travailler sans relâche du matin au soir. Tu as toujours dit que j'apprenais vite, que j'étais douée pour guérir. J'ai voulu utiliser ces dons.

Il avait prédit autre chose, le jour de sa naissance. Plongeant son regard dans le sien, il avait déclaré que toutes les étoiles qui s'y trouvaient lui cacheraient un jour la vérité.

Sa petite Sara vivrait longtemps, si ce n'est paisiblement. Il avait toujours pressenti des accidents et des chagrins sur son parcours, sans en connaître la nature exacte.

Selon lui, la vie était une sorte de patchwork, et c'était le Seigneur qui maniait l'aiguille pour l'assembler. Il lui suffisait parfois de regarder une personne pour savoir ce qui l'attendait. Avec Sara, ce n'était pas aussi clair. Il avait toutefois deviné qu'elle courait à sa perte. Il l'avait perçu en la tenant pour la première fois dans ses bras.

Combien d'heures avaient-ils passées ensemble dans cette forêt, à chercher des plantes, des racines, des fleurs sauvages pour en faire des potions et des remèdes ?

Ils demeurèrent un instant silencieux, en communion totale tandis que la brise caressait la cime des arbres. Seul le chant d'un cardinal troubla cette douce quiétude. Ils n'avaient jamais eu besoin de parler pour se comprendre, tous les deux.

De là où ils venaient, les gens croyaient au pouvoir de Dieu autant qu'à celui des guérisseurs, même s'ils n'avaient jamais mis les pieds dans une église. Ils devaient prendre garde, car dans les basses terres, le bien et le mal se côtoyaient toujours étroitement.

— Où vas-tu aller maintenant, mon enfant ?

Il se référait à sa vie, bien sûr.

Sara releva imperceptiblement le menton.

— Louzanna m'a accueillie chez elle. Je suis en train de chasser, et je compte remettre le jardin en état pour que nous ayons de quoi manger.

Il avait rencontré la sœur de David le jour du mariage. Une femme étrange, mentalement malade. Il avait été le seul de la famille à assister à la cérémonie qui s'était tenue dans l'élégant salon des Talbot. Mal à l'aise, se sentant déplacé dans cet univers trop raffiné, il s'était éclipsé sans assister au dîner de fête.

Après son mariage, Sara était passée voir sa famille de temps à autre, puis il avait appris qu'elle était partie avec un Yankee.

— Les gens d'ici ne te regarderont plus avec bienveillance, à présent.

— Que puis-je faire d'autre ? Comment veux-tu que je subvienne aux besoins de ma fille ? Je veux prendre un nouveau départ, et je ferai tout ce qui est en mon pouvoir pour m'amender.

— Est-ce qu'il t'a épousée, le Yankee ?

Il sut la réponse avant même qu'elle la lui donne.

— Non.

— Qu'est-il devenu ?

— Cet homme était une erreur de parcours.

— Talbot aurait voulu mieux pour toi.

Mais elle avait encore tant à apprendre, songeait-il tristement.

— Quand on m'a dit que tu étais revenue et que ton père t'avait chassée, hier, je n'ai eu de cesse de te voir.

— Comment savais-tu que je resterais ?

— Je le savais, c'est tout.

Comment n'aurait-il pas deviné qu'elle se réfugierait chez Louzanna ? Cette femme était son seul recours.

— Et le reste de la famille ? Comment vont-ils ?

— Ta mère a perdu un bébé et ne pourra plus en avoir. Ton père et les garçons se sont occupés de deux bacs pendant les hostilités. Ils ont gagné beaucoup en vendant leur alcool frelaté aux deux camps. Tu nous connais, nous ne pouvions prendre parti quand il y avait de l'argent à faire.

Daniel l'entendit soupirer et il ajouta :

— J'aimerais pouvoir te prédire que les ennuis sont derrière toi, Sara.

Il détacha de ses doigts noueux le sac attaché à sa ceinture et le lui tendit.

— Tiens, tu trouveras là-dedans des racines et des graines enveloppées séparément. Camomille, matricaire, salsepareille, scutellaire, renoncule noire et… je ne sais plus quoi. De quoi commencer un jardin de plantes médicinales.

— Merci, grand-père. J'ai utilisé toutes celles que j'avais emportées dans l'Ohio.

Elle soupesa le sac et demanda, pour voir s'il prévoyait ce qui l'attendait :

— Aurai-je bientôt besoin de celles-ci ?

— Qui sait ? répondit-il en haussant les épaules.

— Mais est-ce que *toi* tu sais ?

— Je ne suis sûr de rien.

— J'aimerais que ma vie cesse d'échapper à mon contrôle, avoua-t-elle avec un nouveau soupir. Chasse avec moi, grand-père. Et viens déjeuner. J'aimerais que tu connaisses Elizabeth. C'est ton arrière-petite-fille après tout.

Il secoua la tête, lui rappelant ce qu'il lui avait dit le jour de son mariage.

— Tu as choisi une autre vie désormais. Tu ne t'es jamais contentée de ce que tu avais.

Sara refoula ses larmes.

— Ce n'est plus le cas, grand-père. La seule chose que je désire à présent, je ne pourrai jamais l'obtenir.

Il comprit qu'elle parlait de Talbot.

Elle prit ses mains râpeuses entre les siennes, et il dut refouler ses propres larmes en maudissant sa faiblesse de vieil homme.

— Je ne sais pas si les gens d'ici me pardonneront, mais je ferai tout pour y parvenir. Je serai irréprochable, tu verras.

— Bon, puisque tu as tout ce qu'il te faut pour l'instant, je ferais mieux d'y aller.

Il tourna les talons et se dirigea vers la rivière. Au bout de quelques pas, il s'arrêta.

— Ne t'approche pas du bac ou de la cabane tant que ton père est dans les parages.

Il se demanda si elle savait combien il regrettait d'être trop vieux pour pouvoir se dresser contre DeWitt. Heureusement, Sara et ses frères et sœurs avaient appris à l'éviter. Il agita la main en signe d'adieu.

— Attends! Est-ce que je te reverrai bientôt? s'écria-t-elle en courant se jeter dans ses bras.

Il y avait tant de tristesse dans ses yeux qu'il ne voulait rien d'autre que d'alléger sa peine, de lui offrir un peu de joie.

— Tu me reverras.

— Quand?

— Quand le moment viendra, tu le sauras.

9

David arriva à Magnolia Creek par le sud, et bifurqua pour s'engager dans Ash Street. Dès que la maison fut en vue, il se sentit plus léger et accéléra le pas en balançant le bras, le sourire aux lèvres.

Il était presque chez lui.

Il retint son souffle en apercevant un mouvement dans le jardin de derrière. Plissant les yeux, il distingua une silhouette vêtue de marron et de blanc. Aussitôt, il coupa à travers les pelouses, franchissant des haies basses tout en maudissant son mulet qui avançait au pas.

Presque.

À présent, il discernait un garçon vêtu d'habits trop grands. Tandis qu'il se rapprochait, il vit qu'il tenait une carabine dans une main et quelque chose dans l'autre. Il atteignit la porte de derrière à l'instant où David parvenait à la limite de la propriété. Quelque chose le frappa dans la façon que le jeune homme avait de se mouvoir, une grâce particulière qui lui était familière. Le souffle court, il le regarda s'immobiliser et ôter son chapeau.

Le soleil illumina la somptueuse chevelure auburn qui cascada alors sur les frêles épaules.

David eut l'impression que la vie s'arrêtait en lui. Le silence se fit, la brise cessa de souffler, les oiseaux se turent.

Sara. Le « garçon » était Sara. Sa Sara. Une carabine dans une main et deux lapins morts dans l'autre.

Sara.

Il voulut l'appeler, mais sa voix se brisa. Même quand ses amis étaient tombés autour de lui, même quand des blessés appelaient la mort en hurlant ou que les balles sifflaient à ses oreilles, il n'avait pas éprouvé un flot d'émotion aussi intense. Il se retrouva submergé de désir, d'amour et de soulagement.

— *Sara !*

Elle n'avait pas conscience de sa présence. Lui, suspectait-il, l'aurait été de la sienne même s'il avait été aveugle. Il revint à la vie grâce à elle. Rassemblant le peu de forces qui lui restaient, il se mit à courir. Le mouvement ébranla son épaule, mais il ignora la douleur et cria de nouveau son nom.

— *Sara !*

La main de la jeune femme se figea sur la poignée. Elle se retourna lentement. Les lapins tombèrent sur le seuil, deux petits tas de fourrure inertes. Elle pâlit jusqu'à être aussi blanche que sa chemise.

Le chapeau de David s'envola.

Elle le reconnut instantanément et ce fut comme si un éclair la foudroyait. Elle faillit tomber à genoux. Tout tournait autour d'elle. Les lapins heurtèrent les marches de bois avec un bruit mat.

David, vivant !

Il courait vers elle, en guenilles, piétinant les rosiers et les légumes des jardins voisins, titubant. Il lui fit un signe de la main, ramassa son chapeau et l'agita frénétiquement au-dessus de sa tête.

David, vivant !

Son cœur flancha. Elle prit une longue inspiration pour ne pas s'évanouir et écarquilla les yeux, incrédule.

Comme il lui avait manqué durant ces cinq longues

années, comme elle avait souffert de l'avoir trahi, poussée par le désespoir ! Rien de tout cela ne serait arrivé s'il lui avait écrit au moins une lettre pour lui dire qu'il était vivant. Et si elle n'avait pas eu aussi peur. Les remords, la honte, la stupeur se bousculaient en elle tandis qu'il se ruait vers elle, porté par la joie.

David.

Revenu du royaume des morts, il ramenait son cœur meurtri à la vie. L'homme dont elle était tombée amoureuse à quinze ans était de retour. Et elle l'aimait toujours, du plus profond de son cœur. Elle n'avait jamais cessé de l'aimer.

Mais l'aimerait-il toujours quand il saurait ?

Pourrait-il lui pardonner ?

Paralysée par la honte, elle attendit, envahie par une terreur grandissante. Il approchait. Elle vit son visage rayonnant. Si seulement elle avait pu revenir en arrière, effacer ce qu'elle avait fait ! Si seulement elle avait pu se réjouir de son retour !

Elle risqua un bref coup d'œil dans le jardin d'hiver. Lou et Elizabeth n'étaient pas là.

Le destin leur avait volé des années. David méritait bien quelques instants de bonheur avant que ses illusions ne volent en éclats.

Elle essaya de sourire. Une parodie de sourire. Puis il fut là.

À deux pas, il s'arrêta, croisa son regard, la scruta, et lui tendit ses mains tremblantes. Il fit un pas de plus et ils se dévisagèrent, tout près. Elle crut qu'il lisait en elle, qu'il devinait tout, mais il l'enveloppa soudain de ses bras en étouffant un sanglot.

Et elle se retrouva dans le havre chaud et solide de son étreinte dont elle s'était tellement languie. Alors elle s'accrocha à lui et oublia tout, redevenant elle-même pour quelques instants tandis qu'il la serrait étroitement contre son cœur en la berçant doucement.

Il finit par s'écarter et lui releva le menton. Son regard courait sur son visage, l'examinant avec attention.

— Qu'est-il arrivé à ta joue ? murmura-t-il en effleurant l'ecchymose.

— Je suis rentrée dans un arbre, mentit-elle dans un souffle.

Et avant qu'elle ait pu ajouter un mot, il s'empara de ses lèvres et l'embrassa avec passion, comme aux premiers jours, quand tout allait si bien. Quoi qu'elle ait fait, ils étaient voués l'un à l'autre. Le destin leur accordait un instant de répit, alors elle s'abandonna à ce baiser jusqu'à ce que tous deux soient hors d'haleine.

Elle se blottit ensuite dans le cercle de ses bras pour qu'il la soutienne, le temps que le vertige disparaisse, que le monde recommence à tourner normalement sur son axe.

Si seulement elle avait été comme Lou, profondément convaincue qu'il reviendrait. Elle aurait dû *savoir* qu'il était toujours en vie. Elle n'aurait jamais dû perdre l'espoir. Pas *elle*.

Mais c'était Lou – la pauvre recluse qui avait peur de tout – qui avait eu raison depuis le début,

David releva lentement la tête et s'écarta légèrement pour la regarder à nouveau dans les yeux. Il avait maigri, mais ses yeux étaient toujours aussi noirs que la nuit et brûlants de désir. Une profonde cicatrice courait sur sa tempe, depuis ses favoris jusque derrière l'oreille. Elle la suivit du bout du doigt, se rappelant le récit de Hugh de la bataille de Shiloh.

David, pourtant toujours si prompt à sourire, se ferma. Ses mains parcoururent ses épaules, descendirent le long de ses bras, comme s'il voulait s'assurer qu'elle était bien réelle.

— Je suis vraiment si affreux ?

Elle secoua la tête. Elle le trouvait beau. Plus que beau. Plus mûr, solide malgré la perte de poids. Il était devenu un homme, fort et musclé. Magnifique.

— Tu m'as tellement manqué, Sara. Tu m'es aussi indispensable que l'air que je respire. C'est grâce à toi que j'ai eu la force de traverser tout ça. Je n'aurais jamais tenu le coup autrement.

Bien que toujours terriblement séduisant, son visage portait à présent les stigmates de la souffrance, ces ombres qu'elle avait vues sur tant de soldats.

— Tu ne dis rien ?

Il se mit à rire, mais un terrible malaise perçait dans sa voix.

— Bienvenu à la maison, David, parvint-elle enfin à murmurer, elle qui n'aurait jamais cru redire ces mots un jour.

Très lentement, il s'écarta d'elle, soudain plus sérieux.

— Tu vas bien, Sara ?

— Nous croyions… nous croyions que tu étais mort. Quand tes lettres ont cessé d'arriver, nous avons fait des recherches. Louzanna a écrit au ministère de la Guerre, dans les prisons, les hôpitaux du Nord comme du Sud. Certaines sont revenues, mais nous n'avons jamais eu la moindre nouvelle. Jusqu'à ce que Hugh Wickham rentre en permission pour voir son fils qui venait de naître.

— Hugh a un deuxième fils ?

Elle s'interrompit pour chercher ses mots, mais comment décrire ce qu'elle avait traversé ?

— Il nous a annoncé que tu étais *mort*, David. Et Keith Jackman aussi. Hugh t'avait vu mourir dans ses bras.

— Eh bien ! Une chance qu'il soit avocat, pas médecin.

— Oui, mais nous ne pouvions que le croire.

Il devint plus grave, comme si quelque chose qu'il aurait préféré oublier lui revenait à l'esprit.

— Nous avions entendu dire que les lettres n'arrivaient pas à destination, mais je ne me suis jamais rendu compte… Je me suis réveillé un matin, prisonnier et amnésique. Je n'avais rien d'autre sur moi que mon uniforme. Ils avaient trouvé mes instruments de chirurgie dans ma poche et en avaient déduit que j'étais médecin, mais je ne savais ni qui j'étais ni d'où je venais. On m'a emmené en bateau dans le Maryland, et je n'avais pas plus tôt recouvré la mémoire que l'on m'échangeait contre d'autres prisonniers. Les choses allaient si mal pour le Sud qu'il était impossible d'entrer en contact avec toi.

Il lui embrassa le front, la joue, passa son pouce sur ses lèvres.

— Je suis désolé, Sara. Me pardonneras-tu ?

Lui pardonner ? Elle faillit mourir de honte.

— Tu n'as pas à me demander pardon de quoi que ce soit.

Elle mourait d'envie de prendre son visage entre ses mains, de l'embrasser, de remonter le temps afin de tout recommencer. Hélas, rien ne serait jamais plus comme avant.

— Quelque chose ne va pas, n'est-ce pas ? C'est Lou ? Comment est-elle ? demanda-t-il en jetant un regard vers la porte, tandis qu'il lui entourait les épaules du bras.

— Lou va bien. Elle est à l'intérieur.

Il se détendit et sourit de nouveau en voyant le fusil qu'elle tenait toujours. Il le lui prit.

— Tu chassais ?

Elle hocha la tête en baissant les yeux vers les lapins.

— Où est Jamie ? s'enquit-il.

— Parti avec l'armée de l'Union.

— Il a donc pris parti, remarqua-t-il, déçu. J'espérais qu'il resterait à la maison.

— Il n'y est pas allé de son plein gré. Il a été recruté d'office.

Elle soupira puis ajouta doucement :

— Il y a tant à dire.

— Nous avons toute la vie devant nous à présent, répondit-il en resserrant le bras autour d'elle comme s'il ne voulait plus la lâcher.

Sara tourna la poignée après avoir jeté un coup d'œil au mulet qui broutait avec entrain près de la porte. Ils traversèrent le jardin d'hiver et pénétrèrent dans la cuisine. David s'arrêta un instant pour regarder autour de lui. Il posa le fusil et respira à fond, comme pour s'imprégner de tout ce qui l'entourait.

— J'ai bien cru ne jamais revoir cette maison.

— Il me semblait bien t'avoir entendue rentrer, Sara, lança Louzanna du vestibule.

Le cœur de la jeune femme s'arrêta de battre. Lou déboucha dans la cuisine et se pétrifia tandis que son regard se posait sur David. Puis elle cria son nom et se jeta dans ses bras.

— Oh, David ! Dieu Tout-Puissant ! Je le savais ! Je le *savais* !

Accrochée au cou de son frère, elle pleurait et riait à la fois tandis qu'il s'efforçait de la réconforter.

— Je suis là, Lou, je suis là… Sara m'a dit que vous pensiez que les Yankees m'avaient eu, mais je ne les aurais jamais laissés faire ! Je vous avais promis de revenir et me voilà. Du calme, Louzanna, c'est fini à présent.

Il tapotait doucement le dos de sa sœur sans quitter Sara des yeux. Le désir qui brûlait dans son regard était si intense qu'elle sentit ses jambes flageoler. Il écarta le bras, l'invitant à se joindre à leur étreinte.

Elle hésita une fraction de seconde, mais cela suffit à jeter le doute dans l'esprit de David.

Il était trop intelligent, trop perspicace pour ne pas déceler que quelque chose clochait.

Elizabeth choisit cet instant pour entrer dans la pièce en trottinant, ses boucles blondes dansant sur ses épaules. Elle se dirigea droit sur Sara et enroula ses petits bras autour de ses genoux en criant :

— Maman !

10

Des milliers d'images défilèrent dans l'esprit de David tandis que la fillette implorait Sara de la prendre dans ses bras.

Ce pouvait être une enfant recueillie, une orpheline de guerre. Avec son cœur tendre, sa sœur avait fort bien pu adopter une enfant en détresse. Mais à l'arrivée de la petite fille, elle s'était raidie en se recroquevillant sur elle-même comme elle le faisait chaque fois qu'un conflit s'annonçait.

Et Sara ? Pourquoi fuyait-elle son regard ?

Quand elle souleva l'enfant et la cala sur sa hanche avec cette aisance que confère l'habitude, ses soupçons se confirmèrent.

Cette petite est la sienne, mais pas la mienne.

— Maman ? babilla-t-elle en se blottissant contre épaule.

Souriante, elle le fixait de ses grands yeux bleus, d'un bleu inouï, celui des bleuets, ou d'un ciel radieux après la pluie. Exactement les mêmes que ceux qui l'avaient charmé dès le premier jour, le laissant tout faible et brûlant de désir.

À présent, ils évitaient les siens. Elle n'eut pas besoin de parler. Il *comprit*. Elle l'avait trahi avec un autre. Tout à coup, la vue de la fillette lui devint insupportable.

Secouée de sanglots silencieux, Louzanna se dirigea vers Sara dans un bruissement de jupes, un son que David avait oublié, à la guerre. Sans un mot, elle prit Elizabeth dans ses bras et quitta la pièce en essayant de calmer l'enfant qui se débattait en appelant sa mère.

Quand il eut enfin le courage de la regarder à nouveau, elle fixait la porte restée ouverte, la main sur sa gorge, l'air perdue. Son corps mince disparaissait dans les habits trop grands. D'une pâleur de cire, elle s'appuya au dossier d'une chaise. Elle semblait au bord de l'évanouissement.

— Est-ce que... est-ce que tu veux bien t'asseoir ?
— Non.

Elle tira la chaise, s'y laissa tomber et s'accouda à la table, la tête baissée.

— Que s'est-il passé, Sara ? À qui est cette enfant ?
— À moi, David.

À moi. Pas d'excuses, de supplications, de larmes. Il attendit qu'elle lui dise que non, ce n'était pas ce qu'il pensait. Que ce qu'il redoutait n'était pas arrivé. Comme elle restait silencieuse, il demanda :

— Tu veux dire que tu l'as recueillie ?
— Non, je veux dire que c'est ma fille.

David eut d'abord l'impression que ces simples mots venaient de faire basculer sa vie définitivement. Puis la colère s'empara de lui avec une telle violence qu'il alla jusqu'à la porte donnant sur le jardin d'hiver et frappa l'encadrement en chêne du plat de la main.

Sans se rendre compte de l'ampleur de sa rage, Sara le suivit et lui toucha la manche. Il se dégagea d'un mouvement sec.

— David, s'il te plaît, laisse-moi t'expliquer.

Il se tourna vers elle, tendu à l'extrême.

— M'expliquer *quoi* ? Que tu as couché avec un autre homme ?
— Il faut que tu m'écoutes...
— Pourquoi, Sara ? *Pourquoi ?*

Les hurlements de la petite fille dans la pièce voisine aggravèrent à la tension qui régnait entre eux. David serrait les poings. Sara le remarqua et tressaillit, sans pour autant reculer. Sa peur ne fit qu'ajouter l'insulte à la douleur qu'elle venait de lui infliger.

Pensait-elle vraiment qu'il allait la *frapper* ?

Les cris de l'enfant se transformèrent en sanglots, et les yeux de Sara s'emplirent de larmes.

— David, le passé est derrière nous. S'il te plaît, laisse-moi t'expliquer.

Derrière eux ? Ne se rendait-elle pas compte qu'il était là, le passé, à côté, bien vivant et hurlant dans le salon ?

— Ta fille a besoin de toi, Sara. Pas moi.

— Mais, David…

— Laisse-moi, jeta-t-il en lui tournant de nouveau le dos, concentré sur ce gouffre béant qui venait de se creuser en lui.

Il traversa le jardin d'hiver tel un aveugle et ouvrit la porte de derrière. Elle lui emboîta le pas, mais il fit volte-face si vivement qu'elle faillit le heurter de plein fouet.

— Je viens de te dire quelque chose, Sara. Reste *hors* de ma vue !

Impuissante, elle le regarda quitter la maison et claquer la porte avec une telle force que les vitres en tremblèrent.

Trop ébranlée pour pleurer, Sara courut dans le salon où Lou bataillait pour essayer de retenir sa fille. Dès qu'elle la vit, elle la lâcha, et Elizabeth se précipita dans ses bras.

— Merci, Lou, souffla la jeune femme en berçant son enfant.

— Où est mon frère ? demanda Louzanna, les yeux rouges, l'air égarée.

— Dehors. Il a besoin d'être seul.

— Qu'a-t-il dit... ?

Sara secoua la tête.

— Il a refusé de m'écouter.

Lou porta la main à sa gorge et ses doigts se refermèrent sur l'anneau d'or.

— Il a seulement besoin de temps, murmura-t-elle.

Se remémorant son expression fermée, sa colère intense, Sara douta que l'éternité lui suffise.

Dès qu'elle eut quitté le salon, Louzanna se rua dans le jardin d'hiver, à la recherche de David.

Elle alla jusqu'à la porte de derrière, mais ne réussit même pas à poser la main sur la poignée. Hors des murs de la maison, le monde n'était que douleur, danger et mort. Elle se mit à marcher de long en large, guettant David à travers les vitres, se demandant où il était, se reprochant ce qui venait de se passer.

Si seulement il était arrivé quelques minutes plus tôt ! Il n'aurait pas rencontré Sara, et elle aurait pu lui apprendre la nouvelle dans le calme, en le ménageant. Au lieu de cela, il avait reçu un choc terrible en entendant Elizabeth dire *maman* alors qu'il n'était pas prévenu.

Elle fit une autre tentative, mais réussit seulement à toucher la porte. Elle ne s'était jamais aventurée plus loin que le milieu du jardin de derrière. Jamais au-delà, depuis une quinzaine d'années.

Depuis la mort de son Mason adoré, elle veillait sur sa propre sécurité avec une extrême vigilance. Ils n'avaient jamais connu une passion éblouissante comme celle qu'avaient partagée David et Sara. Mason l'avait remarquée la première fois où il était venu à la maison avec son frère. Dès cet instant, il était devenu l'amour de sa vie.

Elle soupçonnait la ville entière de s'être étonnée que Mason la demande en mariage. La plupart des gens s'imaginaient qu'il souhaitait l'épouser uniquement parce qu'elle était une Talbot. À Magnolia Creek, son nom était synonyme d'argent et de réussite.

Mais en vérité, Mason l'avait acceptée pour ce qu'elle était, passant outre sa fragilité et sa timidité. Elle n'avait jamais eu d'autre prétendant que lui. Il l'avait courtisée avec diligence, acceptant même de s'installer à Talbot House afin de lui permettre de continuer à s'occuper de sa mère invalide.

Il lui lisait de la poésie, faisait des portraits d'elle. Il mettait des fleurs à sécher dans ses livres et les collait sur les lettres qu'il lui écrivait.

Elle lui avait donné son cœur sans réserve et aurait été heureuse de lui vouer sa vie comme elle avait voué sa jeunesse à sa mère.

Mais le jour de leur mariage, alors qu'elle attendait dans la robe de soie et de dentelle ivoire brodée de perles qu'elle avait fait venir de New York, on avait frappé à la porte.

Son père se trouvait dans le salon où il prenait un bourbon. Sa mère était étendue dans sa chambre, un linge mouillé d'eau vinaigrée sur le front. David achevait de s'habiller, et Jamie était dehors, aussi avait-elle répondu elle-même.

Avant d'ouvrir, elle avait craint que ce ne soit un mauvais présage que Mason la voie en robe de mariée avant l'heure. Ce n'était pas son fiancé qui se tenait sur le seuil, mais le Dr Porter. Il avait une expression sinistre, et du sang maculait son plastron.

Jamais elle n'oublierait son regard affligé et le fourgon stationné le long de la barrière. À l'intérieur était étendu Mason, méconnaissable. Le Dr Porter avait essayé de lui expliquer qu'il avait eu un terrible accident, une chute de cheval, qu'il avait été piétiné mortellement. Mais le hurlement qu'elle avait poussé, et qui raisonnait dans sa tête encore aujourd'hui, avait assourdi ses paroles.

Elle avait claqué la porte pour ne plus voir l'horrible scène qui s'était irrémédiablement gravée en elle. Ce jour-là, son courage avait été réduit en cendres. La maison était devenue son sanctuaire et les soins donnés à sa mère son occupation quotidienne.

Après la mort de celle-ci, elle s'était mise à coudre des pièces de patchwork, inlassablement, comme s'il s'agissait des morceaux de sa vie en lambeaux.

La diversité des motifs, des tissus et des couleurs avait dès lors constitué son unique centre d'intérêt. Son univers s'était réduit à sa maison, la contemplation de son jardin et son dernier ouvrage à réaliser.

Et même à présent, alors que David avait besoin d'elle, elle se sentait incapable de sortir pour le réconforter.

11

Assommé, David ramassa les lapins morts et les emporta dans la grange pour les préparer. Il se mit à la tâche machinalement, l'esprit aussi vide que son âme.

Soudain privé de Sara et de cet avenir dont il avait tellement rêvé, il était perdu.

Une fois les lapins prêts, il alla chercher le mulet pour l'installer dans un box et découvrit que le boghei presque neuf qu'il avait laissé en partant, la vieille jument et la vache avaient disparu. Des pigeons nichaient dans l'avant-toit, et la grange semblait surtout peuplée de souvenirs.

Hugh Wickham avait essayé de le mettre en garde quand il lui avait demandé d'être son témoin, deux jours avant le mariage. La surprise s'était peinte sur ses traits rudes quand David lui avait fait part de ses intentions.

De prime abord, Hugh n'était pas ce qu'on appelle un bel homme. Son nez aquilin était légèrement de travers, sa mâchoire un peu trop carrée, ses yeux d'un gris indéterminé, mais il était toujours en mouvement. Un meneur-né, un organisateur charismatique, un avocat qui visait une carrière de politicien. Fier de ses convictions, déterminé, il s'était montré d'une honnêteté brutale avec son ami, ce jour-là.

« Bon sang, David ! Tu la connais seulement depuis deux semaines ! Tu n'es pas sérieux ? Si tu veux coucher avec elle, fais-le, mais ne te sens pas obligé de l'épouser. Tu oublies d'où elle sort ? Tu places ton sens de l'honneur trop haut. »

Quand Sara était devenue sa femme, David avait fait jurer à Hugh de ne jamais dire un mot contre elle. Il n'avait pu expliquer à son ami une impulsion qu'il ne s'expliquait pas lui-même.

Son amour pour Sara avait déferlé sur lui telle une tornade, l'ébranlant jusqu'au tréfonds. Dès l'instant où il l'avait trouvée chez lui, en rentrant de la faculté, elle était entrée dans sa vie.

Elle était belle, intelligente, et elle prenait son rôle auprès de Louzanna très au sérieux. Avec elle à sa table, les repas devinrent des occasions de conversations animées durant lesquelles ils ne discutaient pas seulement de la guerre, mais de ce qu'il avait appris au cours de ses études.

Sa sœur lui avait tellement parlé de lui que Sara ignorait peu de chose à son sujet. Elle savait que son dessert préféré était la tarte aux pommes, qu'il aimait se lever tôt, qu'il avait toujours rêvé de devenir médecin même si son père lui avait appris à faire marcher le moulin.

Lui savait de Sara ce que le Dr Porter lui en avait dit, qu'elle connaissait un tas de remèdes de guérisseur, qu'elle s'était prise d'une affection sincère pour Louzanna, et qu'il était tombé sous son charme.

À présent, un rayon de soleil filtrait par la porte restée entrouverte. David recula dans la fraîcheur de la grange, et s'appuya contre le mur, à l'ombre.

Sara se trouvait à quelques pas, chez lui, avec son enfant. L'enfant d'un autre. Il ne pouvait encore se résoudre à rentrer.

Les quatre couples invités au mariage venaient de partir. Rose d'embarras, Louzanna s'était empressée de se retirer dans sa chambre.

Il avait pris Sara par la main et l'avait conduite à l'étage, dans sa chambre. Ils étaient enfin seuls. Nerveux et ému, il avait plongé son regard chaviré dans le sien pour lui murmurer :

— Je te désire comme je n'ai jamais désiré rien ni personne de ma vie.

— Je suis ta femme, à présent, David. Fais-moi l'amour.

Elle le contemplait avec une telle ferveur, une telle douceur, une telle innocence qu'il eut soudain peur de lui faire mal.

— Si tu ne te sens pas prête, Sara, dis-le-moi.

Au lieu de lui répondre, elle s'était approchée et lui avait effleuré tendrement la joue, puis la bouche.

Un frisson avait couru le long de son dos. L'instant d'après, leurs lèvres se rejoignaient, d'abord timidement, puis de plus en plus ardemment.

Avec un gémissement, elle s'était abandonnée à sa fougue. Cette nuit-là, il n'y eut pas de place pour les regrets, l'hésitation ou la culpabilité. Il n'y eut que l'amour.

La langue de Sara se lovait contre la sienne. Ses soupirs devenaient une chanson sur laquelle il dansait tout en la pressant contre son ventre brûlant. Elle ne semblait pas effrayée et il en conclut qu'elle savait exactement ce qui l'attendait. La vie dans les basses terres était rude. Elle avait grandi dans un espace exigu où il n'y avait pas de murs pour protéger les secrets de l'intimité.

— J'ai envie de toi, David.

— Tu sais vraiment ce que cela signifie, Sara ?

Elle laissa descendre ses mains vers son cou, sa poitrine, sa taille. Il la souleva dans ses bras et la porta sur le lit recouvert d'une courtepointe marron et indigo que Louzanna avait réalisée spécialement pour l'occasion.

Quand il eut retiré les épingles qui retenaient ses cheveux entrelacés de roses en bouton, les fleurs tombèrent sur l'oreiller et les boucles se déployèrent sur ses épaules.

Il commença par lui enlever ses chaussures, puis ses bas, caressa ses pieds nus, ses mollets, ses genoux. Il s'arrêta brusquement.

— Tu pleures ? demanda-t-il en tendant la main pour essuyer ses larmes.

Certain qu'elle avait changé d'avis, il s'apprêtait à la ramener dans sa chambre, malgré les tourments que lui infligeait son désir.

— Tu veux toujours que je continue, Sara ?

Lentement, elle se leva et se détourna pour enlever sa robe. Ses mains tremblaient.

— Peux-tu m'aider à défaire les boutons ? murmura-t-elle.

Il la déshabilla en retenant son souffle, et elle se retrouva en chemise de mousseline. Il fit descendre les bretelles sur ses épaules. Le vêtement glissa doucement, dévoilant ses seins hauts et fermes, sa taille fine, les courbes de ses hanches... le petit triangle brun entre ses cuisses. La chemise échoua sur le sol.

Elle lui décocha un sourire à couper le souffle tandis qu'elle s'offrait à lui sans honte, avec la fougue et l'impatience de la jeunesse.

Émerveillé, il contemplait son corps qui se parait de reflets d'or à la lumière des chandeliers. Il la désirait à en mourir.

Alors il l'attira vers lui et posa ses lèvres sur son ventre plat, sur ses cuisses, s'enivrant de son odeur, du goût de sa peau. Elle enfouit ses doigts dans ses cheveux en gémissant.

Doucement, il lui écarta les jambes, se fraya un chemin entre les replis secrets de sa chair, jusqu'au berceau moite et brûlant de son intimité. Sara se mit à trembler.

Tout à coup, comme pris de folie, il se débarrassa de ses vêtements, les jetant à travers la pièce, les déchirant presque.

Enfin il la prit dans ses bras, sentit son corps nu contre le sien et captura ses lèvres. Il l'entraîna sur le lit et l'obligea à rester allongée sur le dos tandis qu'il la caressait de la tête aux pieds. Elle essayait de l'attirer à elle, mais il résistait, se délectant de la douceur de sa peau. Une douceur de soie.

Le destin les avait réunis pour des raisons qui lui échappaient mais, pour l'heure, il ne voulait pas les connaître.

Enfin il roula sur elle et entra lentement en elle. Il sentit la résistance de sa virginité, s'immobilisa. Elle était sa femme et, ce soir, il la ferait sienne vraiment. Il brisa la fine barrière qui les séparait encore et la pénétra, l'emplissant complètement. Sara cria et il frémit. Il s'interrompit. L'écouta haleter, attendit jusqu'à ce qu'elle murmure son nom, le supplie de continuer.

Alors seulement il commença à aller et venir en elle. Éperdue, elle s'accordait à son rythme, les jambes nouées autour de sa taille, puis elle cria quand son plaisir explosa. Un dernier coup de reins et il la rejoignit dans l'extase en poussant un grognement rauque.

Cette nuit-là, Sara et lui n'avaient fait qu'un. Ils étaient toujours unis lorsqu'elle chuchota :

— Ne pars pas pour le Tennessee demain, David, je t'en prie.

Il ne souhaitait rien d'autre que rester ici, à ses côtés.

— Je dois partir, répondit-il pourtant dans un souffle. J'ai donné ma parole à Hugh.

— Je sais. C'est seulement que je t'aime, David. Je t'aime tellement que l'idée d'avoir à te dire au revoir m'est insupportable.

— Dans ce cas, nous ne nous dirons pas au revoir. Si tu veux, je partirai sans te réveiller et la prochaine fois que tu me reverras, la guerre sera finie.

Elle le dévisagea intensément, mémorisant chacun de ses traits tandis que les larmes roulaient sur ses tempes et disparaissaient dans ses cheveux. Puis elle hocha la tête.

— Si tu dois le faire, fais-le. Pars sans me dire au revoir. Je ne crois pas que je pourrai survivre à des adieux après cette nuit.

Il avait tenu sa promesse. Le lendemain matin, il s'était habillé dans la pénombre en prenant soin de ne pas la réveiller. Il craignait de ne pas avoir la force de partir si elle pleurait et l'implorait de nouveau.

Une fois prêt, il s'était assis près d'elle. Après avoir remonté les couvertures sur ses épaules, il l'avait écoutée respirer, avait contemplé son visage tout en maudissant son propre sens de l'honneur qui le contraignait à tenir la promesse qu'il avait faite à ses amis.

Il l'avait embrassée sur la tempe, si doucement qu'elle n'avait même pas frémi.

— À bientôt, Sara...

Il était ensuite sorti dans la lumière grise de l'aube, du même gris que cet uniforme qu'il devait porter beaucoup trop longtemps.

David s'assit dans la pénombre de la grange, songeant à cette femme qu'il désirait si désespérément il n'y avait pas deux heures, l'esprit torturé par les souvenirs.

Il avait bêtement cru qu'après cette nuit lointaine, elle serait à lui pour toujours.

12

Un bon moment plus tard, quand David regagna la cuisine avec les lapins dépecés, sa sœur l'attendait. Un bouillon de poulet mijotait sur la cuisinière. Son estomac gargouilla tandis qu'il déposait les lapins dans une bassine.

— Tu dois avoir faim.

— Pas vraiment.

Il avait pris l'habitude de manger très peu durant son incarcération dans le Maryland. On leur donnait de la nourriture avariée, de l'eau souillée. Ils campaient sur un sol boueux, et la maladie rôdait partout. Il en était arrivé à regretter d'avoir fait des études de médecine. Au moins, il aurait ignoré les risques que ses compagnons et lui couraient à vivre dans des conditions aussi insalubres. Pourtant, ce répit à la guerre lui avait probablement permis de ne pas sombrer dans la folie.

— Assieds-toi, David. Il faut te remplir le ventre. Je l'entends se plaindre jusqu'ici.

Il avait la gorge tellement serrée qu'il doutait de pouvoir avaler quoi que ce soit, mais il s'assit et prit la cuillère à monogramme qui se trouvait sur la table. Les questions se bousculaient dans sa tête.

Lou sortit l'un des bols en porcelaine de leur mère et le remplit de soupe. Lorsqu'elle le lui apporta, ses mains tremblaient tellement qu'il le lui ôta des mains avant qu'elle n'en renverse le contenu.

— Merci, Lou.

Il s'agissait d'un bouillon plus que d'une soupe, agrémenté de quelques rares morceaux de poule, d'oignons et de carottes.

— Je l'ai préparé moi-même, déclara-t-elle avec fierté.

David balaya la pièce du regard et découvrit soudain à quel point elle était vide. Il avait aussi remarqué que le plus grand désordre régnait dans la cour et que le jardin était envahi de mauvaises herbes.

— Personne ne t'a aidée pendant tout ce temps ?

Il ne pouvait se résoudre à lui demander pourquoi Sara ne lui avait pas donné un coup de main. Il ne parvenait même pas à prononcer son nom, quand bien même il était conscient de ses pas qui résonnaient dans la pièce au-dessus.

— Une femme est venue me montrer comment préparer un repas, mais elle est repartie.

Pour autant qu'il s'en souvenait, il n'avait jamais vu Lou s'occuper de quoi que ce soit à la cuisine. Pour l'heure, elle se tordait les mains en les fixant comme si elle les voyait pour la première fois.

— Lou...

Elle leva sur lui un regard brillant de larmes, l'air désorienté. L'anneau de Mason Blaylock suspendu à son cou étincelait au soleil, rappel constant de sa peine.

— Oh, David ! Je suis désolée que la maison soit dans un tel état. Je... j'ai vraiment essayé de faire de mon mieux.

Elle éclata en sanglots et se cacha le visage dans les mains.

Il se leva d'un bond pour la prendre dans ses bras. Elle était plus âgée que lui mais aussi fragile qu'une porcelaine. Toute sa vie, il avait veillé sur elle.

— Chut, ne pleure pas, Lou.

— Tout a changé pendant la guerre. Tu as cessé d'écrire, Hugh est venu nous annoncer ta mort, et puis

Sara est partie. Jamie est resté alors que je ne pouvais plus le payer. Et ensuite, les Yankees l'ont emmené, et les traites du moulin n'ont plus été payées.

— Comment cela, les traites n'ont plus été payées ? Que veux-tu dire ?

Elle rassembla suffisamment de forces pour prendre un torchon et se tamponner les yeux.

— Les Yankees ont détruit le moulin en partant. Incapable de le remettre en fonction, M. Newberry n'a plus été en mesure d'honorer ses traites. La plupart des champs sont en jachère, et il paraît que le travail se fait rare dans la région.

David avait vendu le moulin de son père pour assurer la subsistance de sa sœur. Jamais il n'aurait imaginé qu'elle se retrouverait sans le sou.

De même qu'il n'aurait pas cru Sara capable d'oublier son serment de mariage. Quel imbécile il avait été !

— Comment as-tu réussi à vivre ?

— Je me suis débrouillée. Les voisins m'ont aidée. Le Dr Porter passait souvent me voir. C'est une bénédiction que Sara soit revenue, hier, ajouta-t-elle en regardant les lapins.

David alla jusqu'au jardin d'hiver puis revint dans la cuisine. Ainsi, Sara n'était rentrée que depuis la veille. Peut-être Louzanna l'avait-elle accueillie parce qu'elle avait besoin de son aide ?

Toute la ville ne tarderait pas à apprendre qu'elle s'était fait faire un enfant par un autre, si la nouvelle ne s'était déjà répandue.

Nous croyions que tu étais mort. Les mots de Sara résonnaient sans relâche dans sa tête.

Il avait observé la fillette avec attention. Elle devait avoir un an et demi, peut-être deux. Combien de temps sa douce épouse avait-elle attendu avant de se donner à un autre homme ? Des jours ? Des semaines ?

Il lui vint soudain à l'esprit que, s'il leur avait écrit

tout de suite après avoir recouvré la mémoire au lieu de profiter du calme et de la paix de la prison de l'hôpital, ses lettres seraient peut-être arrivées.

L'état de chaos mental dans lequel il se trouvait lui avait-il coûté sa femme?

Ne pense pas à cela. Pas maintenant.

— Que vas-tu faire, David? risqua Lou.

Elle se tenait maintenant près de la table, les deux mains accrochées à son pendentif.

— La plupart des hommes la jetteraient dehors.

— Non! s'écria sa sœur, affolée. Tu ne peux pas. Écoute-la, je t'en prie. Essaie de comprendre. Tu n'as pas idée de ce que la guerre nous a fait à nous tous.

Il savait en tout cas ce qu'elle lui avait fait à lui. Il se massa les tempes d'un air absent.

Écoute-la. Pour entendre les détails sordides de son histoire d'amour avec un autre?

Il essaya de les chasser de son esprit, elle et son enfant, afin de se concentrer sur la nécessité de remettre sa vie en ordre.

— J'ai de l'argent sur un compte d'épargne. Du moins, j'en avais avant la guerre. Nous devrions pouvoir tenir le coup jusqu'à ce que j'aie ouvert mon cabinet.

Louzanna esquissa un sourire.

— Je redoutais de t'infliger des soucis financiers à ton retour. Après tout ce que tu as enduré… ajouta-t-elle en regardant sa cicatrice.

Soudain, elle sursauta.

— Tu n'as même pas goûté à ta soupe. S'il te plaît, assieds-toi et mange.

Il s'exécuta sans conviction et eut l'impression de boire de l'eau chaude. Le parquet craquait dans la pièce au-dessus, lui rappelant la présence de Sara et de sa fille.

Tout à coup, l'épuisement qui s'était évanoui en même temps que son bonheur d'avoir retrouvé sa femme s'abattit sur lui telle une chape de plomb. Il repoussa son bol vide, contempla ses mains qui savaient guérir, mais pas retenir sa femme.

— J'ai besoin de me laver et de me raser, Lou. Le tub est toujours dans la remise ?

— Oui. Je te fais chauffer de l'eau. Tes vêtements sont dans ta chambre, comme tu les as laissés. Je m'en suis occupée. Je... je savais que tu reviendrais.

Heureuse de pouvoir se rendre utile, elle se calma immédiatement. Elle avait consacré sa vie à sa famille, surtout à sa mère. Contrairement à David, elle n'était jamais entrée en conflit avec son père. Elle s'était dévouée aux siens avec amour, évoluant dans un cercle restreint d'amis, essentiellement des femmes qui venaient coudre une fois par semaine.

Si jamais il s'avérait que Sara était revenue pour profiter de Lou...

Les mains de David se crispèrent. Il se força à les rouvrir et les posa sur ses cuisses.

— Je remplirai le tub quand l'eau sera chaude, dit-il en se levant.

Incertain, il demeura immobile au milieu de la pièce. Il n'osait faire le tour de sa propre maison à cause de la femme qui s'y trouvait.

— Si tu montais chercher des vêtements propres ? suggéra Lou en versant de l'eau dans la bouilloire. Tu préfères que je m'en charge ?

— Non, j'y vais.

Il ne bougea pas pour autant. La trahison de Sara rôdait dans la pièce telle une présence muette, mais il se refusa à demander des détails à sa sœur. Elle était suffisamment bouleversée comme cela.

La vérité, il voulait l'entendre de la bouche de sa femme.

13

La maison était restée telle qu'il l'avait laissée, mais elle paraissait creuse et vide aujourd'hui. Peut-être parce que son cœur n'y était plus ?

Il remarqua toutefois quelques légers changements, des objets manquants ici ou là. Dans le couloir, à l'étage, il y avait des rectangles décolorés sur les murs, là où étaient autrefois accrochés les tableaux de Matthew Jouette, cet artiste de Lexington. L'idée que Louzanna ait été forcée de vendre des souvenirs aussi précieux le mit hors de lui.

Il fixait le mur nu, au-dessus des boiseries, lorsque la voix de Sara lui parvint, en même temps que le grincement d'un fauteuil à bascule.

Il leva la main pour frapper à sa porte. C'était la première fois qu'il l'entendait chanter. Sa voix était claire et limpide.

Il ignorait tant de choses à son sujet, son inconstance notamment.

Captivé par le son mélodieux si apaisant, si éloigné du fracas de la guerre, il ferma les yeux et se laissa pénétrer par la chaleur de son timbre.

Il l'imaginait dans le fauteuil, berçant tendrement l'enfant d'un autre.

Il frappa à la porte, et elle se tut aussitôt. Un silence s'écoula, puis elle ouvrit.

À tort, il se croyait prémuni contre le flot d'émotion qui le submergea dès qu'il posa les yeux sur elle.

Elle portait toujours ces vêtements masculins dans lesquels elle paraissait perdue, d'une vulnérabilité extrême. Le blanc pur de la chemise en lin contrastait avec sa peau d'ivoire et soulignait la vilaine blessure sur sa joue gauche.

L'œil du médecin s'y attarda, remarqua qu'il n'y avait pas d'abrasion. La peau n'était pas entamée. L'ecchymose lui parut le résultat d'un coup de poing, récent qui plus est. Celui de son amant qui l'aurait chassée ? Était-ce pour cette raison qu'elle était revenue à Magnolia Creek ?

— Il faut qu'on parle, dit-il, essayant d'ignorer ses yeux rougis.

Il l'enviait de pouvoir pleurer.

Elle acquiesça et s'effaça pour le laisser entrer. La pièce était restée la même, à l'exception du lit en fer forgé qui se trouvait à présent près du lit, et où dormait l'enfant.

Rien n'avait changé, et en même temps, tout avait changé.

Il croisa les bras et attendit. Après tout, c'était elle qui lui devait des explications. Elle recula de quelques pas et le considéra d'un air circonspect.

— Je ne peux pas revenir en arrière, commença-t-elle, mais, que Dieu m'en soit témoin, David, je pensais vraiment que tu étais mort. J'étais folle d'inquiétude quand tes lettres ont cessé d'arriver. Louzanna et moi essayions de nous réconforter, de nous persuader que tu allais bien, que nous finirions par recevoir de tes nouvelles. Puis Hugh est venu nous annoncer que tu étais mort dans ses bras.

Hugh. Son meilleur ami depuis l'enfance. Celui qui l'avait incité à s'engager.

« *Nous avons besoin de toi, David. Tu as, plus que tout autre, ta contribution à apporter, en dehors du fusil. Tu as toujours affirmé que tu voulais manifester ta reconnaissance à la ville qui avait permis à tes parents de faire fortune. C'est l'occasion ou jamais. Les fils de Magnolia Creek partent à la guerre. Rejoins-nous, viens nous aider à survivre. »*

Hugh. Celui-là même qui avait essayé de le dissuader d'épouser Sara.

La jeune femme tourna les yeux vers son enfant endormie.

— Quand ? demanda-t-il.

— Pardon ?

— Quand Hugh t'a-t-il dit que j'étais mort ?

— Quelques mois après Shiloh.

Environ un an après son départ. Seigneur, pourquoi avait-il fallu qu'il s'attarde autant dans cet hôpital ?

— Combien de temps m'as-tu pleuré, Sara ? Une semaine ? Un mois ?

— David, arrête.

— As-tu au moins attendu un mois entier avant de sauter dans le lit d'un autre ?

Il faillit sortir de crainte de croire bêtement tout ce qu'elle allait lui dire.

— Je te croyais mort.

— Et moi qui m'étais imaginé que je te sortais de la fange en t'épousant, que tu serais mieux ici qu'avec ta famille. Mais Hugh et les autres avaient raison. Tu as été élevée par des moins-que-rien et…

— *Tu étais mort !* cria-t-elle avant de se couvrir la bouche des deux mains, les yeux écarquillés.

— Et je parie que tu aurais préféré que je le sois vraiment.

Il s'efforça d'ignorer ses larmes, détourna les yeux quand elles ruisselèrent sur ses joues. Dans le petit lit, l'enfant geignit puis se calma. Sara tenta de se ressaisir et prit une longue inspiration.

— Je n'avais aucune raison de ne pas croire Hugh. Je n'étais plus une épouse mais une veuve.

— Eh bien, me voilà ressuscité, et je n'aime pas ce que je découvre.

Il s'approcha et l'obligea à le regarder dans les yeux.

— Pourquoi es-tu revenue *ici* et pas chez tes parents ?

— C'est ce que j'ai d'abord fait, mais mon père m'a chassée.

— Et je suis censé te reprendre ? M'as-tu jamais *vraiment* aimé, Sara ? ajouta-t-il d'une voix sourde.

— Je t'ai aimé dès le premier jour, David. Sans réserve.

Il secoua la tête et un sourire sarcastique joua sur ses lèvres.

— Je ne suis pas le même que celui qui est parti à la guerre il y a cinq ans. J'ai vu des choses qui te glaceraient les sangs. Il m'est presque arrivé d'espérer mourir, mais j'étais assez stupide pour rêver d'un avenir avec toi. Je suis resté en vie à cause de *toi*, Sara. Et voilà ce que je trouve en rentrant, lâcha-t-il amèrement en désignant le lit d'enfant.

À sa grande surprise, elle lui saisit fermement le bras et s'accrocha à lui.

— Je *t'aimais*, David. Quand j'ai appris que tu n'étais plus de ce monde, j'ai cru devenir folle. Lou affirmait que tu étais vivant, elle le répétait d'ailleurs à qui voulait l'entendre, s'acharnant à convaincre les autres, y compris Hugh, que tu allais revenir. Personne ne l'a prise au sérieux. Je me suis vêtue de noir pour pleurer notre amour et ce qu'il aurait pu être. Nous n'avions même pas vécu ensemble toi et moi que déjà c'était fini.

— Cela a rendu les choses plus faciles ? Ou est-ce parce que la vie est devenue difficile et que l'argent s'est mis à manquer que tu es partie ?

— Quand je suis partie, Louzanna allait bien. Les paiements du moulin continuaient d'arriver, Jamie était là pour veiller sur elle. Je lui ai appris à préparer les infusions qui la calmaient, et il savait s'y prendre aussi bien que moi quand les crises venaient. Jamais je n'aurais cru que les Yankees brûleraient le moulin et emmèneraient Jamie. Je suis partie parce que je ne supportais plus de vivre ici, dans ta maison où tout me rappelait ton souvenir. Lou a gardé ta chambre telle que tu l'avais laissée, comme un sanctuaire. Je n'avais que dix-huit ans, David. J'étais presque une enfant, et l'idée de ressembler à Louzanna me terrifiait. Je me voyais en deuil jusqu'à la fin de mes jours, à regarder ma vie m'échapper.

La chaleur de la main de Sara se diffusait dans tout son bras. Il sentait le parfum de la forêt qui émanait de ses cheveux, son haleine tiède, sa tension extrême. Il avait désespérément besoin d'elle, de la sentir contre lui, de caresser sa peau douce et d'enfouir son visage dans sa chevelure.

— Écoute-moi, David Talbot. Ne doute *jamais* de mon amour. Jamais. Si nous avions seulement eu un mot de toi ou du ministère de la Guerre, un espoir auquel nous accrocher, si infime fût-il… mais Hugh a été catégorique. Lorsque Abel a publié ton nom dans la liste des disparus, dans *La Sentinelle*, je n'ai eu d'autre choix que de me résoudre.

— Alors tu as couché avec un autre pour m'oublier. Qui était-ce ? Je le connais ? C'est quelqu'un d'ici ?

— Non. Non, c'est fini, David. Depuis longtemps.

— Mais il t'a laissé un enfant.

Elle baissa les yeux et lui lâcha le bras.

— Légalement, je suis toujours ta femme.

— Ma femme ? Puisque tu croyais être veuve, pourquoi ne l'as-tu pas épousé ?

— Il ne cessait de trouver des excuses. Au début, il disait qu'il fallait attendre la confirmation officielle de ta mort, et puis… il a changé d'avis.

Elle fit un pas vers lui, s'arrêta.

— Nous pouvons recommencer, David.

Elle tendit la main vers lui mais, cette fois, il l'écarta.

— Ce n'est pas aussi simple, Sara.

Était-elle naïve au point de croire qu'il pouvait pardonner et oublier aussi facilement ? S'il n'avait pas autant souffert, dans cet univers où ses souvenirs se mêlaient aux cris d'agonie et de douleur, alors oui, peut-être aurait-il pu comprendre et pardonner. Il se reprochait d'avoir dissimulé son identité en recouvrant la mémoire, afin de s'accorder quelques semaines de répit, mais ce n'était rien comparé à ce que Sara avait fait.

Durant tout ce temps où il luttait pour ne pas sombrer dans la folie, essayant de retrouver sa confiance en lui et en ses compétences, de justifier son retour sur le champ de bataille en dépit de l'issue fatale qui se précisait chaque jour davantage, Sara couchait avec un autre.

Il respira profondément, s'efforçant de se calmer.

— Ce n'est pas comme si tu avais seulement oublié le repas sur le feu, Sara, reprit-il. On ne peut pas passer l'éponge aussi facilement.

— Pourquoi ? Nous nous aimions autrefois. Nous partagions les mêmes espoirs et les mêmes rêves. Pourquoi ne pas laisser la guerre et tout ce qu'elle a entraîné derrière nous, et repartir de zéro ?

Un cri les fit soudain sursauter.

— Maman ?

La fillette blonde s'assit dans son lit. Elle se frotta les yeux et examina David avec curiosité.

— Voilà pourquoi, répondit-il en désignant le bébé qui avait le même regard bleu que sa mère.

Quand des fossettes se creusèrent dans ses joues, il se détourna en se demandant ce qu'elle avait hérité de son géniteur.

— Qu'est-ce qui me dit que son père ne va frapper à ma porte d'un moment à l'autre pour vous récupérer toutes les deux.

Sara pâlit davantage.

— Ne t'inquiète pas, il ne viendra pas me chercher.

— Qu'est-ce qui te permet d'en être aussi sûre ? Tu ne l'intéresses peut-être plus, mais sa fille ?

— David, je t'en prie.

— Je ne veux plus de toi, Sara.

C'était un mensonge. Destiné à lui faire mal. Un désespoir sans fond emplit le regard de la jeune femme, comme si elle dérivait soudain sur un océan de désolation. Il savait exactement ce qu'elle ressentait, parce qu'il était là, flottant à ses côtés.

— Je suis toujours ta femme, répéta-t-elle dans un murmure.

Peut-être, mais cesserait-il un jour de l'imaginer dans les bras de cet homme sans visage ?

— Il existe un moyen légal d'y remédier, jeta-t-il froidement.

Elle sembla se recroqueviller sous le coup.

— J'aime ma fille, David. Je dois penser à son bien-être et à sa sécurité. Divorce si tu le souhaites, mais je te demande seulement de nous donner une chance de surmonter tout cela. Si ce n'est pas possible, laisse-moi au moins le temps de trouver un toit.

Songeait-elle à chercher un autre homme susceptible de la prendre en charge ?

— Je serai une bonne épouse, tu sais.

Il s'apprêtait à lui rétorquer qu'il en doutait quand la fenêtre près du lit en fer forgé explosa sous l'impact d'un caillou qui roula aux pieds de Sara.

Elle bondit vers sa fille qui hurlait, la souleva dans ses bras et courut se réfugier dans le couloir. David ramassa le caillou avant de se ruer vers la fenêtre. Il la fit coulisser d'un coup sec et se pencha pour scruter les alentours. Le jardin et la rue étaient déserts. Avec toute la verdure et les buissons autour de la maison, les cachettes ne manquaient pas. Cela n'aurait servi à rien de se précipiter dehors à la recherche du coupable.

Il se tourna vers la chambre et examina le caillou. Il était ficelé dans un papier brun. Il le détacha, déplia la feuille en la défroissant. L'écriture était enfantine, et les mots éloquents.

Dehors, traînée, fille à Yankees.
Magnolia Creek est une ville convenable et pieuse.

Seul un lâche pouvait avoir commis un acte aussi vil. La pierre avait laissé une marque profonde sur le parquet. Si elle avait heurté la tête de la petite, elle aurait pu la tuer.

Il quitta la pièce et trouva Sara qui berçait sa fille dans le couloir. Toutes deux tournèrent le même regard effrayé vers lui.

— Il semblerait que quelqu'un ait décidé de te chasser de la ville par tous les moyens.

Son expression choquée l'émut malgré sa colère et son amertume. Son désir de la protéger demeurait bien vivant. Si jamais il trouvait le couard qui avait fait cela, que Dieu lui vienne en aide.

Il hésita puis lui tendit le papier, observant son visage tandis qu'elle lisait.

— Sur mon lit d'hôpital, je priais le Seigneur de me laisser vivre assez longtemps pour retrouver le havre de tes bras. Tu as vraiment couché avec l'ennemi, Sara?

Il n'attendit pas de réponse à cette ultime insulte. Il lui tourna le dos et rentra dans sa propre chambre. Celle où Sara avait dormi avec lui, la dernière fois.

Elle ressemblait à un sanctuaire glacial. Des draps blancs recouvraient les meubles. Il retira ceux de son lit et des fauteuils, les jeta dans un coin, et ouvrit son armoire avec tant de force que la porte claqua contre le mur. À l'intérieur, rien ne manquait. Ses chemises et ses pantalons étaient soigneusement suspendus côte à côte.

C'était comme si son passé se matérialisait soudain devant lui. Il fallait qu'il sorte d'ici. Il allait prendre un bain, se changer et aller en ville. Peut-être y trouverait-il les réponses aux questions qu'il se posait. Peut-être mettrait-il la main sur le poltron qui avait profané sa maison.

14

Pendant que Louzanna, apeurée, s'occupait d'Elizabeth, Sara retira la vitre cassée et cloua des planches sur l'ouverture béante. Elle s'était refusée à demander l'aide de David.

Après s'être lavée, elle brossa longuement ses cheveux, puis revêtit une robe à impression cachemire indigo. Elle lui allait parfaitement avant son départ mais, à présent, elle flottait à la taille et lui comprimait la poitrine.

Sa fille jouait par terre, avec l'une de ses chaussures. Elle s'assit près d'elle. L'entaille provoquée dans le parquet la fit frémir. Son grand-père disait toujours que l'on ne gagnait rien à regarder en arrière, mais pour elle, l'avenir ne comportait que des dangers.

Elle ignorait ce que David avait en tête quand il était sorti, quelques minutes plus tôt, le visage indéchiffrable. Il lui était apparu si dur, si menaçant, presque un étranger.

Elizabeth lui tendit sa chaussure. Elle la prit distraitement, donna un baiser à la fillette puis l'attrapa dans ses bras avant de se lever. Elle jeta un coup d'œil à son reflet en passant devant le miroir, effleura du doigt l'ecchymose sur sa joue.

David avait dû la trouver changée. Elle n'était plus la toute jeune fille qu'il avait épousée, mais il l'avait aimée jadis, puis tout au long de la guerre, et il l'aimait encore quelques heures plus tôt. Il n'était pas si facile de verrouiller son cœur, elle était bien placée pour le savoir. Elle avait toujours gardé David dans le sien, même lorsqu'elle était avec Jonathan.

Elle se jura de faire tout son possible pour gagner son pardon et reconquérir son amour. En attendant, elle se battrait pour prouver qu'elle était toujours la femme qu'il lui fallait, celle qu'il avait épousée. Par ailleurs, elle avait conclu un marché avec Louzanna, et elle comptait bien s'y tenir.

Des nuages gris s'étaient amoncelés dans le ciel. Ils convenaient à l'humeur sombre de David tandis qu'il se dirigeait vers la maison du Dr Maximus Porter, dans Maple Street. Il avait rabattu son chapeau sur son visage, peu désireux qu'on le reconnaisse. Il n'était pas d'humeur à discuter. Heureusement, il n'y avait pas grand monde dans les rues.

Le Dr Porter vivait dans une maison en bois blanc à un étage. Une galerie courait jusqu'à une porte latérale menant à son cabinet, au rez-de-chaussée. Enfant, David venait le voir et attendait avec impatience qu'il ouvre le grand bocal en verre plein de bonbons, posé sur le coin de son bureau.

Il frappa. N'obtenant pas de réponse, il s'apprêtait à recommencer quand la porte s'ouvrit. Tout d'abord, le vieux médecin le fixa en silence, les yeux écarquillés, puis il l'attrapa aux épaules et le plaqua contre lui dans une étreinte énergique.

— Seigneur, je n'aurais jamais cru te revoir dans cette vie ! s'écria-t-il en l'attirant à l'intérieur. Bienvenu du royaume des morts, mon petit. Quel bonheur de te revoir !

Goldie, la vieille chienne de Maximus, un setter à poil long, traversa la pièce pour venir renifler le pantalon de David. Il lui caressa la tête, et elle se coucha à ses pieds, comblée.

— Merci, mon Dieu ! Tu es vivant ! Je priais pour trouver quelqu'un susceptible de reprendre le cabinet. Viens donc au salon. L'eau est chaude pour le thé.

David enjamba Goldie et suivit Maximus. La chienne leur emboîta le pas et s'installa sur le tapis usé, devant la porte d'entrée.

La maison, bien tenue, regorgeait de toutes ces choses qu'un couple peut accumuler au fil des ans : livres, gravures, photographies, vases, statuettes. Des portraits de famille ou des paysages décoraient les murs.

Des napperons en dentelle recouvraient le dos et les accoudoirs des fauteuils placés près de la cheminée. Au bas de l'escalier s'empilaient des exemplaires de *La Sentinelle* et du *Louisville Journal*, un journal pro-Union.

Le Dr Porter et sa femme Esther n'avaient pas d'enfants. La petite maison qu'ils avaient construite au début de leur mariage leur suffisait.

David s'arrêta devant ce qui était vraisemblablement le fauteuil d'Esther. Une paire de lunettes était posée à côté d'un livre, sur le guéridon. Une boîte à ouvrage se trouvait à portée de main, sur le sol. Esther avait participé aux cercles de couture de Louzanna pendant des années. David jeta un coup d'œil en direction de la cuisine, mais elle n'y était pas.

— Où est Esther ?

Les yeux sombres de Maximus Porter s'embuèrent. Le vieil homme retira ses lunettes et nettoya les verres avec un pan de sa chemise. Il se racla la gorge, enroula les branches fragiles autour de ses oreilles et regarda David.

— Elle nous a quittés, il y a six mois. Un jour, son cœur s'est arrêté de battre.

— Oh, Maximus… je suis désolé.

C'était un piètre réconfort mais que dire d'autre ? Il ne pouvait deviner.

— Moi aussi, répondit Maximus en lui désignant le fauteuil d'Esther.

David s'y installa, et le vieux docteur alla chercher le thé. Il revint avec un plateau sur lequel se trouvaient deux tasses emplies d'un breuvage noir.

— Nous étions mariés depuis quarante-sept ans, reprit Maximus. De ma vie, je ne me suis senti aussi seul. J'ai toujours cru que je partirais avant elle, mais à présent, je trouve que c'est mieux ainsi, parce que je ne souhaite à personne d'endurer un chagrin pareil.

David essaya d'avaler une gorgée de thé brûlant et reposa la tasse. Il se demandait si perdre sa femme après tant d'années de vie commune était pire que la trahison de Sara. Il n'était pas facile de mesurer ce genre de douleur.

Ils faisaient une belle paire tous les deux, le cœur brisé. David lui raconta ses années de guerre, gardant pour lui certains détails.

— J'espère que tu es prêt à prendre la relève, mon garçon. Mes prières ont été exaucées. Je cherchais quelqu'un d'autre pour me succéder, puisque je te croyais mort. Esther et moi... avions toujours rêvé de voyager. Elle voulait aller en Écosse, dans le village de ses ancêtres. À présent... j'ai besoin de partir. Trop de choses ici me rappellent son souvenir.

Sara avait quasiment prononcé les mêmes mots.

— Quand ?

— Dès que possible. Plutôt que de te lancer dans des frais pour installer ton cabinet, tu n'as qu'à utiliser le mien. Il est encore assez bien équipé. Depuis la guerre, il est devenu difficile de s'approvisionner, mais les choses commencent à s'améliorer.

— Je ne peux pas m'installer dans votre cabinet, objecta David.

— Pourquoi ? Autant qu'il serve à quelque chose. Je fermerai le reste de la maison. Tu n'auras qu'à passer par l'entrée latérale.

L'offre du Dr Porter était tout à fait inespérée. Non seulement David pourrait commencer à travailler sans délai, mais il aurait un endroit bien à lui, loin de Sara.

Maximus posa sa tasse sur un tabouret. Près de la porte d'entrée, Goldie se grattait avec entrain.

— Cette chienne passe désormais son temps près de la porte, à attendre Esther. J'ai bien peur d'être obligé de la piquer. Personne ne voudra d'une vieille bête comme elle.

— Je prendrai soin d'elle, proposa David spontanément.

Maximus souffrait déjà suffisamment. Pas question de lui imposer un chagrin supplémentaire.

— Parfois, je me sens aussi inutile que Goldie, soupira le vieil homme en s'essuyant les yeux sous ses lunettes.

— Il vous reste de nombreuses années à vivre, doc.

— C'est bien ce qui m'effraie.

— J'aurai besoin de vos conseils.

Pour la première fois depuis le début de leur conversation, Maximus sourit. David se demanda s'il savait, à propos de Sara.

— Il y a une chose dont nous n'avons pas encore parlé, reprit-il.

— Sara. C'est à mon tour de te dire combien je suis désolé. Cela a dû être terrible de rentrer et de découvrir que ta femme était partie.

— Sara est revenue. Hier.

— Juste avant toi, alors.

— Oui.

— Les desseins du Seigneur m'échappent, parfois, murmura le vieux médecin en secouant la tête.

— Elle est rentrée avec un enfant. Un enfant qui n'est pas le mien.

Il eut honte de cette révélation, comme s'il en était responsable, mais il s'adressait à un homme habitué à traiter avec la souffrance. Et pas seulement la souffrance physique. Le Dr Porter savait écouter sans condamner.

— Elle semble penser que je devrais pardonner, oublier et recommencer avec elle.

— Comme ça ?

— Oui, comme ça.

— Elle te croyait mort, David. Comme nous tous.

— C'est ce que j'ai appris.

— Je préfère te mettre en garde. Si tu la reprends, il y aura des répercussions. Certains n'approuveront pas ta décision. Cela a été très dur pendant la guerre. Nous avons été occupés comme n'importe quelle ville confédérée. Lorsque les troupes de l'Union sont parties, elles ont incendié le moulin et emmené tous les esclaves valides.

— Je sais, ils ont même emmené Jamie, alors que ce n'était plus un esclave.

— Ta Sara ne s'est pas fait des amis en fréquentant un soldat de l'Union. Tu imagines comment cela a pu être perçu, même si leurs entrevues étaient plutôt innocentes. Après le départ des Yankees, on a appris qu'elle les avait suivis.

David se passa la main sur le front.

— Sara n'a jamais pris parti dans cette guerre, tout comme sa famille, expliqua-t-il. À ses yeux, la couleur d'un uniforme ne signifie rien. Je doute qu'elle se soit rendu compte que les gens d'ici estimaient qu'elle a trahi, ou qu'ils lui en tiendraient rigueur alors même que la guerre est finie.

— Selon Esther, Louzanna était bouleversée, mais jamais elle n'a émis la moindre critique envers Sara. Elle était persuadée que tu vivais toujours, envers et contre tout. Et je suis rudement content qu'elle ait eu raison.

Après un silence, Maximus poursuivit :

— Le Kentucky n'a pas vécu des jours faciles, mais je suis sûr que tu as connu bien pire. Sara devait être terrorisée. La guerre pousse les gens à faire des choses qu'ils ne feraient jamais en temps normal.

— Quelqu'un a lancé une pierre à travers la fenêtre de sa chambre, tout à l'heure, dit David en sortant de sa poche le message qui l'accompagnait.

Le vieil homme le lut et soupira.

— Vous n'avez pas une idée de qui a pu faire cela ? risqua David.

— Il pourrait s'agir de n'importe qui. Je te l'ai dit, les gens ne voient pas son retour d'un bon œil. Mais toi, David, n'oublie pas qu'elle croyait que tu ne reviendrais pas. La solitude est un fardeau terrible, tu sais. On ne réfléchit pas toujours avec discernement quand on a le cœur brisé.

Un long silence tomba entre eux.

— Que vas-tu faire à son sujet ? reprit Maximus.

— Je n'ai encore rien décidé.

— Elle est toujours ta femme.

— Oui, admit tristement David.

Une femme qui sortait du lit d'un autre.

— Eh bien, si elle reste, prépare-toi à affronter la ville entière.

15

David quitta le Dr Porter avec de nouvelles perspectives. Sa vie privée demeurait chaotique, mais au moins, grâce à la générosité de Maximus, il allait pouvoir commencer à travailler sans délai.

Le ciel avait pris une couleur gris cendre et une petite bruine s'était mise à tomber.

Il emprunta les avenues bordées de maisons à deux étages précédées de pelouses bien entretenues qui menaient au centre où des bâtiments de bois et de brique avoisinaient le jardin du palais de justice et son kiosque à musique. Magnolia Creek était une ville modèle, autrefois florissante grâce au moulin qui avait attiré les entreprises, ce qui avait fourni de nombreux emplois.

Combien de temps lui faudrait-il pour retrouver sa prospérité d'antan ?

Pour sa part, David était sur le point de devenir le médecin de la cité. L'expérience acquise sur les champs de bataille était terrible pour un jeune chirurgien débutant, mais inestimable.

Son père lui avait prédit qu'il se lasserait d'être appelé en pleine nuit pour aller essuyer du vomi ou regarder les gens mourir.

« Comment comptes-tu te bâtir un avenir, sachant qu'on te paiera avec des poulets ou des légumes, si tant est qu'on te paie… ? »

Sa décision de devenir médecin avait été leur plus grand sujet de discorde, mais David n'avait pas fléchi, bravant la colère, la déception, l'amertume puis le mépris de son père.

Cependant, l'atmosphère était devenue tellement irrespirable qu'elle avait fini par nuire à la santé de sa mère. David avait alors mis ses rêves de côté et accepté de s'occuper du moulin, jusqu'à ce que son père meure d'un arrêt cardiaque.

Mary, sa mère, souffrait d'un grave problème nerveux. Elle était si faible, elle ne quittait plus son lit. Elle suivit son mari dans la tombe quelques jours plus tard.

Six semaines après avoir enterré son père, David vendit le moulin en convenant de paiements mensuels au bénéfice de sa sœur, de sorte qu'elle ne manque de rien tandis qu'il partirait étudier la médecine.

Arrivé dans Main Street, il commença à sentir les regards intrigués des passants. On ne tarda pas à le reconnaître et il dut s'arrêter à chaque pas. Une fois à la banque, il retira une partie de ses économies tout en racontant de manière succincte à l'employé comment il avait survécu. Avant qu'il ne parvienne aux bureaux de *La Sentinelle de Magnolia Creek*, sa résurrection était sur toutes les lèvres.

La Sentinelle était un hebdomadaire. Durant la guerre, ses articles avaient traité essentiellement du Kentucky, de la nation et des questions politiques qui agitaient le pays, mais en période de paix, les faits divers de Magnolia Creek les plus insignifiants occupaient la plupart de ses pages.

Il poussa la porte du journal. Un jeune homme qu'il ne reconnut pas était assis au bureau.

— Je suis David Talbot. Est-ce qu'Abel est là ?

Le jeune homme bondit aussitôt de sa chaise et disparut dans la pièce où se trouvait la presse. Il revint presque aussitôt, suivi d'Abel Foster.

Il n'avait pas changé, constata David. Grand, mince,

les cheveux châtain clair huilés et plaqués en arrière. Un long visage flanqué d'épais favoris, et une bouche tombante qui lui donnait l'air perpétuellement morose. Il lui tendit une main fine tachée d'encre que David serra brièvement.

— Eh bien ! s'exclama Abel. Si je m'attendais à me retrouver nez à nez avec un revenant ! Attends, je prends un bloc et un crayon pour t'interroger. Ce n'est pas tous les jours que je peux publier une histoire de fantôme !

Abel s'esclaffa tout en farfouillant dans son bureau. Sa plaisanterie n'était pas du goût de David.

— Je suis venu passer une annonce. Je vais prendre la suite du Dr Porter.

— Mais… depuis combien de temps es-tu rentré ?

— Depuis aujourd'hui, à midi.

— Bon. La nouvelle aura fait le tour de la ville avant que l'article soit publié. Je n'arrive pas à croire que Minnie ne t'ait pas vu, elle serait aussitôt venue me prévenir.

Il observa un silence, les yeux baissés, avant d'enchaîner :

— Il paraît que ta femme est revenue en rampant hier soir. Au moins, tu vas pouvoir te débarrasser d'elle, bien que ta sœur lui ait permis de rester. Quand Minnie a essayé de lui expliquer que ce n'était pas une bonne idée, pas plus tard que ce matin, elle l'a jetée dehors.

— Louzanna ?

David avait du mal à croire que Lou ait eu un tel cran. Si cette commère de Minnie n'avait pas changé, le retour de Sara n'était plus un secret pour personne.

— Comment va Arthur ? demanda-t-il pour dévier la conversation. Il est rentré sain et sauf ?

Le fils des Foster, Arthur, était plus vieux que David. Il avait été l'un des premiers à s'enrôler et à quitter Magnolia Creek.

Le visage chevalin d'Abel Foster se figea.

— Il est mort à Vicksburg. Quand puis-je t'interroger pour mon article ? ajouta-t-il, comme s'il lui déplaisait d'évoquer son fils.

David ne souhaitait pas s'ouvrir à Abel ni à aucun de ses concitoyens à propos du passé. Sara lui avait déjà apporté une notoriété suffisante. La guerre était terminée. En ce qui le concernait, c'était déjà de l'histoire ancienne.

— La guerre est derrière moi, Abel, et je préfère l'y laisser. Explique-moi plutôt comment passer mon annonce.

Abel lui demanda de rédiger le texte sur une feuille. L'information paraîtrait en caractères gras, au bas de la première page.

— Qu'as-tu ressenti quand tu es rentré et que tu as trouvé ta femme avec l'enfant d'un autre ?

La plume de David crissa et une tache d'encre apparut. Réprimant tant bien que mal son envie de sauter à la gorge d'Abel, il répondit :

— D'après toi, Abel ?

— Elle t'a dit qui était le père ?

— Je ne le lui ai pas demandé.

— Elle s'est acoquinée avec un Yankee.

David prit une feuille vierge et écrivit de nouveau : *Un nouveau médecin en ville. Le cabinet sera ouvert de 8 heures à 17 heures.*

— Elle a même essayé de me séduire, un jour, continua Abel en se balançant sur ses talons. À ta place, je la renverrais avec son fardeau. Personne ici ne t'en blâmera. La plupart des gens trouvaient déjà que c'était une folie d'épouser une Collier.

David se leva et s'approcha d'Abel, le dominant de toute sa hauteur, volontairement intimidant. Le sourire suffisant du journaliste s'envola.

— Ce que je fais chez *moi*, avec *ma* femme, c'est *mon* affaire, Abel. Ni la tienne ni celle de qui que ce soit d'autre. Est-ce que tu m'as bien entendu ? Tu ferais bien de t'occuper de ce que fait ta propre femme.

— Sara s'est exhibée avec un régiment entier de Yankees, et aucun d'entre nous ne l'oubliera. Mon fils a été tué par l'un de ces salauds en uniforme bleu.

— Tu prends l'argent de mon annonce, Abel, ou je m'en vais ?

— Je vais la publier, mais, à ta place, je ne m'attendrais pas à avoir beaucoup de patients tant que cette femme vivra sous ton toit.

David acheva son texte et lui tendit la feuille.

— Je serai le seul médecin à cinquante kilomètres à la ronde. Si les gens préfèrent aller se faire soigner à Hopkinsville, grand bien leur fasse.

Il paya Abel avec un dollar yankee, une monnaie qui lui semblait étrangère.

— Fais-la paraître pendant deux mois, lança-t-il en se dirigeant vers la porte.

— D'accord, *docteur*. Et n'oublie pas ce que je t'ai dit. Personne n'acceptera ta femme ici. Pas après ce qu'elle a fait.

David sortit sans un regard en arrière et fit un gros effort pour ne pas claquer la porte. Avant de rentrer, il s'arrêta pour commander une liste de provisions à livrer chez lui.

Les paroles d'Abel Foster le poursuivaient.

« *Sara s'est exhibée avec un régiment entier de Yankees, et aucun d'entre nous ne l'oubliera.* »

Quand Sara entendit la porte d'entrée se fermer, puis des pas approcher de la cuisine où elle baignait sa fille dans une bassine, son estomac se noua. Un drap plié en quatre protégeait la table où attendaient des serviettes propres et un morceau du précieux savon au citron de Louzanna. Elizabeth s'éclaboussait joyeusement en chantonnant.

David apparut sur le seuil, les cheveux humides de pluie. Il s'immobilisa, croisa le regard de Sara, avant de jeter un coup d'œil froid à sa fille.

Il emplissait la pièce de sa présence et, chaque fois que Sara le voyait, elle était impressionnée par sa taille et sa force physique, cependant, jamais il ne lui avait fait peur, à la différence de son père. David savait se contrôler, bien qu'il fût clair qu'il valait mieux ne pas se frotter à lui.

— Où est Lou ? demanda-t-il sans entrer dans la pièce.

— Elle lit en haut.

Son expression demeurait insondable. Au lieu de s'en aller, comme elle s'y attendait, il s'appuya contre le chambranle et les observa. Peut-être que la tension qui régnait l'affectait lui aussi ?

— Louzanna m'a dit que tu étais allé voir le Dr Porter, reprit-elle en savonnant Elizabeth, consciente de son regard rivé sur elle.

— En effet.

Il ne semblait pas disposé à faciliter la conversation.

— Il était chez lui ?

Il fit quelques pas dans la cuisine. En le voyant, la fillette se mit à taper des mains dans l'eau savonneuse. Sa mère en reçut une giclée dans les yeux qu'elle ferma sous la douleur cuisante. Elle soutint le bébé glissant d'une main tandis qu'elle pressait le dos de l'autre contre ses paupières.

Aveuglée par le savon, Sara essayait de maintenir la petite qui martelait à présent le bord de la bassine à coups de pied.

Tout à coup, elle sentit la présence de David à ses côtés.

— Tu veux bien la tenir une seconde ? lui demanda-t-elle, les yeux toujours fermés.

Il demeura parfaitement immobile. Il était si près

qu'elle le frôla en se déplaçant et l'entendit retenir son souffle.

— Si tu arrêtes de bouger, je pourrai peut-être t'essuyer.

Il s'empara d'une serviette et lui tamponna doucement les yeux en prenant soin d'éviter l'ecchymose douloureuse.

— Ça va mieux, murmura-t-elle. Merci.

Lorsqu'elle rouvrit les paupières, elle réalisa à quel point il se tenait près... Il dut s'en rendre compte aussi, car il s'empressa de reculer en jetant la serviette sur la table.

Elle était peinée qu'il ait refusé de toucher Elizabeth, cependant il l'avait aidée, elle. Ce n'était pas grand-chose, mais c'était un début.

David s'attarda dans la chaleur de la cuisine où se mêlaient le fumet du ragoût de lapin et l'arôme citronné du savon. Il avait beau faire, Sara l'attirait comme un aimant. Elle le séduisait sans même essayer. Exactement comme au premier jour.

Durant la guerre, il ne cessait de se remémorer son rire, son sourire, la façon dont leurs regards se cherchaient, se trouvaient, où qu'ils soient. Il se rappelait leurs conversations, les œillades qu'elle lui lançait sous ses longs cils lorsqu'elle lui faisait du charme. L'attraction irrésistible demeurait, intacte.

Il pensait s'être convaincu que l'apparence d'une femme comptait moins que son esprit et sa volonté de rester aux côtés de son mari envers et contre tout. Il pensait avoir épousé quelqu'un qui correspondait à son attente, une personne dotée d'une bonté naturelle, raisonnable et tendre, une bonne mère. Sur ce dernier point, au moins, Sara était irréprochable.

Elle avait toujours exercé sur lui un puissant attrait physique, mais aujourd'hui, elle était une femme faite, plus tentante encore que la jeune fille qu'il avait laissée derrière lui. Le corsage de sa robe était mouillé et bien trop serré. Il distinguait les pointes de ses seins tendues et alléchantes, à travers le fin tissu.

Tout en la regardant sortir le bébé de l'eau pour l'envelopper dans une serviette, il s'aperçut qu'il avait autrement plus faim d'elle que des lapins qui mijotaient dans la marmite. Il imaginait sans peine la douceur de sa peau sous ses mains. Il admira son long cou, les mèches humides qui bouclaient sur ses tempes.

Comme si elle avait senti l'attention dont elle faisait l'objet, Sara leva les yeux et rencontra son regard. Ils étaient si près, songea-t-il, et en même temps si loin l'un de l'autre...

Ils s'observèrent jusqu'à ce que la fillette attrape le savon, se mette à le lécher et commence à crachoter. Sara lui embrassa le bout du nez tout en lui enlevant son nouveau jouet.

À cet instant, David se sentit exclu. Il tourna les talons et quitta la pièce.

16

Le dîner fut tendu. Lou faisait de son mieux pour maintenir un semblant de conversation, mais David se mura dans un silence glacial, le nez dans son assiette, jusqu'à ce que Sara se retire dans la chambre d'amis.

Une fois dans la pièce à la tapisserie imprimée de roses, elle déplaça le lit de sa fille pour l'éloigner au maximum de la fenêtre, et le glissa entre son propre lit et le mur opposé, bien à l'abri.

Quand Elizabeth fut endormie, Sara enfila sa chemise de nuit et se brossa les cheveux tout en songeant à ce repas éprouvant. Elle avait observé David à la dérobée, admirant ses mains racées de chirurgien, ces mains qui l'avaient si tendrement aimée jadis. Il n'avait pas seulement caressé son corps, il avait laissé son empreinte sur son âme.

Les souvenirs de ce passé perdu affluèrent, et elle se rappela ces après-midi durant lesquels ils se promenaient dans les bois, derrière la maison. Elle lui montrait où trouver les herbes qu'il avait étudiées à la faculté. Sous le couvert des érables à sucre et des hêtres ou dans l'humus se cachaient les sanguinaires, les campanules, la valériane et l'hydrophyllum. Il lui avait cueilli un bouquet de boutons-d'or. C'était la première fois qu'on lui offrait des fleurs. Des frissons avaient couru dans tout son corps quand leurs mains s'étaient effleurées.

Incapable de se détendre, elle commença à arpenter la pièce. Le parquet était froid sous ses pieds, là où il n'y avait pas de tapis. Dehors, il bruinait toujours et il faisait frais, presque froid. Elle se frotta les bras, regrettant que sa chemise de nuit ne soit en mousseline plutôt qu'en flanelle.

Après s'être assurée qu'Elizabeth dormait profondément, elle se coucha à son tour. Elle entendit une porte se fermer, de l'autre côté du couloir, et comprit que David avait enfin rejoint sa chambre.

Il devait y avoir un moyen de l'amener à pardonner, à oublier. Un moyen de percer la carapace derrière laquelle il se retranchait.

Elle se releva soudain et alla se planter devant le miroir. Elle s'examina sous toutes les faces, la main posée sur le ventre. Elle avait rapidement retrouvé la ligne, après la naissance de sa fille, pas volontairement mais parce que la nourriture était rare.

Une chose était certaine : lorsque David l'avait connue, elle était obstinée, pleine d'allant et de gaieté. Elle avait confiance en elle et en la vie, et elle était prête à prendre son destin à bras-le-corps. Des qualités dont elle n'avait pas fait vraiment preuve, ces derniers temps.

Elle pensa à lui, seul dans sa chambre, et soudain, une phrase de son grand-père lui revint en mémoire : « L'amour est le ciment qui relie deux êtres, plus que le sang et que toutes les promesses. »

L'amour était la clé de ses problèmes. Lui seul les résoudrait.

Elle repoussa ses cheveux et s'approcha du petit lit de fer. Elizabeth dormait à poings fermés. Elle ressemblait à un ange avec ses boucles blondes, ses longs cils recourbés et sa petite bouche vermeille.

Elle aimait son enfant de toute son âme, autant qu'elle aimait David. Louzanna, son grand-père et sa mère lui étaient chers aussi. Il y avait toujours de la place dans un cœur aimant.

Il était temps que David Talbot s'en rende compte.

Elle prit une longue inspiration et sortit sans bruit, laissant la porte entrouverte, au cas où Elizabeth viendrait à pleurer. Puis elle traversa le couloir.

David se tenait devant la fenêtre, dans l'obscurité. Il regardait la pluie scintiller dans le halo de lumière du bec de gaz, au coin de la rue. La barrière blanche autour du jardin avait besoin d'être réparée. Des piquets manquaient ou penchaient.

Il songea à Jamie, se demandant ce qu'il était devenu. Il avait grandi auprès de lui et de Louzanna. Avait-il survécu à la guerre ? Si oui, où était-il à présent ? Perdu dans ses pensées, il n'entendit pas la porte s'ouvrir derrière lui, mais il sentit la fraîcheur du courant d'air.

Il sut tout de suite qu'il s'agissait de Sara, mais ne tourna la tête qu'au bout d'un long moment.

Elle hésitait sur le seuil, dans une chemise de nuit légère. David réagit instantanément. Physiquement. Quand bien même il combattait son désir.

Il reporta son attention dehors, sur le spectacle de la pluie, les poings serrés, à la fois enfiévré et glacé.

Il aurait dû lui ordonner de sortir sans attendre. À présent, elle traversait la pièce, s'arrêtait derrière lui. Tout près. Il sentait la chaleur de son corps.

Tout à coup, elle posa la main sur son épaule, la laissa courir le long de son bras, jusqu'à son poignet. Quand il perçut son souffle dans son dos, à travers sa chemise, il faillit succomber mais il tint bon.

— Va-t'en, Sara.

— David, retourne-toi, s'il te plaît.

Il garda le silence, pensant que son attitude était suffisamment éloquente. Mais son cœur palpitait, ses reins frémissaient. Elle savait parfaitement ce qu'elle faisait en venant le voir dans cette tenue, en le touchant dans le noir. Il la détestait d'avoir un tel pouvoir sur lui.

— Tu m'as aimée jadis, David. Serait-ce si difficile de m'aimer de nouveau ?

— Les choses ont changé.

Pourquoi ne s'éloignait-elle pas ? Pourquoi restait-elle derrière lui ? Contre lui ?

— En quoi ? Tu m'aimais toujours quand tu as couru vers moi aujourd'hui. Tu m'aimais quand tu m'as prise dans tes bras, quand tu m'as embrassée. Et puis tu es entendu Elizabeth m'appeler maman... Mais on ne peut cesser d'aimer en un instant, David.

Sa voix douce était aussi irrésistible que son contact.

— Ne me dis pas que tu ne m'aimes pas, s'entêta-t-elle. Ce serait un mensonge. Je sais que l'amour ne disparaît pas comme ça pour la bonne raison que j'ai essayé de ne plus t'aimer. En vain, David. En vain.

— Tu as été avec un autre, pour l'amour du Ciel ! s'exclama-t-il en faisant brusquement volte-face.

Ils se retrouvèrent nez à nez. Comme lui, elle était pieds nus, mais heureusement lui était habillé. Il s'adossa à la vitre, mais le contact glacé ne lui apporta pas le soulagement escompté.

— Toute la ville est au courant.

— Depuis quand l'opinion des autres t'importe-t-elle ? Elle ne t'a pas empêché de m'épouser, en tout cas. Je suis sûre que beaucoup estimaient que tu méritais mieux, mais tu les as ignorés. Tu n'as pas non plus hésité à affranchir Jamie contre l'avis général, et à vendre le moulin après la mort de ton père. Tu as toujours agi sans te soucier du qu'en-dira-t-on, du moins avant la guerre. Aurais-tu changé ?

Il la contempla de la tête aux pieds, s'imaginant emmêlé dans sa superbe chevelure pendant qu'ils faisaient l'amour.

— Je ne comprends vraiment pas comment tu peux prétendre m'aimer toujours après ce que tu as fait. Ton amant ne signifie donc rien pour toi ? Il y en a peut-être eu d'autres, remarque.

Le coup porta. Elle recula.

— Avec combien d'hommes as-tu couché, Sara ? Sais-tu seulement qui est le père de ton enfant ?

Elle le gifla à toute volée, alors il lui saisit les poignets et la plaqua contre lui sans douceur. Elle n'était pas de taille à lutter contre lui, mais il n'était pas du genre à frapper une femme.

Aussi vivement qu'il l'avait saisie, il la lâcha, comme si elle l'avait brûlé. Puis, soudain épuisé par tout ce qui s'était passé durant ces terribles dernières heures, il laissa échapper un long soupir de fatigue et de désillusion.

— Va-t'en, Sara. Je ne veux plus de toi, je te l'ai dit.

Il voulut la contourner, mais elle s'accrocha à son bras, le forçant à la regarder.

— Je ne te crois pas.

— Je ne pourrai jamais plus te toucher sans me demander si tu ne penses pas à lui.

— Ce ne sera pas le cas, tu peux être tranquille, répliqua-t-elle d'un ton aussi coupant que le vent du nord.

David s'approcha du lit, faillit s'asseoir, se ravisa et alla se poster derrière un fauteuil, à l'autre bout de la pièce. De la fenêtre latérale, il apercevait la maison d'Abel Foster. Elle était plongée dans l'obscurité, à l'exception d'une lampe qui brillait à l'étage.

Le souvenir de ce qu'Abel lui avait dit sur Sara ne fit que le conforter dans sa résolution.

— Qu'est-ce qui nous arrive ? demanda-t-elle d'un ton incertain.

Au lieu de sortir, elle s'approcha de lui. De nouveau trop près. Sa voix lui fit l'effet d'une caresse.

— Je partirais si j'avais un endroit où aller, David, mais avec Elizabeth, il m'est impossible d'envisager quoi que ce soit. J'ai essayé de trouver du travail, crois-moi... Dieu merci, Lou m'a ouvert sa porte, sinon je n'aurais jamais su que tu étais vivant.

Elle pressa les mains sur sa taille, et sa chemise ainsi plaquée sur son corps en révéla les courbes. Un geste calculé? Sûrement, se dit-il en essayant de rester froid.

— J'ai promis de l'aider, poursuivit-elle. Je m'occuperai du jardin dès qu'il cessera de pleuvoir. Je peux t'aider aussi, David. Grand-père m'a donné des plantes qui pourraient t'être utiles. Je ferai tout mon possible pour que tu réussisses.

— À cause de toi et de ta réputation, il se peut que je ne puisse même pas ouvrir mon cabinet dans cette ville.

Cette révélation la laissa sans voix. Des larmes apparurent dans ses yeux.

— Je suis désolée.

— Épargne-moi tes excuses et retourne dans ta chambre.

Elle fit un pas vers la porte et s'arrêta. Seigneur, si elle ne partait pas tout de suite, il serait incapable de résister. Encore moins quand il pensait à la façon dont il avait imaginé leurs retrouvailles. Ce moment où il lui referait enfin l'amour. Son regard se porta involontairement vers le lit vide.

Son cœur lui soufflait de la prendre dans ses bras et d'accepter ce qu'elle lui offrait, mais cela ne ferait que compliquer la situation. Il ne bougea pas.

— Et maintenant, David?

Elle s'appuya au chambranle et ajouta dans un murmure :

— Si tu ne peux plus m'aimer, alors peut-être devrions-nous divorcer.

Dans la pénombre du couloir, Sara se laissa aller contre le mur, s'efforçant de rassembler les morceaux de son amour-propre qui venait de voler en éclats. Non seulement David l'avait éconduite, mais il l'avait accusée d'avoir couché avec tout un régiment de Yankees. Pire : il pensait que sa réputation allait lui nuire.

Sans Elizabeth, elle aurait fait ses bagages et serait partie sur-le-champ. Mais personne ne la prendrait comme nourrice ou comme gouvernante avec un enfant.

Pour l'instant, elle n'avait d'autre choix que de rester ici. Combien de temps endurerait-elle le mépris de David ? Et comment vivraient-ils cette situation ?

Il ne supportait même pas de se trouver dans la même pièce qu'elle. Refusant de baisser les bras, elle traversa lentement le couloir en essayant de se convaincre qu'il reviendrait à de meilleurs sentiments, tandis qu'elle-même s'efforçait de surmonter sa peine.

Si le temps le permettait, elle commencerait le jardin de Lou dès le lendemain. Au moins, ce travail lui occuperait les mains et l'esprit. Elle lui avait également promis de lui apprendre à faire du pain au maïs.

Tout finirait par rentrer dans l'ordre. À elle de rester forte et de prouver à David qu'elle ferait une épouse exceptionnelle.

17

Dès qu'il entendit la porte de la chambre de Sara se refermer, David descendit au salon et se servit un verre de vieux bourbon. Ses mains tremblaient.

De mieux en mieux. Un chirurgien qui ne contrôle pas ses mains...

Après quelques semaines d'activité, il avait été promu officier chirurgien. Au lieu d'intervenir sur le terrain avec les premiers secours, il exerçait dans des hôpitaux de fortune, des infirmeries temporaires installées derrière la ligne de front. On lui amenait les blessés dans des fourgons ambulances, sur des civières maculées de sang. Il avait opéré dans des granges, des remises, des écoles, des bureaux, des maisons. Parfois, on enlevait la porte d'entrée qui, posée sur des tréteaux, faisait office de table d'opération.

À la fin de la guerre, alors que l'armée confédérée perdait du terrain de tous les côtés, il intervenait directement sur le champ de bataille, au milieu des balles.

Pas une fois ses mains n'avaient tremblé. Pas une fois il n'avait craint pour sa vie, même s'il se demandait s'il avait fait le bon choix en s'engageant, et en dépit du sentiment d'impuissance qui le taraudait devant ce carnage.

En regardant son verre où tremblait le whisky, il comprit soudain que son désir pour Sara avait sur lui un effet plus puissant que la menace des balles yankees.

Il le vida d'un coup et se servit une nouvelle rasade qu'il dégusta lentement cette fois, car c'était un crime de ne pas savourer une pareille cuvée. Mais l'alcool n'avait pas le pouvoir d'apaiser la souffrance qui tourmentait son âme.

Cette journée, assurément la plus longue de sa vie, refusait de s'achever. Sara le hantait, et il savait qu'il ne pourrait jamais trouver le sommeil. Mieux valait s'occuper.

Il s'assit devant le secrétaire de son père et commença à rédiger la liste de tout ce dont il aurait besoin. Le lendemain, il ferait l'inventaire de ce dont disposait le Dr Porter.

Hélas, sa plume courait sur le papier, mais il ne parvenait pas à chasser Sara de son esprit. Au moindre craquement, il retenait son souffle.

Combien de temps parviendrait-il à se refuser ce qu'il désirait plus que tout au monde ?

Il termina son verre, et la tension commença enfin à refluer. Les paroles de Sara lui revinrent alors à l'esprit.

« *Et maintenant, David ?* »

« *Si tu ne peux plus m'aimer, alors peut-être devrions-nous divorcer.* »

Oui, et maintenant ? Il pouvait toujours se jeter à corps perdu dans le travail. Une chose était certaine, il ne la mettrait pas dehors si elle n'avait pas d'endroit où aller.

Quant au divorce, il ignorait tout de la façon de procéder, mais Hugh Wickham était avocat, et son meilleur ami, de surcroît, du moins l'espérait-il.

Après ce qui s'était passé à Shiloh, Hugh lui devait bien quelques conseils gratuits.

Il se servit un dernier doigt de whisky, s'approcha de l'escalier et leva son verre vers l'étage.

— Bienvenue à la maison, Sara. Bienvenue.

Une belle journée de printemps s'annonçait. Comme à son habitude, Louzanna se leva de bonne heure. Elle comptait préparer un copieux petit-déjeuner pour David. Il avait besoin de reprendre du poids.

En pénétrant dans la cuisine, elle fut déçue de constater qu'il était déjà sorti. Il avait allumé la cuisinière et laissé un mot sur la table l'informant qu'il allait voir Hugh à Wickham's Farm. À côté était posé un exemplaire de *La Sentinelle*. Surprise, Lou supposa que Minnie l'avait déposé devant la porte, pour faire la paix.

Elle parcourait les gros titres quand son regard tomba sur l'un d'entre eux : *Une traîtresse parmi nous*. L'article était signé par Abel Foster. Le cœur de Louzanna se mit à battre à grands coups lorsqu'elle s'aperçut qu'il était consacré à Sara. Abel se demandait comment une femme qui s'était fait faire un enfant hors mariage pouvait avoir l'audace de revenir à Magnolia Creek.

Atterrée, Lou relut le dernier paragraphe.

Une traîtresse est parmi nous, et les Talbot l'hébergent. Non seulement cette dépravée, cette gourgandine réapparaît avec la preuve vivante de son sordide adultère, mais elle parvient à leurrer ceux-là même qu'elle a si ouvertement trahis. Que Dieu leur vienne en aide.

Abel appelait ensuite les bons citoyens de Magnolia Creek à se souvenir de ce qui était arrivé durant la guerre et à ne pas se laisser influencer par des sentiments de mauvais aloi. Louzanna froissa le journal, ouvrit la cuisinière et le jeta au feu.

Que faire ? L'article d'Abel allait-il monter toute la ville contre eux ? Quelle serait la réaction de David quand il le lirait ? Car il en aurait connaissance, d'une manière ou d'une autre.

Elle sortit furieusement la vaisselle du petit-déjeuner du placard. Aujourd'hui, son groupe de couture se réunissait chez elle à 10 heures. Elle avait prévu de préparer un gâteau à la crème pour le thé, grâce aux provisions que son frère avait fait livrer la veille. Elle était si contente de partager ces denrées rares avec ses amies, car peu d'entre elles pouvaient s'offrir de la farine en ces temps de privations. Mais à présent, elle se demandait si elles viendraient. Minnie Foster s'en abstiendrait, cela ne faisait aucun doute.

Plus nerveuse que jamais, Lou agrippa son pendentif et se mit à chantonner une mélodie dissonante. Elle se tenait près du placard, devant le pot de farine ouvert, les yeux dans le vague, quand Sara entra dans la cuisine.

Sara avait remis les vêtements de David, déterminée à profiter du soleil et de l'humidité pour retourner la terre. La lune était montante, une période propice pour planter des légumes. Elizabeth dans les bras, elle entra dans la cuisine et découvrit sa belle-sœur qui fredonnait fiévreusement, l'air égaré.

— Louzanna ? Ça va ? s'inquiéta-t-elle en lui posant la main sur l'épaule.

Lou sursauta et renversa de la farine sur sa robe, puis un peu partout sur le sol quand elle voulut la transvaser dans un plat.

— Oui, oui, ça va. As-tu bien dormi ? Moi, très bien, oui, vraiment. Aujourd'hui, c'est jour de couture. Je vais faire un gâteau pour ces dames. Et pour nous aussi, bien sûr.

Elle s'exprimait de manière saccadée, sur un ton suraigu, et son débit était beaucoup trop rapide.

Quand elle se mit à essuyer ses mains blanches de farine sur sa robe noire, Sara comprit la gravité de la situation et se précipita dans le cellier où elle avait laissé des sachets d'herbes, avant de partir.

— Je vais te préparer un thé de romarin et de scu-tellaire, Lou, annonça-t-elle.

Elle s'empressa de mettre la bouilloire sur le feu. Lou était au bord de la panique. Le temps pressait.

— Tu es inquiète de ce que tes amies penseront en me voyant ici ?

— Oh ! Non, non ! Certainement pas.

Ces réunions comptaient beaucoup pour elle, et Sara redoutait que sa présence ne compromette l'unique lien que Louzanna entretenait avec l'extérieur. Elle alla chercher la théière dans la salle à manger.

— Si l'une d'elles ne vient pas parce David et moi t'avons ouvert notre porte, c'est que ce n'était pas une aussi bonne amie que cela.

Sara la rejoignit en espérant que l'eau ne tarderait pas à bouillir.

— Où est David ? s'enquit-elle avec une indifférence feinte.

— Parti voir Hugh Wickham. Je comprends qu'il soit pressé de lui parler. Après tout, Hugh est à l'ori-gine de tous ses ennuis, non ? S'il n'était pas venu nous assurer que David était mort dans ses bras, rien de tout cela ne serait arrivé.

Sa belle-sœur avait raison, certes, mais Hugh Wickham était aussi avocat, et si David avait l'inten-tion de divorcer, il était l'homme de la situation.

À cet instant, Elizabeth s'agita. Sara l'embrassa sur la joue et la posa sur le sol en essayant d'imaginer sa vie sans elle si, comme Lou l'avait dit, rien de tout cela n'était arrivé. Elle se sentait de taille à surmonter la honte, mais pas sa vie sans Elizabeth. C'était impensable.

— Elle aime les gâteaux ? s'enquit Lou tandis que la fillette trottinait vers le jardin d'hiver. J'ai l'inten-tion de préparer celui que maman préférait. Il y a du bacon pour le petit-déjeuner, grâce à David, et il nous reste des œufs.

L'eau commençait à frémir. Sara mélangea ses herbes et prépara l'infusion.

— Je voudrais que tu boives la première tasse rapidement, et la deuxième plus lentement.

Lou s'interrompit alors qu'elle s'apprêtait à casser un œuf.

— Je me sens bien, vraiment.

— C'est une simple précaution. Cela t'aidera à rester calme. Je vais manger un morceau, puis j'irai jardiner. Je garderai Elizabeth avec moi pendant que tes amies seront là.

— Oh, Sara... murmura Lou, les yeux pleins de larmes.

Sara traversa la pièce et enroula le bras autour de ses épaules.

— Je n'ai jamais voulu te causer du souci, murmura-t-elle.

Lou cligna des yeux pour chasser ses larmes.

— Je t'en prie, reste à l'intérieur. Imagine que celui qui a lancé la pierre revienne ? Tu n'as pas à te cacher quand mes amies seront là, ajouta-t-elle en s'essuyant les yeux.

— Je n'ai pas peur de ce lâche, affirma Sara.

— Laisse-moi au moins garder Elizabeth.

— Tu risques de ne pas avancer beaucoup ta couture avec elle dans tes jambes ! répondit Sara, imaginant sa fille au milieu des ciseaux, des aiguilles et des épingles.

Elle reprit soudain son sérieux.

— Il n'y a pas eu de nouveau message anonyme, n'est-ce pas ?

— Non, non. Aucun... Mais tu devrais peut-être garder la carabine à portée de main.

Sara prit fermement les mains de Louzanna dans les siennes et la força à la regarder.

— Lou, écoute-moi. Si quelque chose d'autre est arrivé, je dois savoir.

— Non, rien. Rien du tout.

Sara n'insista pas, mais elle demeurait sceptique. David était parti de bonne heure pour l'éviter, et voilà que Louzanna était bouleversée. Il faudrait du temps, songea-t-elle, beaucoup de temps, avant que les choses rentrent dans l'ordre, si jamais cela devait se produire.

18

David vendit la mule et loua un cheval. Il avait perdu son pur-sang en même temps que sa mémoire, à Shiloh, et ses moyens étant limités, il ne voulait pas investir dans une nouvelle monture tant qu'il n'en aurait pas trouvé une qui lui plaise vraiment.

Il avait l'espoir que la chevauchée jusque chez Hugh l'aiderait à y voir plus clair. Il prit la route qui courait à travers les pâturages, longeait les jardins, les vergers, les bosquets de hêtres, de noyers et de chênes devant de spacieuses demeures. Il franchit de nombreux ponts, enjambant les méandres sinueux des cours d'eau.

Alors qu'il s'approchait du porche, des rires lui parvinrent par les fenêtres ouvertes. La maison des Wickham comportait deux étages, elle était coiffée d'un toit bas, et ornée d'un portique de style grec. David frappa à la porte. Avant la guerre, un serviteur serait venu ouvrir, mais ce matin-là, ce fut Anne Wickham elle-même qui s'en chargea.

David la trouva vieillie, mais la guerre ne les avait-elle pas tous affectés? Elle était brune, de taille moyenne, et aussi avenante et charmante que dans son souvenir.

Elle le fixa quelques secondes avant de pousser un cri qu'elle étouffa en plaquant la main sur sa bouche.

— Non, non, je ne suis pas un fantôme. Bonjour, Anne.

Il la prit par les coudes pour la soutenir, car elle semblait sur le point de s'évanouir. Elle se jeta alors dans ses bras, pleurant et riant à la fois. Deux petits garçons déboulèrent en courant du salon. L'aîné avait six ans, le plus jeune, trois, et tous deux étaient le portrait craché de leur père.

Le petit s'accrocha aux jupes de sa mère tandis que le plus âgé dévisageait le nouveau venu avec cette même expression de curiosité que David avait souvent vue sur le visage de Hugh.

— Mon Dieu, David ! Je n'en crois pas mes yeux ! s'exclama Anne. Hugh te croyait mort.

— Je sais. Il est là ? Il est temps que je lui montre que j'ai survécu… et que je m'assure qu'il n'a pas l'intention de se reconvertir dans la médecine !

Anne se mit à rire et serra les mains de David dans les siennes.

— Il travaille dans le salon comme d'habitude. Je ne sais pas comment il y parvient, avec les garçons dans ses jambes, mais il ne veut pas qu'il en soit autrement.

— Je le comprends, dit-il en contemplant les fils de son ami.

Ils l'étudiaient avec attention, comme pour le jauger. Encore une attitude héritée de leur père qui prenait son temps avant d'accorder son amitié, mais une fois son choix fait, c'était pour la vie.

— C'est qui, maman ? demanda le plus grand.

Anne les lui présenta. Il connaissait déjà l'aîné, prénommé Hugh, comme son père. Elle s'interrompit un instant avant d'enchaîner :

— Et ce garnement s'appelle David Matthew Wickham. Nous lui avons donné ton prénom.

David fut tellement ému qu'il en demeura sans voix.

— Merci, Anne, parvint-il enfin à articuler en se raclant la gorge avant d'ébouriffer la tignasse brune du petit garçon.

Elle lui sourit, les yeux embués de larmes.

— Viens, allons voir Hugh.

Tous trois l'escortèrent jusqu'au salon. Comme chaque fois qu'il se trouvait dans cette maison, il éprouva cette impression de bien-être, de chaleur accueillante. Dernier-né d'une famille de garçons, Hugh était le seul à être resté à Magnolia Creek tandis que ses frères s'étaient dispersés dans tout l'Ouest. Avant la guerre, il cultivait le tabac et le sorgho tout en exerçant son métier d'avocat.

Les garçons se précipitèrent vers leur père, empruntant un itinéraire différent pour contourner le vaste bureau derrière lequel il était assis.

— Papa, David est ici ! cria Hugh junior.

Penché sur des papiers étalés devant lui, Hugh grommela :

— Je sais, mon fils. N'embête pas ton petit frère, d'accord ?

— Non, pas *celui-là*. Le grand David !

— Hugh ? intervint Anne qui avait pris la main du « grand David ».

— Oui, chérie ? répondit Hugh, achevant de lire sa phrase avant de lever la tête.

Bouche bée, il secoua la tête, essaya de se lever puis retomba sur sa chaise.

Alors David traversa la pièce en riant. Comme c'était bon de rire ! De retrouver celui qui avait toujours été comme un frère pour lui.

En état de choc, Hugh était figé sur son siège, blanc comme un linge. Aux anges d'avoir appris la nouvelle avant lui, les garçons sautillaient en tapant dans leurs mains, sidérés de voir leur père réduit au silence, pour une fois.

David s'arrêta de l'autre côté du bureau.

— J'ai préféré venir avant que tu apprennes ma résurrection par quelqu'un d'autre.

De nouveau, Hugh secoua la tête.

— Comment est-ce possible ?

— Ce n'est pas compliqué, je n'ai jamais été mort, répondit-il en ouvrant les bras. Quand vas-tu te décider à te lever pour me souhaiter la bienvenue ?

David sentit Anne se raidir imperceptiblement. Hugh junior se glissa sous le bureau avant d'en ressortir avec une paire de béquilles qu'il tendit à son père.

— Lève-toi, papa, pour accueillir le grand David !

Ce fut au tour de David de demeurer sans voix tandis que son ami attrapait les béquilles et les calait sous ses aisselles avant de se hisser de son siège. Il contourna lentement le bureau, mais avec une aisance qui trahissait une certaine habitude. Sa jambe gauche était amputée sous le genou.

Des images d'interventions en urgence sur le front, dans des installations de fortune, assaillirent aussitôt David. Les cris des blessés étaient tous les mêmes, qu'ils soient sudistes ou nordistes.

Enfin, David prit Hugh dans ses bras et les deux hommes s'étreignirent en silence. Longuement. Les mots étaient superflus.

— Tu as l'air en bien meilleure forme que moi, commenta David en s'écartant pour observer son ami.

— Forcément, tu étais mort ! rétorqua Hugh en souriant.

Anne s'approcha de son mari et glissa le bras autour de sa taille.

— As-tu pris ton petit-déjeuner, David ?

Il faillit répondre par l'affirmative, mais son estomac le rappela à la réalité.

— Je mangerais bien quelque chose, avoua-t-il.

Anne et les enfants les précédèrent dans la salle à manger.

— J'essayais de travailler un peu avant le petit-déjeuner, expliqua Hugh. Les journées ne sont jamais assez longues.

— Tu t'occupes toujours de la ferme ?

— Oui, ainsi que de mon cabinet. Depuis la guerre, il y a tant de forclusions, d'affaires bancaires, sans parler des problèmes de succession dans les familles qui ont perdu plusieurs de leurs membres. Je travaille jour et nuit. Il faudra des années avant que tout rentre dans l'ordre.

Une fois dans la salle à manger, David hésita, ne sachant s'il devait ou non aider son ami à s'asseoir. Remarquant qu'Anne et les enfants le laissaient se débrouiller seul, il en fit autant.

Anne alla prévenir le cuisinier et revint avec un plateau chargé de tasses et de café frais. L'arôme était merveilleux, et David avala sa première gorgée en fermant les yeux de plaisir.

— Mon Dieu, j'avais oublié le goût du vrai café !

— C'est la tante d'Anne qui nous l'a envoyé. Elle vit à Boston. Nous ne le sortons que pour les grandes occasions, déclara Hugh.

— Je suis heureux que ma résurrection en soit une.

Le sourire de Hugh s'effaça tandis qu'il plantait son regard dans celui de David. Sentant que le moment était grave, les garçons se turent.

— Je ne t'aurais jamais laissé si j'avais su que tu vivais encore.

— Je sais, Hugh. Je me souviens d'une grande confusion. On ne cessait de m'amener des civières. J'étais à court de garrots et de pansements, et je courais d'un blessé à l'autre pour les rassurer, en mentant effrontément la plupart du temps. Les Yankees chargeaient, nous avons dû évacuer les tentes.

— C'est alors que nous nous sommes retrouvés à quelques pas l'un de l'autre et que tu as été touché à la tête. J'ai couru vers toi, entre les balles et la fumée. Tu étais couvert de sang. Tu m'as regardé dans les yeux, tu as prononcé un mot et tu as perdu connaissance. J'ai essayé de trouver ton pouls, crois-moi, je me suis acharné. En vain. Les obus tombaient de toutes parts. Quelqu'un a crié que les Yankees arrivaient. Nous étions forcés de battre en retraite.

Hugh blêmit en se rappelant ce jour funeste où tant des leurs avaient trouvé la mort pour avoir résisté à l'ennemi jusqu'à la fin.

— Tu devais me laisser, Hugh, tu n'avais pas le choix.

— Je ne t'aurais jamais abandonné si j'avais su que tu étais en vie.

— Ne te fais pas de reproches, j'aurais agi comme toi.

Hugh l'observa intensément.

— Moi, je crois que tu serais resté.

— Crois ce que tu veux. C'était la guerre. Nous avons fait ce que nous devions faire.

Il secoua la tête et regarda les garçons.

— J'espère que Dieu leur épargnera cette calamité, murmura-t-il. Quand as-tu perdu ta jambe ? ajouta-t-il en reportant son attention sur son ami.

— Un an plus tard.

— Tu sembles t'être adapté.

Hugh échangea un sourire avec Anne, et David se sentit plus seul que jamais. Son ami semblait parfaitement heureux en mariage avec ses deux superbes fils et sa femme qui était restée à ses côtés envers et contre tout. Elle connaissait ses désirs et ses besoins sans qu'il ait à les exprimer, et il lui manifestait sa reconnaissance d'un sourire ou d'un geste tendre.

Ils étaient l'image même de l'amour qui avait survécu et survivrait à tous les obstacles.

David les enviait, et il se souvint avec mélancolie des paroles de Sara. *Je serai une bonne épouse…* Il fut un temps où il s'imaginait fonder une famille et vivre dans une maison pleine de gaieté et de bonheur, comme Hugh.

— David, ça va ? s'inquiéta ce dernier.

134

— Oui, ça va.

Le cuisinier arriva avec le petit-déjeuner. Il y avait si longtemps que David n'avait vu un tel festin qu'il en eut presque la nausée.

— Qu'est-il arrivé après Shiloh, David ?

— Je me suis réveillé dans l'hôpital d'une prison yankee, totalement amnésique. Ils savaient que j'étais médecin à cause de mon uniforme et de mon écharpe verte. En outre, ils avaient trouvé dans ma poche ma trousse sur laquelle était gravé : *De la part de ton oncle Nathaniel.* Mon nom n'y figurant pas, ils n'ont pu l'ajouter à la liste des blessés. Je suis resté là-bas… sans aucun souvenir… pendant des mois. La mémoire m'est revenue peu à peu, et on m'a fait exercer à l'hôpital. J'ai fini par me rappeler qui j'étais, et j'ai essayé de contacter Sara et Lou.

Il remarqua le coup d'œil que Hugh et Anne échangèrent quand il mentionna Sara, mais il continua comme si de rien n'était.

— Mes lettres ne sont jamais arrivées.

Il reposa sa fourchette, soudain incapable d'avaler quoi que ce soit.

— J'ai mis des mois pour rentrer, après la capitulation. Les lignes ferroviaires et fluviales étaient hors d'usage, la plupart des ponts effondrés. Je ne suis arrivé qu'hier.

Comme les garçons commençaient à s'agiter sur leur chaise, Anne leur suggéra d'aller voir les chiots dans l'étable. Dès qu'ils furent sortis, elle reprit d'une voix douce :

— Nous sommes désolés que tu sois rentré pour apprendre de mauvaises nouvelles.

De toutes les femmes de ses amis, Anne était la seule à s'être comportée convenablement avec Sara, le jour de leur mariage.

— Bon sang, tout cela est ma faute ! pesta Hugh en jetant sa serviette sur la table. Si je n'étais pas allé leur annoncer que tu étais mort... La nouvelle a tellement bouleversé Sara que j'ai eu honte de l'avoir mal jugée. Quand je suis rentré, à cause de ma blessure, et que j'ai appris qu'elle était partie avec un Yankee, j'ai été soulagé, car je n'aurais jamais pu la regarder en face après les propos désobligeants que j'avais tenus sur elle quand tu as voulu l'épouser.

— Elle est revenue, dit David. La veille de mon arrivée. Lou l'a recueillie.

— Ça alors !

— Elle va bien ? demanda Anne avec la sollicitude qui la caractérisait.

David aurait aimé ne pas avoir à leur révéler la suite.

— Oui, mais elle a un enfant. Une petite fille.

Comme ils gardaient le silence, il répondit à la question qu'ils n'osaient poser.

— Elle n'est pas de moi.

— Bon sang ! répéta Hugh. Que vas-tu faire ?

— Et *nous*, que pouvons-nous faire pour toi ? s'enquit Anne.

— J'ai besoin de conseils légaux, avoua David en finissant son café.

Anne se leva et rassembla la vaisselle sur un plateau.

— J'ai un tas de choses à faire ce matin, je vous laisse.

Avant de quitter la pièce, elle posa la main sur l'épaule de David.

— Je suis si heureuse que tu sois revenu ! Tout s'arrangera, j'en suis sûre. Tu verras.

Dès qu'ils furent seuls, David se tourna vers son ami.

— Tu vas probablement me dire que tu m'avais prévenu, n'est-ce pas ?

— Non, pas alors que je suis tellement désolé pour toi. J'aimerais pouvoir changer les choses.

— C'est peut-être possible.

— Tu penses au divorce ?

David hocha la tête, avant de préciser :

— Pour être honnête, l'idée ne me convient pas, en dépit de ce que Sara a fait. J'ai prononcé des vœux, et je m'imagine mal ne pas les respecter.

— Tu l'aimes toujours ?

— Je suis incapable de la toucher. Je ne peux même pas regarder son enfant.

— Mais tu la désires toujours.

— Évidemment.

David repoussa sa chaise et croisa les jambes. Il avait perdu l'habitude de manger autant. Il se sentait lourd.

— Je ne vais pas te mentir. Tu sais aussi bien que moi ce que c'est que de penser à une femme pendant des mois, de ne vivre que pour le jour où tu la retrouveras.

— T'a-t-elle dit où elle était pendant tout ce temps ?

— Je ne le lui ai pas demandé et elle n'en a pas parlé. Elle estime que tout cela appartient au passé et elle veut repartir de zéro.

Hugh semblait sceptique.

— As-tu évoqué le divorce ?

David se passa la main dans les cheveux en soupirant.

— Je n'ai jamais rencontré un seul divorcé de ma vie. Sara est déjà au centre de toutes les conversations à Magnolia Creek.

— Le divorce n'est pas aussi rare que tu le crois. Son nombre a considérablement augmenté depuis la guerre. Il semble qu'il y ait eu beaucoup d'unions hâtives juste avant le conflit. Écoute, tu n'es resté marié qu'un jour, nous pourrions essayer d'obtenir une annulation.

Perdre Sara, la rayer de sa vie lui causerait un traumatisme aussi grand qu'une amputation.

— Je n'ai encore rien décidé. J'avais juste besoin de savoir que tu serais là au cas où.

— Tu sais bien que je serai là. Si j'ai un conseil à te donner, n'attends pas trop longtemps. Ce n'est pas à toi que je vais rappeler comment la gangrène ronge une plaie. Prends garde de ne pas te laisser détruire.

David se leva et attendit que Hugh en fasse autant.

— Je suis plus fort que tu ne le penses. N'oublie pas que je suis revenu d'entre les morts !

— Très juste.

Ils se dirigèrent en silence vers la porte. David prit son chapeau en essayant de se convaincre qu'il était prêt à rentrer chez lui.

— Une dernière question. Tu as dit qu'avant de perdre connaissance, sur le champ de bataille, j'avais prononcé un mot. Lequel était-ce ?

Hugh prit une longue inspiration et son regard se perdit au loin, sur les champs de tabac fraîchement labourés.

— Sara, répondit-il comme à regret. Tu as dit « Sara ».

19

David n'aurait su dire s'il se sentait mieux ou plus mal après sa visite à Hugh. Il ne pouvait s'empêcher de l'envier. Une tendre relation le liait à sa femme, et ses fils l'admiraient ouvertement.

Au lieu de se rendre directement chez le Dr Porter, comme il l'avait projeté, il fit un détour par Ash Street. Un sentiment de manque en même temps qu'un étrange malaise l'habitait.

« Juste pour m'assurer que tout va bien », tenta-t-il de se convaincre en contournant sa maison. C'est alors qu'il aperçut Sara dans le jardin. Elle jardinait, vêtue des mêmes vieux vêtements que la veille. Le col ouvert de sa chemise révélait sa gorge ravissante et la naissance de ses seins. Chaque fois qu'elle se penchait, on devinait la forme de ses longues jambes.

Près d'elle se trouvait un énorme tas de mauvaises herbes, signe qu'elle s'activait depuis un bon moment déjà. Dissimulé dans l'ombre de la grange, David s'appuya au pommeau de sa selle et l'observa. Elle finit par se redresser, posa les mains sur ses hanches en cambrant son dos douloureux. Ce mouvement eut pour effet de tendre sa chemise sur ses seins, et il se sentit traversé par une onde de désir si violent qu'il dut détourner les yeux pour se reprendre.

Quand il se remit en marche, Sara s'essuyait le front de la manche. Cette tête de mule allait se tuer à la tâche !

Sara fit rouler ses épaules endolories en s'étonnant d'avoir passé autant de temps à bêcher et à désherber pour un si piètre résultat. Il lui restait tant à faire qu'elle avait l'impression qu'elle n'en viendrait jamais à bout. Cependant, elle se réjouissait de travailler en plein air, de sentir la chaleur du soleil à travers sa chemise, de remplir ses poumons de l'odeur de terre fraîchement retournée.

Et puis, les mouvements répétitifs qu'elle accomplissait la calmaient et l'empêchaient de trop penser. Ses chaussures étaient pleines de boue, la ceinture du pantalon rêche contre sa peau, mais elle éprouvait la même sérénité que la veille, lorsqu'elle marchait dans les bois.

Elle fit un signe à Elizabeth, installée sur une couverture, sous la galerie. Elle frappait gaiement dans ses mains au rythme d'une mélodie qu'elle seule entendait.

Comme sa mère le faisait quand elle ne pouvait surveiller ses frères, elle l'avait attachée. Une corde nouée autour de sa taille la reliait à l'érable.

Sara entreprit de bêcher le carré qu'elle venait de défricher, puis s'arrêta pour essuyer avec un pan de sa chemise une ampoule qui venait d'éclater. Un mouvement du côté de la grange attira son attention.

C'était David, monté sur un cheval bai. Il s'arrêta près de l'abreuvoir et attacha l'animal à un poteau.

Elle retint son souffle lorsqu'il traversa la cour pour se diriger vers elle. Elizabeth choisit cet instant précis pour pousser un cri perçant. Il fronça les sourcils, lança un regard froid dans la direction de l'enfant avant de fixer de nouveau Sara. La douleur cuisante de son ampoule lui rappela qu'il ne s'agissait pas d'un rêve. David était là, bien vivant, et rien ne serait jamais plus comme avant.

— Tu t'es levé tôt, remarqua-t-elle en guise de préambule.

Il hocha la tête, et regarda de nouveau la fillette qui criait à présent à pleins poumons.

— Je suis allé voir Hugh.

— C'est ce que Louzanna m'a dit, fit-elle, la gorge serrée à l'idée qu'il s'était renseigné pour entamer une procédure de divorce. Comment va-t-il ?

— Plutôt bien. Il est amputé de la jambe gauche, sous le genou, mais il semble s'y être fait.

— Ô... mon Dieu...

Quand elle s'aperçut que le regard de David s'attardait sur son décolleté, elle porta la main à sa gorge.

— Boutonne ta chemise, Sara, jeta-t-il en se détournant pour regarder le tas de mauvaises herbes.

Rouge d'embarras, elle s'exécuta en glissant un coup d'œil vers la maison des Foster, étonnée de ne pas voir le visage de Minnie derrière l'une des fenêtres. Elle essuya de nouveau son front moite.

— Où as-tu trouvé ce cheval ?

— Je l'ai loué. Montre-moi ces ampoules.

Après un instant d'hésitation, elle lui tendit la main et il inspecta sa paume. Plusieurs ampoules avaient éclaté. La chair était à vif et pleine de terre. Il y avait aussi des callosités anciennes, et Sara se prit à regretter de ne pas avoir les mains douces d'une vraie dame.

Il la lâcha en secouant la tête.

— Tu crois vraiment pouvoir abattre un tel travail toute seule ? Je vois que tu es toujours aussi têtue, Sara.

— Je sais ce que je veux et je m'efforce de l'obtenir, répliqua-t-elle doucement. J'ai promis à Lou de remettre le jardin en état, et j'ai l'intention de tenir ma promesse. Elle a gardé quelques graines de melon de l'année dernière, et grand-père m'a donné de quoi commencer la culture de plantes médicinales.

Elizabeth voulut venir vers eux, mais, retenue par la corde, elle retomba sur la couverture.

— Tu ferais peut-être mieux de t'en occuper avant qu'elle se blesse, fit-il.

— Elle va se calmer. Pourquoi n'entres-tu pas ? Je crois que quelques amies de Lou sont encore là. Elles aimeraient sûrement te souhaiter la bienvenue.

— Je n'ai aucune envie d'être assailli par une bande de vieilles dames poudrées, piailleuses, le mouchoir à la main.

Pour ne pas risquer de l'irriter par une nouvelle remarque, Sara attrapa la bêche et se remit au travail. Heureusement, Elizabeth gardait le silence, très intéressée par le nœud de la corde, et suffisamment maligne pour avoir compris que là se trouvait la clé de la liberté.

Sara attendait que David s'en aille, quand soudain, il jura dans sa barbe, ôta sa veste et la lança sur la barrière.

— Donne-moi cette bêche, ordonna-t-il.

— Je n'ai pas besoin de ton aide.

Comme il tendait la main, nullement disposé à changer d'avis, elle finit par s'exécuter.

Sans un mot, il enfonça rageusement l'outil dans la terre humide et la retourna. Il progressait vite, à un rythme régulier, et accomplit le double du travail de Sara en un temps record, réussissant même à tracer des sillons.

La jeune femme plantait ses graines au fur et à mesure.

— Tu veux de l'eau ? lui proposa-t-elle au bout d'un moment, pour rompre le silence.

— Non, merci.

Il posa la bêche, se débarrassa de sa chemise et poursuivit sa tâche.

Il était mince, et beaucoup plus musclé qu'elle ne l'aurait deviné. Bien découplé et ferme, son corps était à présent celui d'un homme fait. Profitant de ce qu'il l'ignorait, elle s'attarda à le contempler. Il travaillait avec une aisance surprenante. Visiblement, ce genre d'activité manuelle ne lui était pas étrangère, et elle en était fort étonnée.

— On pourrait te prendre pour un fermier, commenta-t-elle sans réfléchir.

Il s'interrompit et s'essuya le front du revers de la main.

— J'ai creusé un certain nombre de latrines, en prison.

— Tu vas te salir.

— Je me laverai avant d'aller chez le Dr Porter.

La sueur perlait sur son torse puissant. Sara mourait d'envie de le toucher. Il avait le don de mettre ses sens en ébullition. Jadis, il l'avait caressée comme si elle était un précieux trésor. Jamais personne ne l'avait regardée comme lui.

Elle donnerait tout – tout sauf Elizabeth –, pour revoir cette expression dans ses yeux.

Il leva soudain la tête et la surprit en train de l'observer. Ses prunelles aussi sombres que l'obsidienne étaient tout sauf froides, mais il demeurait distant. Elle se souvint de leur premier baiser. Une émotion inconnue et dévastatrice l'avait alors submergée et, dès cet instant, elle avait eu la certitude absolue qu'aucun autre homme que lui n'aurait jamais un tel pouvoir sur elle.

À présent, elle brûlait qu'il la prenne dans ses bras, et que tout s'arrange. Il était toujours celui dont elle était tombée amoureuse à quinze ans. Celui qu'elle avait épousé. Celui qu'elle aimerait à jamais.

— Sara !

Elle sursauta. À son expression, elle comprit que ce n'était pas la première fois qu'il l'appelait.

— Oui ?

— J'ai dit qu'elle pleurait, fit-il en désignant Elizabeth.

Effectivement, la fillette se roulait par terre en battant des jambes.

— Elle doit avoir faim. Je vais la rentrer.

David baissa les yeux sur ses chaussures boueuses et soupira. Sara suivit la direction de son regard.

— Je m'occupe d'Elizabeth, et ensuite de tes chaussures.

— Tu en fais trop, Sara, rétorqua-t-il froidement. Je n'ai pas besoin de ton aide et je n'en veux pas.

Refusant de se laisser démonter, elle songea qu'elle devait s'armer de patience, que chaque chose viendrait en son temps.

— Grand-père dit toujours qu'un oiseau vole mieux avec deux ailes. Tu viens de me donner un coup de main, je voulais simplement te rendre la pareille.

Sur ce, elle rejoignit sa fille qu'elle libéra de la corde. Elle se redressait lorsque Abel Foster déboucha en trombe au coin de la maison.

David s'interrompit aussitôt, jeta la bêche et vint se poster près de Sara, l'air menaçant. Il se raidit quand son voisin s'arrêta à quelques pas.

— Que veux-tu, Foster?

Le teint cireux d'Abel vira à l'écrevisse.

— J'ai pensé que tu voudrais être le premier à savoir, étant donné qu'il t'a laissé un mot.

David s'approcha de lui.

— Rentre, Sara, articula-t-il d'une voix crispée.

Resserrant les bras autour de sa fille, elle obéit sans discuter.

— Qui m'a laissé un mot? reprit-il.

Abel glissa les pouces dans les poches de sa veste et se balança sur ses talons, apparemment ravi de savoir une chose que David ignorait.

— Le Dr Porter s'est tué il y a quelques minutes, et il a laissé une lettre pour toi.

20

Louzanna descendit et trouva Sara dans la cuisine, occupée à nettoyer les chaussures de David. Assise sur le sol, Elizabeth mangeait des biscuits salés en en émiettant la moitié sur le carrelage.

— Où est David ?

— Dehors. Il se lave à la pompe.

— Je vais faire chauffer de l'eau. Il veut peut-être prendre un bain.

— Non. Il doit partir tout de suite.

— Mais il vient juste de rentrer, s'étonna Lou en scrutant Sara. Que se passe-t-il ?

— Le Dr Porter est mort. Il s'est suicidé.

Lou chancela et agrippa son pendentif. Sara bondit à ses côtés pour la soutenir.

— Mon Dieu... non...

— Respire à fond, Louzanna. Essaie de penser à autre chose et assieds-toi.

— Je préfère rester debout. Je... vais préparer du thé pour David.

— Le marshal et Abel l'attendent chez le docteur.

Essayant de fixer son attention pour calmer son vertige, Lou examina la table en désordre, la vaisselle sale, les couverts en argent, la moitié de son gâteau à la crème, l'un des meilleurs qu'elle ait jamais réussis.

Seulement cinq sur neuf des habituées du groupe de couture étaient venues, mais c'était plus qu'elle ne l'espérait. Certaines étaient persuadées qu'elle avait permis à Sara de rester parce qu'elle n'était pas assez forte pour la chasser. Elles avaient ensuite essayé de la convaincre de la mettre dehors. Toutefois, deux d'entre elles avaient pris la défense de sa belle-sœur.

Elle se reprochait sa lâcheté et regrettait de ne pas avoir eu le courage de leur tenir tête, comme elle l'avait fait avec Minnie. Mais après avoir lu le journal, elle leur était tellement reconnaissante d'être venues malgré tout qu'elle n'avait pu qu'acquiescer à leurs propos, égoïstement déterminée à les retenir.

— Lou ?

La voix de Sara la tira de ses pensées, et elle s'aperçut qu'elle était toujours debout près de la table, les doigts crispés sur la bague de Mason. David choisit ce moment pour entrer.

— Ça va, Lou ? s'inquiéta-t-il en boutonnant sa chemise.

Son cher David ! Il avait suffisamment de problèmes pour qu'elle n'en rajoute pas, songea-t-elle en s'appliquant à dissimuler le tremblement qui l'agitait.

— Oui, ça va.

— Tu es sûre ?

Lou hocha brièvement la tête.

Sara tendit ses chaussures à David qui tira une chaise et s'assit pour les enfiler. Elle remarqua alors les miettes sur le sol et alla chercher un balai dans le cellier.

À peine fut-elle sortie qu'Elizabeth se mit debout et trottina vers David. Prenant trop de vitesse, elle vint heurter maladroitement ses jambes et s'agrippa à son pantalon.

David la fixa en silence, sans la toucher. Comprenant qu'il refusait tout contact avec elle, Lou domina sa crise et s'empressa de récupérer l'enfant.

— Viens, Elizabeth, tu vas salir David avec ton biscuit.

146

Elle s'étonna elle-même de s'exprimer d'une voix aussi sereine. Apparemment, elle possédait des ressources qu'elle ignorait.

David se leva non sans avoir décoché un regard noir à la fillette. C'est alors que Lou aperçut Sara dans l'encadrement de la porte. Elle avait assisté à la scène.

Elizabeth commença à s'agiter.

— J'aimerais que tu ne laisses pas la responsabilité de ton enfant à ma sœur, jeta David en attrapant sa veste.

— Cela ne me dérange pas de m'en occuper, intervint Lou vivement. Au contraire.

Elle caressa les boucles de la fillette. En fait, se consacrer à autre chose qu'à elle-même l'aidait considérablement. Prendre soin d'Elizabeth l'obligeait à contrôler le tumulte de ses émotions.

— Comment peut-on haïr un enfant à ce point pour une chose dont il n'est pas responsable ? articula Sara d'une voix altérée.

Elle posa son balai et se dirigea vers David. Lou sentit son estomac se nouer.

— Passe ta colère sur moi autant que tu veux, mais laisse ma fille tranquille.

— C'est exactement ce que j'ai l'intention de faire.

Tous deux s'exprimaient sans crier mais sur un ton chargé de menace contenue. Lou fut tentée de fuir, mais Elizabeth se tortillait pour rejoindre sa mère, si bien qu'elle n'osa pas bouger.

Le temps que David prenne son chapeau et sorte, Lou tremblait de la tête aux pieds. Sara récupéra sa fille sans attendre.

— Je suis désolée, Louzanna. Je sais combien les disputes te bouleversent.

À petits pas saccadés, Lou gagna le jardin d'hiver, regarda David s'éloigner à cheval puis revint dans la cuisine. Elle se laissa lourdement tomber sur une chaise, ignorant la vaisselle sale.

— J'ai fait une chose terrible, Sara, avoua-t-elle.

Les mots lui avaient échappé sans qu'elle puisse les retenir.

— J'ai du mal à te croire, Lou.

— C'est pourtant vrai, affirma sa belle-sœur, l'air abattu. Ce matin, quand je suis descendue, il y avait un journal sur la table. J'ai cru que c'était Minnie qui l'avait déposé comme cela lui arrive souvent, pour faire la paix cette fois, et que David l'avait trouvé en sortant. Je me suis doutée qu'il n'avait pas eu le temps de le lire, car il était parfaitement plié.

Elle leva les yeux et s'aperçut que Sara l'écoutait avec attention.

— Je l'ai parcouru et je suis tombée sur un article écrit par Abel. Il appelle les habitants de Magnolia Creek à nous tourner le dos parce que... parce que nous t'avons accueillie.

Sara pâlit. Elle s'assit à l'autre bout de la table.

— Où est-il ?

— Je l'ai brûlé.

— David est-il au courant ?

— Non, et maintenant, je crains qu'il n'aille droit dans la gueule du loup sans le savoir.

Lorsque David atteignit la maison du Dr Porter, le fourgon funéraire s'éloignait. Un petit groupe de badauds s'étaient rassemblés devant la barrière et ils s'écartèrent pour le laisser passer. Il les salua en soulevant son chapeau, adressa quelques mots à ceux qu'il reconnaissait, mais n'obtint qu'un silence glacial en réponse.

À l'intérieur, le marshal Damon Monroe et Abel Foster l'attendaient. Une femme pleurait dans la cuisine. Couchée sur le tapis, le museau entre les pattes, Goldie observait les allées et venues de ses grands yeux tristes.

David leur fit un signe de tête, à présent conscient que le vent avait tourné. De toute évidence, plus personne n'ignorait le retour de Sara, et il avait beau s'être dévoué plus que beaucoup pour la cause des confédérés, la trahison de sa femme n'était pas près d'être pardonnée ni oubliée.

Derrière les deux hommes, le mur était éclaboussé de sang. Un fusil gisait près du fauteuil du vieux médecin.

— Quand est-ce arrivé ? s'enquit-il.

— Il y a environ une heure, répondit le marshal.

Ce dernier devait en grande partie son autorité à sa corpulence. Immense et solide, il faisait un formidable gardien de la paix dans une ville sans problème.

— Sa femme de ménage était dans l'allée quand elle a entendu le coup de feu. Je suppose qu'il avait oublié que c'était le jour où elle venait travailler, car il n'aurait sûrement pas voulu qu'elle le trouve ainsi.

David acquiesça.

Abel l'observait d'un regard si aigu qu'il n'aurait pas été surpris qu'il tente de l'accuser de la mort du Dr Porter.

— Abel m'a dit qu'il m'avait laissé une lettre, reprit-il en évitant de tourner les yeux vers le mur couvert de matière sanguinolente.

Il avait beau être aguerri de ce côté-là, aujourd'hui, le spectacle lui soulevait le cœur.

Le marshal prit une enveloppe sur le guéridon, près du fauteuil. Le nom de David y était inscrit. Comme les deux autres ne semblaient pas disposés à partir, il la décacheta et la parcourut rapidement.

David,

J'ai décidé de faire un tout autre voyage. Ne m'en tiens pas grief, s'il te plaît. Je suis où je voulais être, près d'Esther, alors je te laisse la maison, mon cheval, ma voiture et le peu d'argent que j'ai à la banque. Une

place m'attend au cimetière, près de ma chère épouse
que j'ai hâte de rejoindre, car je me vois mal aller me
geler tout seul en Écosse.

S'il reste de l'argent après l'enterrement, utilise-le
pour acheter des fournitures médicales. Pense à moi
quand tu mettras un bébé au monde ou que tu glis-
seras un morceau de sucre candi dans la menotte
d'un enfant.

Bonne chance, David,

Ton ami, le Dr Maximus Porter

Les mots se brouillèrent devant ses yeux. David tendit la feuille à Damon et s'approcha de Goldie. Il lui
caressa la tête en essuyant discrètement ses larmes,
puis rejoignit le marshal qui lui rendit la lettre.

— Il n'y a pas grand-chose à ajouter, n'est-ce pas ?
déclara celui-ci.

David se contenta de secouer la tête. Comment
aurait-il pu résumer la vie de Maximus en quelques
mots ? Il n'essaierait pas non plus d'excuser le geste
du vieil homme, car il savait qu'aimer une femme à
l'excès pouvait conduire à des gestes inconsidérés. Il
plia la lettre et la glissa dans sa poche.

Avant de prendre congé, Monroe l'attira à l'écart.

— A-t-on lancé d'autres pierres dans vos fenêtres ?

— Non. Vous êtes sûr de ne pas avoir votre petite
idée sur celui qui a fait ça ?

— Allez savoir, répondit Damon en haussant négli-
gemment les épaules. Ce n'est sans doute qu'une
mauvaise blague.

— J'ai l'impression que vous vous en moquez, marshal. Est-ce une façon d'accomplir votre devoir ?

— Je ferai des patrouilles à cheval deux fois par
jour, si ça peut vous faire plaisir, Talbot.

— Ce sera déjà ça.

Damon sortit, mais Abel continua de déambuler
dans la pièce.

— Tu ne devrais pas retourner à ton bureau ? lança David. Tu tiens un superbe article, non ? *Un vieil homme solitaire se fait sauter la cervelle.* Tu pourrais décrire le sang et les morceaux de cervelle sur le mur, histoire de vendre quelques exemplaires de plus.

— Mon journal se vend très bien, merci. Tout le monde parle déjà de mon article d'aujourd'hui.

— Tant mieux pour toi.

— Tu n'as pas lu l'exemplaire que j'ai laissé sur le pas de ta porte ?

— Je n'ai ni le temps ni l'envie de lire ta prose. Tes opinions ne m'intéressent pas.

— Dommage ! Ta sœur l'a peut-être lu, elle. Ou ta jolie petite *femme*.

Il appuya volontairement sur ce dernier mot et David serra les dents.

— En quoi cela nous concerne-t-il ?

— Il parle de toi. Le Dr Porter en avait un exemplaire, tiens, il est là, sur le repose-pieds.

— Sors d'ici, Abel.

— Avec plaisir.

Il contourna David, poussa la vieille chienne du pied et sortit.

David jeta un œil au journal et se dirigea vers la cuisine. Il ne jouerait pas le jeu de Foster. Assise à la table, une corpulente femme noire pleurait à chaudes larmes, la tête posée sur ses bras repliés. Elle devait avoir entre vingt-cinq et trente ans.

Il mouilla une serviette et posa la main sur son épaule, la forçant doucement à le regarder.

— Comment vous appelez-vous ?

— M... Mercy.

— Mercy, posez cela sur vos yeux, dit-il en s'asseyant près d'elle. Respirez lentement, à fond.

Hoquetant, la jeune femme saisit le linge et il eut le temps d'apercevoir son regard terrorisé.

— Est-ce que… le corps… a été enlevé?

— Oui. Vous pourrez rentrer chez vous dès que vous vous sentirez mieux.

Elle réprima un nouveau sanglot, enleva la serviette et le contempla tristement.

— Ça veut dire que j'ai perdu mon travail?

— Non. Vous pourrez continuer à nettoyer la maison toutes les semaines, répondit-il en se demandant comment il lui paierait ses gages.

— C'est vrai?

— Oui.

— Et… le mur aussi?

— Je m'en chargerai. Je suis le Dr Talbot.

— Oh, merci beaucoup, fit-elle.

Elle se leva et se dirigea vers la porte de derrière.

— Merci, docteur.

Deux heures plus tard, le salon de Maximus avait retrouvé son aspect normal. Déroulant ses manches, David parcourut la pièce du regard et s'arrêta sur le journal. Il s'en empara en maudissant Abel Foster. Il s'apprêtait à fermer la maison quand il s'aperçut que Goldie était toujours couchée sur le tapis, devant la porte d'entrée.

— Allons, debout, ma fille.

Les yeux de la chienne se posèrent sur les deux fauteuils vides et revinrent sur David.

— Tu es trop vieille pour que quelqu'un veuille de toi.

Maximus n'avait pas eu le courage d'entraîner sa fidèle compagne avec lui dans l'au-delà.

— Allez, viens. Je t'emmène.

Goldie ne bougea pas.

— Viens, ma fille, insista-t-il en lui tapotant la hanche jusqu'à ce qu'elle se lève.

Il alla chercher un morceau de bacon dans la cuisine, prit l'écuelle de la chienne, sa veste et ferma la porte. Puis il traversa la maison avec Goldie, pénétra dans le cabinet, divisé en trois petites pièces, et sortit en verrouillant derrière lui.

Le dos douloureux à cause du jardinage et du récurage, il se sentait aussi las que Goldie. Comme il y avait encore assez de lumière, il déplia le journal et s'assit sur les marches de la galerie. La chienne s'allongea près de lui avec un grand soupir.

Sa lecture terminée, il releva la tête et contempla le soleil qui descendait derrière la cime des arbres. Il comprenait maintenant pourquoi ses concitoyens lui avaient réservé un accueil aussi froid.

Foster n'avait pas mis longtemps à dresser la ville contre lui.

Lui qui croyait que le chaos de la guerre était derrière lui et qu'il trouverait la paix en rentrant chez lui. Quelle grossière erreur !

21

Plus d'une semaine s'était écoulée depuis l'enterrement du Dr Porter. Malgré l'article d'Abel, Sara vivait toujours chez David. Celui-ci passait le plus clair de son temps dans son nouveau cabinet tandis qu'elle travaillait d'arrache-pied dans le jardin le jour, et se tournait et se retournait dans son lit la nuit. Alors qu'elle cherchait un moyen d'arranger les choses, un proverbe qu'affectionnait son grand-père lui était revenu à l'esprit : « Si les souhaits étaient des chevaux, les mendiants chevaucheraient. »

Après trois jours de chaleur et de sécheresse, elle remplit d'eau un grand seau et commença à arroser ses plantations. Alors qu'elle scrutait l'orée du bois dans l'espoir d'apercevoir son grand-père, tant elle avait pensé à lui, ce fut David qui émergea du couvert des arbres, un cageot plein de géraniums rouges dans les bras. Il la regardait par-dessus les corolles odorantes.

Abandonnant le seau, elle courut à sa rencontre.

Il posa la caisse sur le sol à ses pieds. À l'intérieur, Sara découvrit quatre plants de géraniums, divers oignons et des sachets de graines sur lesquels étaient joliment dessinés des choux, des betteraves, des radis, des tomates et même des fleurs.

— Oh, David ! Cela a dû te coûter une fortune.

— J'ai pensé que tu avais besoin de choses à planter, fit-il en haussant les épaules.

154

Sara avait toujours vu sa mère récupérer les graines des potirons, des melons et des pastèques entre autres, mais jamais elle n'en avait eu qui étaient enveloppées dans des sachets aussi joliment illustrés.

— J'ai entendu une femme de fermier, dans le magasin, qui affirmait que ces géraniums fleuriraient jusqu'à la fin de l'automne, poursuivit-il.

— Je les planterai près de la maison, pour que Lou en profite.

— Je dois retourner au cabinet, annonça-t-il après un silence.

Elle se redressa et brossa ses jupes.

— J'ignorais que tu allais dans le centre.

— Je ne me laisserai pas intimider par Abel Foster, et j'ai l'intention de le lui faire savoir. Si les gens veulent fourrer leur nez dans mes affaires, qu'ils le fassent ouvertement. Je compte me promener dans Main Street tous les jours.

— Je suis désolée d'être la cause de tout ça, David, glissa-t-elle, les joues en feu.

Il ne releva pas.

— Nous verrons bien combien restent dans le camp de Foster.

Sur ces mots, il tourna les talons et se dirigea vers le vieux boghei du Dr Porter. Sara le suivit du regard, puis souleva la caisse et l'emporta dans le potager. À ses yeux, ces géraniums étaient plus précieux qu'un trésor. David les lui aurait-il offerts s'il avait su quelle valeur elle leur attribuait ?

Les premiers engoulevents de la saison s'étaient fait entendre. Il était temps de planter les haricots. Elle décida de les semer près des tournesols afin qu'ils s'enroulent autour de leurs tiges robustes, ce qui lui éviterait de mettre des tuteurs. Pour les graines de melon, elle attendrait le mois de mai, comme sa mère l'avait toujours fait.

En pensant à elle et aux siens, elle tourna une fois de plus les yeux vers la forêt, mais son grand-père n'était nulle part en vue.

Des coups contre la vitre du jardin d'hiver attirèrent son attention. Louzanna lui faisait de grands signes.

— David a oublié son repas ! cria-t-elle en montrant un panier fermé. Si tu veux bien le lui apporter, je surveillerai Elizabeth.

La froideur et l'indifférence que David manifestait à l'égard de sa fille blessaient Sara comme si elle en avait été elle-même l'objet. Elle méritait un tel traitement, pas Elizabeth. S'il passait un peu plus de temps à la maison, il finirait peut-être par succomber au charme de sa fille.

— Je l'emmène avec moi, décida-t-elle. Il fait tellement beau et il est encore tôt.

— D'accord. Il y a du fromage, du pain et du poulet. Largement de quoi faire trois repas.

— Oh, Lou, je doute que David soit d'humeur à pique-niquer avec nous.

— On peut toujours espérer, non ? J'aimerais tellement que les choses soient différentes...

Sara alla vers elle et l'étreignit. Elle sentit immédiatement que ce geste spontané la mettait mal à l'aise et la lâcha. Elle se lava les mains et le visage, débarbouilla Elizabeth et la prit par la main. Louzanna les escorta jusqu'à la porte en prenant soin de rester bien en retrait quand elle fut ouverte.

— J'ai changé d'avis, déclara-t-elle tout à coup. Je ne suis pas certaine que ce soit une bonne idée que tu sortes.

— Ce n'est qu'à deux pâtés de maisons, Lou. Je ne me cacherai pas, non, je ne leur donnerai pas cette satisfaction. David non plus, d'ailleurs.

— Laisse-moi au moins Elizabeth.

C'était une matinée de printemps radieuse. Les oiseaux chantaient, les buissons et les arbres bourgeonnaient. Rien de fâcheux ne pouvait leur arriver par une si belle journée.

— Tout ira bien, ne t'inquiète pas.

Lou s'accrochait frénétiquement à la bague de Mason.

— Vas-y, si tu y tiens, mais reviens vite.

Main dans la main, la mère et la fille prirent la direction la maison du Dr Porter.

Une fois à destination, Sara admira la plaque flambant neuve de David. *Dr David Talbot. Médecine générale.* Elle posa le panier sur le sol et frappa, le cœur battant, se demandant quel accueil il leur réserverait.

David froissa une feuille de papier, la jeta dans la corbeille et s'adossa dans le fauteuil qu'il avait installé derrière le grand bureau en chêne de Maximus. Il ne se sentait toujours pas chez lui dans ce cabinet. Il espérait toutefois qu'il n'aurait pas à le fermer avant même d'y avoir soigné un patient.

Car depuis une semaine, aucun malade ne s'était présenté. Soit Magnolia Creek était la ville la plus saine du pays, soit ses habitants allaient se faire soigner ailleurs.

Les trois pièces étaient nettoyées et rangées avec soin. Dans la salle d'examen, les flacons étaient alignés sur les étagères, les médicaments étiquetés dans des tiroirs, les cuivres polis, les instruments lavés et alignés entre deux serviettes blanches, sur une table.

Tout était prêt, mais plus le temps passait, plus il était convaincu que l'éditorial d'Abel avait signé sa ruine.

Toutefois, il appréciait de sortir de chez lui le matin et de marcher jusqu'au cabinet où il passait ses journées à lire les vieilles revues médicales de Maximus. Il préférait être ici plutôt que chez lui où il se heurtait sans cesse à Sara. Le soir, il s'attardait dans le salon jusqu'à ce qu'il l'entende fermer la porte de sa chambre.

Le matin, quand elle descendait déjeuner, aussi épuisée que lui par l'insomnie, il fuyait son regard, s'empressait de finir son café et s'éclipsait.

Il venait de passer une semaine éprouvante, et si cela continuait ainsi, il allait devenir fou.

On frappa soudain à la porte et il faillit basculer en arrière, dans le fauteuil où il se balançait. Il se leva d'un bond, tira sur sa veste, lissa ses cheveux et vérifia son apparence dans le miroir de la salle d'attente avant d'ouvrir.

Son sourire plein d'espoir mourut sur ses lèvres quand il découvrit Sara sur le seuil, l'enfant à ses côtés.

— Sara.

— Tu es occupé?

Il secoua la tête, incapable de dire un mot. Il promena un regard avide sur son beau visage tout en se maudissant de sa faiblesse.

— Nous pouvons entrer? Louzanna m'a chargée de t'apporter ton déjeuner, expliqua-t-elle en ramassant le panier qu'elle brandit tel un laissez-passer.

Il eut envie de prendre le panier et de la congédier sur-le-champ, non parce qu'il ne voulait pas d'elle ici, mais parce qu'il venait de se rendre compte combien il avait envie qu'elle reste.

Avisant Goldie couchée derrière le bureau, Elizabeth se mit à tirer sur la main de sa mère pour entrer. David s'écarta et la vieille chienne leva la tête.

— Elle ne mord pas? s'enquit Sara en passant devant lui.

— Tu es mieux placée que moi pour le savoir.

— Je parle de la chienne!

— Je doute qu'elle en ait l'énergie, rétorqua-t-il en réprimant un sourire.

Sara écarta Elizabeth et s'agenouilla près de Goldie

158

pour la caresser entre les oreilles. Elle invita ensuite sa fille à s'asseoir près d'elle.

— C'est un chien. Tu sais dire « gentil chien » ? Il faut la caresser comme ça, tout doucement.

La voix chaude de Sara était pleine de tendresse tandis qu'elle parlait à sa fille. Lorsque celle-ci toucha la fourrure, elle éclata de rire, et sa mère l'imita. Leurs rires mélodieux transpercèrent David telle une flèche, lui rappelant douloureusement tout ce qui aurait pu être.

S'efforçant de les ignorer, il prit le panier et souleva le couvercle avant de le reposer et de s'appuyer contre la table d'examen, les bras croisés.

La vieille chienne avait posé la tête sur le genou de Sara qui continuait de la caresser. Elizabeth s'installa contre elle comme s'il s'agissait d'un oreiller, et Goldie se mit à frapper joyeusement le plancher de la queue.

— Dodo maman, dodo chien, dit la fillette en fermant les yeux avec un petit sourire facétieux.

Elle poussa un cri de joie lorsque Goldie lui lécha la joue. Sara s'esclaffa, et David lui-même ne put s'empêcher de rire.

Cela faisait des années qu'il n'avait pas ri ainsi. Oui, des années.

Il s'attarda à contempler le charmant tableau qu'elles formaient avec la chienne. Sara avait attaché sa somptueuse crinière auburn en un chignon bas. Quand elle bougeait, il entrevoyait sa peau ivoire dans l'échancrure de sa robe. Le soleil avait doré son visage et semé des petites taches de rousseur sur son nez.

Enfonçant les mains dans ses poches, il s'approcha de la fenêtre. Sara le rejoignit dans un bruissement d'étoffe.

— Ce cabinet semble parfait.

Elle s'exprimait avec une sorte de retenue, comme si elle avait peur de s'adresser à lui. Il savait que sa froideur la rendait nerveuse, mais il ne voyait pas quel autre comportement adopter.

— Oui. Parfaitement vide.

— Tu as pourtant l'air bien équipé, remarqua-t-elle, se méprenant sur ses propos.

— Certes, mais ce sont les patients qui manquent.

Il tourna la tête, s'aperçut qu'elle était tout près de lui. Trop près à son goût. Elle le scrutait, cherchant dans son regard des émotions qu'il s'efforçait de réprimer.

— Il faut t'armer de patience, David. Donne-leur le temps de digérer tout cela. Ils finiront par venir. Tôt ou tard, ils auront besoin d'un médecin. Tu crois qu'un homme laissera sa femme ou son enfant souffrir quand le moyen de le soulager se trouve au bout de la rue ?

— Je ne sais pas, Sara. Je me demande parfois jusqu'où ils sont prêts à aller pour prouver qu'ils ont raison.

C'était précisément la question qu'il s'était posée ce matin-là. Les hommes, c'était indéniable, commettaient des actes stupides au nom des principes, et peu importait que des innocents en souffrent.

Fasciné par ses taches de rousseur, il fut tenté de s'approcher plus près encore. Au lieu de cela, il se détourna. Et son regard tomba sur Elizabeth qui trottinait dans la pièce, le bras autour du cou de Goldie. La chienne était aussi haute qu'elle, mais elle ne semblait nullement impressionnée. C'était la première fois qu'il voyait Goldie se déplacer aussi lentement. Elle remuait la queue avec entrain.

Derrière lui, Sara soupira.

— Nous ferions mieux de rentrer, Louzanna risque de s'inquiéter.

Il réalisa brusquement que Sara avait pris un risque en s'aventurant seule jusqu'ici. C'était la première fois qu'elle sortait, depuis son retour.

— Je vous raccompagne.

Il crut voir un sourire sur ses lèvres.

— C'est inutile, dit-elle. Nous ne sommes qu'à deux pâtés de maisons. Et puis, on ne sait jamais, un patient pourrait venir entre-temps.

Elle souleva Elizabeth qui commença à se débattre en comprenant que le moment de quitter Goldie était arrivé. David dut attraper la chienne par le collier, car déjà elle les avait suivies sur le porche.

— Tichien ! Tichien ! criait Elizabeth.

David fut contraint de tirer la chienne de force pour l'obliger à rentrer.

— Traîtresse ! marmonna-t-il.

22

Vêtue de sa robe noire, son chapeau à la main, Sara s'apprêtait à descendre au rez-de-chaussée, Elizabeth dans les bras.

— Sara ? Où vas-tu ? s'écria Lou en accourant. Et pourquoi portes-tu ces vêtements ?

— Je dois faire quelque chose pour aider David. Je ne peux pas le laisser ruiner sa carrière avant même de l'avoir commencée. Si je n'y parviens pas, je quitterai la ville.

— Non ! Tu ne peux pas faire ça ! cria Lou, affolée.

Elle hésitait entre se jeter sur Sara pour l'empêcher de partir, et retourner s'enfermer à double tour dans sa chambre.

Sara lui confia Elizabeth et coiffa son chapeau.

— N'essaie pas de m'arrêter, Lou. Je ne trouverai pas le repos tant que je n'aurai pas fait ce que j'ai à faire.

— Et que comptes-tu faire ?

Lou sentait qu'elle perdait lentement le contrôle d'elle-même. Elle ne pouvait même pas accomplir le geste rituel de se tordre les mains pour se calmer, puisqu'elle tenait Elizabeth.

— Je vais commencer par aller voir Abel Foster au journal. Ensuite… eh bien, je serai de retour avant le soir.

Sur ce, elle empoigna ses jupes et s'engagea dans l'escalier.

— Tu ne me dis pas tout ! Qu'as-tu d'autre en tête ?

— David ne doit pas savoir où je vais. Il se sentirait obligé de voler à mon secours.

— Je ne lui dirai rien. Je te le promets.

Lou la suivit jusque dans l'entrée et fit une nouvelle tentative pour la dissuader de sortir.

— Tu ne peux pas me laisser seule ici avec Elizabeth ! Et si je m'évanouissais ? Et si j'avais besoin de me réfugier dans ma chambre ?

Elle émit un petit cri lorsque Sara la saisit brusquement par les épaules et la regarda droit dans les yeux.

— Je ne te confierais pas Elizabeth si je ne te croyais pas capable de prendre soin d'elle. Tiens bon, Louzanna ! Je fais cela pour que David et toi puissiez à votre tour m'aider.

Au bord de la crise d'hystérie, Lou vit Sara embrasser sa fille et ouvrir la porte. Aussitôt, elle se raidit et resserra les bras autour de la fillette pour la protéger des dangers invisibles qui rôdaient à l'extérieur.

— Joue un peu avec elle puis couche-la. Tu ne te seras même pas rendu compte que je suis partie que je serai déjà de retour.

Sara rabattit sa voilette devant son visage et s'éloigna.

— Ce n'est pas bien, non, pas bien, marmonna Louzanna.

— Ti chien ? risqua Elizabeth en lui tapotant la joue.

— Non, pas ti chien, répondit Lou à qui Sara avait raconté leur rencontre avec Goldie. Elle est folle. Ta pauvre mère est aussi folle que moi.

Sara se dirigeait vers Main Street d'un pas beaucoup plus assuré que le premier jour. Quelques passants se retournèrent sur son passage, mais la voilette lui dissimulait le visage.

Près du bazar, elle reconnut une voix familière et s'immobilisa. C'était Elsie Jackman. Son mari, Keith, était un vieil ami de David. Tous deux avaient assisté à leur mariage. Rassemblant son courage, elle souleva légèrement sa voilette.

— Elsie?

En dehors de son visage, plus émacié qu'autrefois, et de sa robe à impression cachemire usée et tachée le long de l'ourlet, elle n'avait pas changé. Un garçon de course chargé d'une caisse pleine de provisions la suivait.

Elle posa un regard froid sur les chaussures usées de Sara et remonta lentement jusqu'à son visage qu'elle entrevit sous le bord du voile.

— Elsie, c'est moi, Sara. Comment vas-tu? Et Keith? Et votre enfant?

Elle fit un pas vers elle, mais l'autre l'arrêta d'un geste et recula tout en jetant des coups d'œil autour d'elle.

— Sara Collier, ne m'adresse plus jamais la parole, cracha-t-elle.

Et elle la planta là.

Plus ébranlée que surprise par la réaction d'Elsie, Sara rabattit son voile et poursuivit son chemin. Elle espérait que personne n'avait remarqué leur échange. Elle tenait à profiter de l'effet de surprise pour sa première visite.

Peu après, elle s'arrêtait devant la porte vitrée de *La Sentinelle de Magnolia Creek*.

Les mains de part et d'autre des yeux, Sara scruta l'intérieur et aperçut un jeune garçon assis à un bureau. Affublé d'un long nez et de grandes oreilles, il devait avoir dans les quatorze ans.

Elle rajusta son chapeau et entra. Une cloche placée au-dessus de la porte signala son arrivée. Le garçon leva les yeux. Un grand vacarme provenait du bureau situé en retrait.

— Je peux vous aider, m'dame ? C'est pour une annonce dans la rubrique nécrologique ?

— Comment t'appelles-tu ?

— Pete, m'dame.

— M. Foster est-il là, Pete ?

— Il fait marcher la presse aujourd'hui.

— J'aimerais le voir, dit-elle en haussant la voix. C'est de la plus haute importance.

Pete la considéra avec un intérêt nouveau.

— C'est qu'il n'aime pas être dérangé.

— Il le sera bien davantage si tu ne vas pas le chercher immédiatement. Je suis certaine qu'il ne refusera pas de me voir.

Le garçon se gratta la tête.

— Qui dois-je annoncer ?

— Sara Talbot.

Pete écarquilla les yeux et disparut dans le bureau voisin en moins de temps qu'il n'en faut pour le dire. Il revint peu après.

— Il arrive, m'dame.

Effectivement, Abel apparut aussitôt, sa visière relevée sur la tête et des manchons de protection noirs sur les avant-bras.

— Que voulez-vous ? s'enquit-il en rougissant lentement.

— C'est ainsi que l'on accueille sa voisine, monsieur Foster ? Je suis venue vous dire que je sais pourquoi vous avez publié cet article sur moi.

— Alors vous l'avez lu ?

— Je n'ai pas eu besoin de le lire.

Elle ne lui dit pas qu'elle était tout juste capable de déchiffrer des phrases simples. Lou lui lisait les lettres de David, pendant la guerre, et l'avait aidée à écrire les siennes.

— Vous avez monté toute la ville contre David à cause de la façon dont je vous ai repoussé, le jour où vous m'avez fait des avances.

Sara n'eut pas besoin de se tourner vers Pete pour savoir qu'il n'en perdait pas une miette.

— Je crois que vous feriez mieux de sortir, madame Talbot.

— Pas avant d'avoir dit ce que j'ai à dire, rétorqua-t-elle en pointant sur lui un index accusateur. Vous avez essayé de m'embrasser et de me caresser près de la grange alors que je venais d'apprendre la mort de David. Et aujourd'hui, non seulement vous m'accusez de traîtrise mais vous jetez l'opprobre sur David parce qu'il ne m'a pas chassée de chez lui. Je vous trouve bien mal placé pour donner des leçons de morale. Vous étiez marié, à l'époque, et vous l'êtes toujours. C'est parce que je vous ai éconduit que vous avez fait paraître cet éditorial sur les Talbot. Pour vous venger de moi.

— Je vous prie de vous taire !

— Pourquoi ? De quoi avez-vous peur, Abel ? Vous craignez que Minnie n'apprenne ce que vous avez essayé de faire ?

— Elle ne vous croira jamais.

— Vous en êtes certain ? Je pense plutôt que mon histoire sèmera le doute dans son esprit.

— Sortez d'ici !

— Oui, je vais sortir, mais rappelez-vous une chose. Vous ne vous attaquez pas à une gamine timide et vulnérable, monsieur Foster, mais à une Collier. Et les Collier ne se laissent pas faire. Si vous ne renversez pas la situation en notre faveur, c'est moi qui prendrai la plume. Et je veillerai à ce que toute la ville connaisse *ma* version de l'histoire.

— Oseriez-vous nier que vous avez un enfant illégitime ?

— Oseriez-vous nier que vous m'avez fait des avances ?

— Vous n'avez aucune preuve que j'ai fait une telle chose.

166

Elle s'approcha de lui et le fixa sans ciller.

— Et vous, avez-vous une preuve que vous n'avez pas fait une telle chose ?

Sans lui laisser le temps de répondre, elle fit volte-face et faillit entrer en collision avec Pete qui rougit jusqu'aux oreilles. Elle le dévisagea un instant, cherchant la sympathie dans son regard, puis elle sortit dans un silence tendu.

Croisant les doigts pour invoquer la chance, elle prit la direction de l'embarcadère où se trouvait le bac des Collier, aux abords de la ville. Il y avait beaucoup de monde dans les rues, aussi garda-t-elle la tête baissée, évitant autant que possible de regarder qui que ce soit.

Elle était presque arrivée à destination quand elle croisa un grand Noir sur une jument. Elle reconnut ses traits marqués, sa bouche toujours prête à sourire.

— Jamie !

Il serait passé sans la voir si elle ne l'avait appelé. Quelques têtes se retournèrent quand il revint vers elle et descendit de cheval avant de la saluer en se découvrant poliment.

— Est-ce que je vous connais, m'dame ?

Sachant ce que son retour signifierait pour David, elle ne se tenait plus de joie.

— C'est moi, Jamie, dit-elle à mi-voix,

Si son père travaillait sur le bac, mieux valait qu'il n'ait pas vent de sa présence.

— Sara, ajouta-t-elle dans un murmure.

— Mademoiselle Sara ! Que faites-vous ici toute seule ? Vous venez voir votre famille ?

— Si on veut, oui.

— Comment va mademoiselle Louzanna ?

Quelque chose dans sa façon de prononcer son prénom, dans son regard ému, amena Sara à se demander comment elle avait pu ne pas remarquer plus tôt l'intérêt profond, hors du commun, que Jamie semblait porter à sa belle-sœur.

— Elle va bien. Très bien, même. David est *vivant*, Jamie. Lou avait raison. Il vient de rentrer à la maison.

Le sourire de Jamie s'élargit et il se frappa la cuisse du plat de la main.

— Alors là ! Si on m'avait dit ça !

— Il va être tellement content de vous voir, Jamie. Nous nous demandions tous où vous étiez et comment vous alliez.

Il secoua la tête, balaya la foule du regard avant d'expliquer à voix basse :

— Si vous saviez les endroits que j'ai traversés et tout ce que j'ai vu, mademoiselle Sara... Je suis même allé jusqu'à New York.

Il fut un temps où elle l'aurait envié d'avoir tant voyagé mais aujourd'hui, elle n'aspirait plus qu'à vivre à Magnolia Creek, avec David.

— Vous êtes revenue, vous aussi, continua-t-il. J'ai toujours espéré que vous vous débarrasseriez de... certaines choses.

Il lui proposa de l'accompagner mais elle refusa. Comme il insistait, elle prétendit que David savait où elle était et qu'elle ne tarderait pas à rentrer.

Dès qu'il se fut éloigné, elle pressa le pas jusqu'à une courbe au détour de laquelle elle surveilla l'embarcadère. Elle aperçut son père et ses demi-frères, Donnie et Darrel. Le cœur battant, elle faillit faire demi-tour avant de réaliser que leur présence ici servait au contraire ses projets. Avec un peu de chance, elle pourrait rendre visite à son grand-père et à sa mère en toute tranquillité, et s'en revenir saine et sauve.

23

Elle tendit une pièce de cinq *cents* à Donnie et monta à bord. Ni lui ni son père ne la reconnurent quand elle passa devant eux. Elle portait pourtant la même tenue que le jour où elle était revenue, mais aucun signe distinctif ne la différenciait des autres femmes en deuil qui étaient nombreuses. Elle retint son souffle pendant toute la traversée, et débarqua parmi les premiers, sans encombre.

Peu après, elle remontait l'allée qui menait à la cabane familiale. Elle eut le temps d'apercevoir Arlo et ses deux jeunes sœurs, Kittie et Fannie, sur le chemin des Indiens qui menaient dans les bois. Les larmes lui vinrent aux yeux, mais elle ne se signala pas. Elle frappa à la porte et remonta sa voilette dès que sa mère ouvrit.

Stupéfaite, Tessa Collier porta la main à sa bouche et secoua la tête avant de se mettre à pleurer. Elle était grande, mince et noueuse, les épaules voûtées par des années de dur labeur. Elle n'avait que quarante-trois ans, mais certains jours, elle en paraissait soixante-dix.

Sa vie n'avait été qu'une longue suite de corvées : aller chercher de l'eau, pétrir le pain ou broyer du maïs quand il n'y avait pas suffisamment d'argent pour acheter de la farine. Elle tissait elle-même l'étoffe qui lui servait à confectionner les vêtements de toute la famille, récupérant les vieilles pièces des grands pour faire des habits aux plus petits.

Son père prétendait que c'était à cause du péché originel d'Ève que la femme en était réduite à mener cette vie d'épreuves. Tessa l'avait épousé alors qu'elle avait quatorze ans, et elle avait élevé Donnie et Darrel après la mort de leur mère survenue trois jours plus tôt. Neuf mois après, elle mettait au monde son premier bébé.

Elle attira Sara à l'intérieur et les deux femmes s'étreignirent.

— Sara ? Sara, c'est bien toi ?

Sara hocha la tête en séchant ses larmes tandis que sa mère la berçait doucement contre son cœur. Puis elle la tint à bout de bras et effleura l'ecchymose sur sa joue.

— Mon Dieu...

— Ce n'est rien, maman. C'est presque guéri.

— Comment vas-tu, Sara ? J'étais morte d'inquiétude. Grand-père m'a dit que tu étais retournée chez les Talbot. Il est perclus de rhumatismes si bien qu'il n'a pas pu aller voir comment cela se passait.

Sara comprit pourquoi elle avait tant pensé à lui.

— Je savais bien que quelque chose n'allait pas. Il va très mal ?

— Disons qu'il n'est pas en pleine forme. Allons le voir avant que DeWitt rentre.

Elle jeta un regard vers les bois où les plus jeunes jouaient.

— Est-ce que l'un des petits t'a vue ?

— Non. J'ai gardé ma voilette.

L'appentis qu'occupait le vieil homme avait été si souvent agrandi au fil du temps qu'il faisait presque la taille de la cabane à l'arrière de laquelle il s'adossait.

D'innombrables bouquets d'herbes et de fleurs séchées étaient accrochés aux poutres, ainsi que des sachets de mousseline emplis de racines et de poudres, du jambon fumé et du tabac.

Sara s'approcha du lit dont son grand-père avait lui-même sculpté le cadre. Il avait aussi fabriqué le reste du mobilier ainsi que celui de ses parents. Dans sa jeunesse, Daniel Wilkes était un sculpteur d'un certain renom. Ces dernières années, il se contentait de fabriquer des petits jouets pour les enfants.

— Bonjour, Sara, la salua-t-il, nullement surpris de la voir.

La jeune femme ôta son chapeau, s'assit près de lui et lui prit la main.

— Bonjour, grand-père. Maman me dit que tes rhumatismes te font souffrir.

— Comme toujours quand il ne va pas tarder à pleuvoir.

— As-tu essayé un cataplasme de feuilles de molène broyées?

— Oui.

— Et une pomme de terre dans ta poche?

— J'en ai une.

Elle n'aurait su dire s'il souriait ou non dans sa barbe.

— Et le sang de chat noir?

— J'attends de voir si la douleur empire.

Le silence tomba. On entendait le murmure de la brise dans les arbres alourdis de bourgeons. Non loin, un cardinal s'égosillait. Sara et son grand-père Wilkes n'avaient jamais eu besoin de parler pour se comprendre. Ils avaient toujours été si proches.

— Que puis-je faire pour toi, grand-père? demanda-t-elle tout en essayant de se rappeler d'autres recettes contre les rhumatismes.

— Me rendre ma jeunesse serait une bonne chose, mais ce n'est pas en ton pouvoir.

Elle serra sa vieille main calleuse dans la sienne.

— Ne dis pas ça. Il doit être possible de te soulager, ajouta-t-elle en parcourant du regard la longue étagère où il rangeait ses bougies, divers flacons, bobines

171

de fil, nouets et tout ce dont il avait besoin quand il composait une potion ou procédait à un rituel de guérison. Tu veux que je te fasse une poupée ?

C'était l'une des premières choses qu'il lui avait apprises. Ces poupées n'étaient pas des jouets mais un sac destiné à conjurer le mal. On le remplissait d'herbes, de cheveux ou d'ongles et on lui donnait une forme humaine. Contrairement à son grand-père, Sara ne croyait guère à ces rituels, mais elle était prête à tout pour qu'il aille mieux.

— Non, pas de magie cette fois. C'est à cause de la pluie. Cela va passer. Restons simplement là, à discuter un peu.

Elle s'efforça de se convaincre qu'il irait mieux, de ne pas laisser le doute s'insinuer en elle, car cela avait nui à plus d'une guérison.

— Pourquoi certains remèdes fonctionnent-ils et pas d'autres, grand-père ?

— On croit parfois qu'ils ne fonctionnent pas parce que nous n'obtenons pas exactement le résultat escompté. Et puis, nous oublions trop souvent que la décision finale revient à Notre-Seigneur. Rappelle-toi bien cela quand ton mari ou toi soignerez quelqu'un.

Elle hocha la tête et se pencha vers lui tandis qu'il poursuivait :

— On peut toujours soigner un corps, mais le sort d'une âme demeure entre les mains du bon Dieu. Si sa volonté et tes souhaits concordent, alors tu as toutes les chances de guérir. Il arrive toutefois que Dieu ne soit pas d'accord. C'est sa décision qui prime, tu comprends ?

Elle le comprenait parfaitement, mais elle refusait d'admettre que, bientôt peut-être, le Seigneur le rappellerait à lui.

— Je ne veux pas te perdre maintenant que je suis revenue, souffla-t-elle, exprimant sa pensée à voix haute.

— Tu as une longue route devant toi, Sara chérie, et beaucoup de travail à accomplir. Des temps difficiles s'annoncent, mais tu t'en sortiras. Ne l'oublie jamais.

Comme la plupart des gens qui vivaient dans les bois et n'avaient jamais mis les pieds dans une église, son grand-père croyait au pouvoir de l'Être suprême, en un esprit tout de bonté qui n'hésitait pas à châtier durement les pêcheurs. Il ne doutait pas non plus que le diable attendait chacun au tournant pour essayer de l'entraîner dans le péché.

Il interprétait les écrits de la Bible à la lettre. La sienne, venue d'Angleterre avec les premiers Wilkes, tombait en lambeaux.

— Tu n'es pas venue jusqu'ici seulement pour me voir, n'est-ce pas, mon petit ?

— J'ai besoin d'aide, grand-père. Toute la ville est montée contre David parce qu'il m'a accueillie. J'ai pensé que tu pourrais me conseiller sur la façon de le libérer de ce fardeau.

— Ton mari a les épaules assez larges pour le supporter tout seul.

— Mais je suis la cause de ses ennuis, et je veux l'aider.

— Le moment venu, vous lutterez côte à côte contre l'adversité. Fais toujours ce que tu crois juste, et les gens finiront par changer d'avis.

— David devra d'abord me pardonner, et je doute qu'il en soit capable.

— Lui as-tu expliqué *pourquoi* tu avais agi comme tu l'as fait ?

— Je lui ai dit que je craignais de devenir folle comme sa sœur, que j'étais jeune et effrayée.

— Et cet autre homme, Sara ? As-tu parlé de lui avec Talbot ?

— Non. Je ne peux pas, avoua-t-elle en baissant la tête.

— L'esprit d'un homme fonctionne bizarrement. Tant qu'il ne saura pas contre quoi il se bat, il sera impuissant à le combattre. Parle-lui de celui avec qui tu es partie, Sara. Tant que tu ne l'auras pas fait, cette question le rongera.

— Il m'a dit qu'il ne voulait rien savoir, répondit-elle en ravalant des larmes amères.

— Force-le à t'écouter. Ce qu'il imagine est probablement bien pire que la réalité.

— Tu crois ?

— J'en suis sûr.

Elle exhala un long soupir et posa la tête sur le cœur du vieil homme. Sa longue barbe lui chatouilla la joue.

— Je ne sais pas si j'y parviendrai.

— Tu peux faire beaucoup de choses, Sara, parce que tu es particulière. Dieu t'a donné une qualité d'esprit peu commune, en dehors de ton intelligence. Mets les choses au point avec ton mari, sois à ses côtés pour le meilleur et pour le pire, et le Seigneur se chargera du reste. Tu es toujours celle dont Talbot est tombé amoureux.

Forte de cette assurance, Sara se leva et saisit la main du vieil homme.

— Je te promets de tout raconter à David dès que possible, afin qu'il retrouve la paix. Un jour, il me donnera les deux choses que je désire le plus au monde.

— Lesquelles, Sara ?

— Son pardon et son amour.

Elle lui sourit, le cœur plus léger.

— Je reviendrai bientôt et nous irons chasser ensemble, d'accord, grand-père ?

Il lui pressa la main avec force. Sara remit son chapeau et rabattit sa voilette. Une fois à la porte, elle se retourna et lui sourit.

— Merci, grand-père.

— Fais attention à toi en rentrant, mon petit. Mieux vaut que ton père ne te voie pas.

— Ne t'inquiète pas.

Dehors, les ombres commençaient déjà à s'allonger. Bientôt, les cigales commenceraient à chanter, formant peu à peu un chœur assourdissant. Les lucioles papillonneraient autour des troncs d'arbres et la nuit se parerait de magie.

Sara souhaitait capter un peu de cette magie pour David.

24

Assise dans le fauteuil à bascule, dans la chambre d'amis, Lou berçait une Elizabeth endormie depuis déjà longtemps. Ses joues étaient si douces et réconfortantes contre son épaule qu'elle se prit à prétendre, l'espace de quelques minutes, que la fillette était la sienne. La chaleur de son petit corps lui procurait un sentiment de paix qu'elle éprouvait rarement.

Elle caressa les boucles dorées, et lança un coup d'œil à la fenêtre que Sara avait bouchée avec les moyens du bord. David avait voulu commander un carreau de rechange, mais on lui avait répondu que cela prendrait des semaines. Il n'aurait su dire si ce délai était dû aux difficultés engendrées par la guerre ou à la mauvaise volonté du marchand qui n'était pas disposé à simplifier la vie des Talbot.

Lou immobilisa soudain le fauteuil. Elle avait cru entendre frapper. Le cœur battant, elle se leva, coucha délicatement Elizabeth dans son lit et sortit sur la pointe des pieds. Elle s'arrêta sur le palier baigné d'une lumière d'ivoire et tendit l'oreille. Des coups retentirent à nouveau. Elle ne s'était pas trompée. Et il ne pouvait s'agir ni de Sara ni de David, car ni l'un ni l'autre ne seraient allés frapper à la porte de derrière.

Elle gagna la cuisine puis le jardin d'hiver. À travers les vitres, elle aperçut un grand Noir, le chapeau à la main. Dès qu'il la vit, il lui fit signe en souriant.

— Jamie !

Surmontant sa surprise, Lou prit une profonde inspiration et ouvrit la porte en grand, en prenant soin de demeurer derrière le battant.

— Entrez, Jamie. Entrez !

Dès qu'il fut à l'intérieur et que la porte fut refermée, Lou céda à sa joie de le revoir et, sans réfléchir, se jeta dans ses bras.

— Bienvenu à la maison, Jamie ! Seigneur, que de surprises en un mois ! À présent, tout le monde est revenu. Je n'en crois pas mes yeux ! J'ai bien cru ne jamais vous revoir, et vous voilà, en chair et en os, plus solide que jamais !

Les bras toujours autour de ses larges épaules, Lou lui tapotait le dos quand elle se rendit compte de ce qu'elle était en train de faire. Jamie ne bougeait pas. Il respirait à peine.

Elle le lâcha brusquement et recula en pressant les mains sur ses joues enflammées.

— Excusez-moi, Jamie. Je… je ne sais pas ce qui m'a pris. J'étais tellement… soulagée de vous voir en vie et en bonne santé.

Comme il demeurait silencieux, elle baissa les yeux et fixa une peluche accrochée à sa jupe. Une mèche s'était échappée de son chignon. Elle souffla pour la chasser de ses yeux.

Debout au milieu de la cuisine, Jamie paraissait immense, solennel et maître de lui, et elle se demanda soudain comment elle avait pu ne pas remarquer quel homme magnifique c'était. Elle s'aperçut alors que jusqu'ici, elle ne s'était jamais autorisée à le regarder autrement que comme un serviteur, un compagnon de tous les jours.

Il portait une belle veste en tweed, des bottes de cuir noir toutes neuves et un pantalon usé. Non seulement il paraissait plus robuste que jamais, mais il émanait de lui un sentiment de fierté nouvelle et totalement dépourvue d'arrogance. Il semblait confiant et sûr de lui, comme ceux qui savent qui ils sont et où ils vont.

Comme il ne paraissait toujours pas disposé à rompre le silence, elle s'en chargea.

— La chose la plus extraordinaire est arrivée. David est vivant, ce que j'ai toujours su. Il est rentré.

— C'est ce que j'ai appris. J'ai croisé Mlle Sara sur la route.

— Quoi ? Vous avez vu Sara ?

— Elle se dirigeait vers l'embarcadère. Elle allait rendre visite à sa famille.

— J'espère qu'elle sait ce qu'elle fait. Je suis sûre que c'est son père qui l'a frappée, la dernière fois qu'elle est allée chez lui, dit-elle comme pour elle-même, tout en arpentant la cuisine.

— Je lui ai proposé de l'accompagner, mais elle n'a rien voulu entendre, expliqua Jamie, mal à l'aise. Elle m'a affirmé que M. David savait où elle était et que c'était normal qu'elle soit seule.

— Elle ne m'a pas dit où elle se rendait, juste qu'elle devait aider David... Le retour de Sara nous a mis dans... une situation délicate.

Tandis qu'elle parlait, elle se tordait les mains, et finit par agripper la bague de Mason.

— Mademoiselle Louzanna, calmez-vous. Il n'y a pas lieu de vous inquiéter... pour le moment.

Elle cessa de s'agiter et tenta de se concentrer sur des problèmes plus immédiats.

— J'ai bien peur que votre cabane soit restée comme vous l'avez laissée la dernière fois. Elle a besoin d'un bon nettoyage, mais cela ne devrait pas vous prendre trop de temps.

Il baissa les yeux sur ses grandes mains.

— Je ne reste pas, mademoiselle Louzanna.

— Vous ne... restez pas ?

— Non, m'dame. Pas longtemps, en tout cas. Je me suis installé à New York. Je suis seulement revenu pour m'assurer que vous vous en sortiez bien toute seule. Mais maintenant que M. David est rentré et que Mlle Sara est là pour vous aider, je n'ai pas de raisons de m'attarder.

— Mais… vous avez fait tout ce chemin. Pourquoi ?

Elle avait cru ne jamais le revoir et, à présent qu'il était là, l'idée qu'il puisse repartir lui causait un profond chagrin.

— Pour m'assurer que vous alliez bien, mademoiselle Lou.

— Oh, Jamie…

Elle se détourna pour cacher ses joues cramoisies et s'empara de la bouilloire pour s'occuper les mains, bouleversée à l'idée qu'il ait pu traverser tout le pays pour elle.

— Voulez-vous que je le fasse, mademoiselle Louzanna ?

— Quoi donc ?

— Le thé.

Elle s'interrompit et pivota sur ses talons. Il semblait soudain affreusement mal à l'aise, et elle comprit pourquoi. Des années durant, lorsque le cuisinier n'était pas là, c'était Jamie qui le remplaçait. Jamais il ne l'avait vue ne serait-ce que rincer une tasse.

Il lui avait fallu du temps pour apprendre à accomplir toutes ces choses et, à présent, il lui semblait important de lui montrer qu'elle était capable de le servir à son tour.

— Tout est différent aujourd'hui, n'est-ce pas, Jamie ?

— Oui, m'dame. J'ai connu des endroits bien éloignés du Kentucky, des villes où un homme comme moi peut trouver du travail et mener une vie décente, sans se sentir redevable à quiconque.

— Veux-tu dire que tu te sentais redevable envers nous ?

Il hocha la tête.

— Pour être honnête, oui, m'dame. Quand M. David m'a affranchi, je ne savais absolument pas ce que ça signifiait de vivre en homme libre. J'avais peur de partir d'ici, qu'on m'arrête et qu'on me vende à quelqu'un d'autre, quelqu'un qui n'aurait pas été aussi juste et aussi bon que vous tous. Mais l'esclavage est aboli, et je connais le prix de la liberté. En restant ici, j'aurais peur d'oublier ce que j'ai appris et de redevenir celui que j'étais autrefois.

— Vous pouvez rester dans votre cabane aussi longtemps que vous le désirerez.

— Merci, m'dame. Je vais y déposer mes affaires et mettre mon cheval dans la grange. J'ai quelques amis dans les environs. J'aimerais les revoir avant de repartir.

Lou ne sut que dire d'autre. Pour la première fois de sa vie, elle découvrait que Jamie avait une existence bien à lui.

Tous deux demeurèrent silencieux, puis la bouilloire se mit à siffler. À cet instant, la porte de derrière s'ouvrit et David apparut, l'air aussi abattu que la vieille chienne qui le suivait.

David s'immobilisa en voyant l'homme qui se tenait dans la cuisine, puis il traversa la pièce et lui tendit chaleureusement la main.

— Bienvenu à la maison, Jamie.

Après une brève hésitation, celui-ci lui serra la main.

— Merci, monsieur David. Ça fait longtemps.

— Trop longtemps. Comment allez-vous?

— Bien. Très bien. Vous avez l'air en forme.

— Je n'ai pas à me plaindre. À part quelques cicatrices, je m'en sors bien.

Ni l'un ni l'autre ne mentionnèrent le fait qu'ils s'étaient battus dans des camps ennemis.

— Jamie est seulement de passage, expliqua Lou en s'approchant de la cuisinière.

David remarqua alors que sa sœur semblait très nerveuse, et la maison étrangement calme.

En arrivant, il avait été déçu de ne pas trouver Sara dans le jardin, même s'il ne l'aurait admis pour rien au monde.

— Où as-tu déniché ce chien, David ? s'enquit Louzanna.

— C'est une chienne, celle de Maximus.

Lou s'accroupit et caressa la tête de l'animal.

— Alors tu es Goldie. Je me souviens qu'Esther parlait d'elle. Je suppose qu'elle est à nous, maintenant, fit-elle en se relevant.

— Où est Sara ? lança David en s'efforçant d'afficher une indifférence qu'il était loin d'éprouver.

Au lieu de répondre, Lou s'affaira soudain à verser l'eau dans la théière, à sortir des tasses du buffet puis à ouvrir les portes les unes après les autres, à la recherche de Dieu sait quoi. Jamie s'approcha, la contourna et sortit une vieille boîte à thé de derrière un pichet.

— Merci, murmura-t-elle.

— Où *est* Sara ? insista David.

Comme sa sœur ne répondait toujours pas, il se tourna vers Jamie.

— Est-ce que vous savez ce qui se passe ?

— J'ai rencontré Mlle Sara sur la route de l'embarcadère.

Immédiatement, la panique envahit David. Il s'appuya au dossier d'une chaise et fixa Lou.

— Louzanna, retourne-toi, s'il te plaît.

Elle s'exécuta lentement. Son visage était d'une pâleur de cire.

— Je l'ai mise en garde, je ne voulais pas qu'elle parte, murmura-t-elle en secouant la tête.

David dut s'asseoir. Ses jambes ne le portaient plus. Louzanna continuait à parler, mais il ne l'écoutait plus.

Elle est de nouveau partie. Elle t'a quitté.

Elle t'a donné une chance, mais tu ne lui as pas laissé l'ombre d'un espoir.

— ... ne sais pas ce qu'elle avait en tête, elle disait qu'elle voulait arranger les choses... que tout était sa faute, expliquait Lou en tremblant.

— Qu'est-ce qui était sa faute ?

— L'éditorial d'Abel. La façon dont il a monté les gens contre toi. J'ai essayé de la retenir, mais elle avait pris sa décision. Elle a *promis* qu'elle serait de retour avant la nuit.

Il se passa la main dans les cheveux. Son cœur reprit un rythme normal et son sang recommença à couler dans ses veines.

— Elle n'est donc pas partie ?

— Bien sûr que non ! s'exclama Louzanna. Quelle idée ! Du reste, Elizabeth dort là-haut. Sara ne partirait jamais sans elle.

Bon, elle s'était seulement imaginé pouvoir inverser l'opinion publique en sa faveur. Il se demandait bien comment, mais la connaissant, elle était partie en croisade avec le zèle et l'obstination qui la caractérisaient, sans songer aux conséquences.

— Pourquoi allait-elle au ferry ? demanda-t-il.

— Elle voulait voir sa famille, répondit Jamie.

— La dernière fois qu'elle s'est rendue chez elle, renchérit Lou, son père l'a frappée.

David bondit de sa chaise et attrapa son chapeau. Il avait cru que c'était son Yankee qui l'avait battue. Mais si c'était son père, en retournant chez lui, elle se mettait en danger.

— Tu es certaine de ce que tu avances ?

Lou hocha la tête.

— Elle ne me l'a jamais dit clairement, mais le jour

où elle m'a demandé asile, elle portait cette marque toute fraîche sur la joue, et elle revenait de chez ses parents.

David saisit la carabine posée dans un coin et se hâta vers la porte. Goldie leva la tête, mais elle ne quitta pas la douce chaleur de la cuisinière.

— Où vas-tu ? s'inquiéta Lou en s'élançant à sa suite.

Elle lui saisit le bras et fixa l'arme d'un air horrifié.

— David, reste ici, s'il te plaît. Elle va revenir. Elle l'a promis. Tout ira bien.

— Je t'en prie, Lou, fit David d'un ton radouci.

Elle le lâcha. Jamie s'approcha d'elle, lui prit le coude et adressa un signe de tête à David.

— Mademoiselle Louzanna, venez vous asseoir, je vais servir le thé. M. David est rentré de la guerre sain et sauf. Ce n'est pas un Collier qui aura raison de lui.

25

Au lieu de se rafraîchir à l'approche de la nuit, l'air devint lourd et humide. David suivit Main Street jusqu'à l'embarcadère, cherchant Sara parmi les passants qu'il croisait. En vain.

De temps en temps, il en arrêtait un et lui demandait s'il n'avait pas vu une femme seule, en noir, mais personne ne semblait l'avoir aperçue.

Les paroles de Lou le hantaient. « *Elle voulait arranger les choses… tout était sa faute…* »

Au détour du dernier virage, il ôta son chapeau et s'épongea le front. Les flammes tremblotantes des torches éclairaient l'embarcadère. La nuit tombait. Le dernier bac de la journée revenait, presque vide.

Où es-tu donc, Sara ?

Pourquoi veux-tu mener ma bataille à ma place ?

Seulement quatre passagers s'apprêtaient à prendre le bac qui retournait sur l'autre rive. Un jeune homme vêtu de ce qui restait de l'uniforme des confédérés avec une femme et deux petits enfants.

Tandis que les premiers débarquaient et que le soldat et sa famille embarquaient, David s'approcha du jeune homme qui récoltait les pièces. Il devait avoir une vingtaine d'années et portait des vêtements informes. Une barbe naissante assombrissait ses joues et il arborait une moustache épaisse.

— Êtes-vous un fils Collier ? demanda David.

— Qui êtes-vous ?

— David Talbot. Je cherche Sara, ma femme.

— Pa! héla l'homme en se retournant.

Une réplique exacte du précédent, en plus vieux, traversa le bac à une vitesse surprenante pour un individu de sa corpulence. Il était plus petit que David, mais sa musculature était impressionnante. L'idée que cet homme ait pu lever la main sur Sara lui mit les nerfs à vif.

— C'est Talbot, annonça le jeune homme. Celui qui a épousé Sara.

L'autre porta son regard sur David en plissant les yeux.

— Je suis DeWitt Collier. Qu'est-ce que vous voulez, Talbot?

— Je cherche Sara. L'avez-vous vue?

DeWitt cracha par terre et écrasa un moustique sur son avant-bras.

— Ouais. Je l'ai fichue dehors il y a deux semaines. Elle ne risque pas de se pointer par ici avant longtemps. Je vous croyais mort, ajouta-t-il en se grattant le crâne. J'espère que vous l'avez jetée à la rue vous aussi.

— L'avez-vous vue aujourd'hui, ou pas?

— Ben non. Et toi, Darrell? lança-t-il après avoir craché de nouveau.

— Nan.

David ne savait pas s'il devait les croire. S'il prenait le bac qui les ramenait chez eux, il lui faudrait faire des kilomètres afin de traverser plus loin pour rentrer chez lui.

Les moustiques susurraient dans l'air moite où flottait l'odeur âcre des torches.

— On se tire, lança DeWitt. Vous venez ou pas?

Le cheval commençait à reculer. David serra les rênes et porta le regard de l'autre côté des eaux tumultueuses de la rivière. Sara avait promis à Louzanna qu'elle serait de retour avant la nuit. Elle lui avait confié sa fille, et rien ne l'empêcherait de rentrer, hormis un désastre.

Il décida donc de faire demi-tour et de la chercher sur la route, mais avant cela, il avait une question à poser à DeWitt.

— Avez-vous frappé ma femme quand elle est venue vous demander de l'aide, monsieur Collier ?

Il prit soudain conscience que c'était la deuxième fois qu'il désignait Sara comme sa «femme».

La bouche de l'homme se tordit en ce qui pouvait passer pour un sourire, et il plissa ses yeux porcins.

— Ben, oui, je l'ai frappée. Elle a eu ce qu'elle méritait. Elle...

Il n'alla pas plus loin, car le poing de David venait de le cueillir en pleine mâchoire. Il partit à la renverse, battit des bras inutilement pour retrouver son équilibre, et s'étala de tout son long sur le plancher du bac.

Darrell bondit, mais quand il vit l'expression de David, il s'arrêta net. Son regard incrédule passait de son père à David, comme s'il n'en croyait pas ses yeux.

— S'il arrive quoi que ce soit à Sara, je tiendrai toute votre famille pour responsable, jeta David à DeWitt, toujours à terre.

Sur cette dernière flèche, il grimpa en selle et s'éloigna. Durant tout le chemin du retour, il tenta de se convaincre que Sara était saine et sauve, à la maison.

Sara s'enfonça dans la forêt pour prendre le raccourci qui menait derrière Talbot House. Celui-là même que son grand-père avait emprunté lorsqu'il était venu la voir. Perdue dans ses pensées, elle releva sa voilette en songeant à l'état de santé de son grand-père ainsi qu'à la façon dont elle avait traité Abel Foster. Un sourire joua sur ses lèvres lorsqu'elle se remémora son expression quand elle avait quitté le journal.

S'il ne prenait pas ses menaces au sérieux, elle n'hésiterait pas à raconter à Minnie ce qu'il lui avait fait.

Alors qu'elle chassait les moustiques qui bourdonnaient à ses oreilles, son talon se prit dans une racine. Elle perdit l'équilibre et tomba à genoux, les mains à plat sur le sol. Une pierre lui entailla la paume, et elle suça la plaie en grimaçant avant de se relever. Ses jambes tremblaient. Elle brossait sa jupe lorsqu'elle entendit un bruit derrière elle, une sorte de grattement.

Empêtrée dans ses jupons, elle se retourna précipitamment, et faillit éclater de rire en apercevant un raton laveur.

Elle ramassa une branche qui lui servit de bâton et se remit en route. Enfin, au bout d'une éternité, elle distingua des lumières à travers les arbres. Elle laissa échapper un soupir de soulagement en parvenant aux abords de Ash Street.

Elle débouchait au coin de la grange lorsqu'une silhouette sombre se précipita sur elle. Sans réfléchir, elle leva son bâton et frappa. Une douleur sourde fusa dans son bras. Son agresseur lâcha un grognement étouffé, mais déjà elle s'était élancée en direction de la maison, perdant son chapeau dans sa précipitation. Elle n'avait pas fait trois pas que quelque chose la heurta à la tempe. Elle vacilla mais ne s'effondra pas. Elle ressentit une brûlure à l'épaule, puis un nouveau coup la projeta contre le mur de la grange avec une telle violence que sa tête partit en arrière et heurta la paroi avec un bruit mat.

Tout se mit à tourner autour d'elle et elle glissa le long du mur. Deux images se formèrent dans son esprit avant qu'elle ne perde connaissance : le visage souriant d'Elizabeth, puis celui de David.

26

Incapable de rester immobile, David ne cessait d'aller et venir de la cuisine à la porte d'entrée où il avait posté Jamie pour guetter Sara. La pluie s'était mise à tomber, mais il faisait toujours aussi chaud.

David consulta sa montre pour la centième fois avant de regagner la cuisine. Lou pleurait en silence devant la cuisinière où des pommes de terre bouillaient si fort que l'eau jaillissait de la casserole. Dans une autre marmite, des navets trop cuits formaient une bouillie grisâtre. Dans une troisième, un poulet à moitié carbonisé gisait sur un lit de carottes noircies.

Elizabeth poursuivait Goldie. Son front heurta soudain le coin de la table et elle se mit à hurler. Comme pour la consoler, la chienne lui lécha le visage, mais la fillette cria de plus belle. Louzanna enfouit le visage dans un torchon tandis que David débitait un chapelet de jurons.

— David Talbot! On ne jure pas dans cette maison! s'écria sa sœur.

Il haussa les épaules. Au moins, ses écarts de langage lui avaient permis de sortir la tête de ce maudit torchon!

Comme la fillette continuait de pleurer, David finit par se baisser pour vérifier qu'elle ne saignait pas. Dès qu'il la toucha, elle se mit à lui flanquer des coups de pied. Elle criait si fort que Goldie s'était éloignée. Jamie apparut sur le seuil, secoua la tête en contemplant la scène, puis fit demi-tour.

Avec un soupir, David souleva la petite fille et s'assit sur une chaise en essayant de la calmer.

— Chut. C'est fini, tout va bien.

Peu à peu, les pleurs se transformèrent en gémissements, entrecoupés de quelques sanglots, puis Elizabeth finit par poser la tête contre le bras de David, plongeant ses yeux du même bleu que ceux de Sara dans les siens. Il écarta les boucles blondes avec précaution et découvrit une petite bosse sur le front.

— Maman ? dit-elle, tendant la main pour lui toucher la bouche.

Réprimant un mouvement de recul, il la laissa faire, et s'aperçut alors qu'elle semblait parfaitement à l'aise au creux de ses bras, bien qu'il ne lui eût jamais accordé la moindre attention.

— Maman ? ajouta-t-elle en tournant la tête vers Louzanna.

À nouveau, Lou se cacha derrière son torchon pour étouffer ses sanglots.

— Maman arrive, murmura David.

— Je n'en peux plus ! s'écria soudain Lou, le regard fou. Il est arrivé quelque chose, je le sens ! Il faut que je monte !

Songeant que lui donner une responsabilité l'aiderait à recouvrer son calme, David s'apprêtait à lui confier l'enfant quand un coup contre la porte de derrière attira son attention. Un bruit sourd. Il bondit de sa chaise, tendit l'enfant à Lou au passage et ouvrit. La pluie lui cingla le visage tandis que Sara s'écroulait sur le seuil.

Dans ses vêtements noirs, elle évoquait une ombre échouée à ses pieds. Sa robe était déchirée de l'encolure à la manche. Une flaque de sang s'élargissait sous elle.

— *Elle est morte ?* hurla Lou.

— Dieu du ciel ! souffla David.

Il était glacé et son cœur battait à grands coups. La voir ainsi, gisant à ses pieds, lui rappela des souvenirs terribles ; jamais cependant, au cours de ses années de guerre, il n'avait éprouvé un pareil sentiment de panique.

Il souleva Sara dans ses bras. Elle était trempée, ses chaussures et le bas de ses jupes étaient maculés de boue et de feuilles, son corsage rouge de sang.

Oubliant que Lou se trouvait tout près, avec Elizabeth, il l'emporta dans la cuisine. À la vue de Sara ensanglantée, sa sœur blêmit et commença à tourner de l'œil. Jamie surgit à ce moment-là. En un éclair, il saisit Elizabeth et rattrapa Lou qui s'écroulait.

— Je m'en occupe, dit-il.

— Maman ! cria Elizabeth en tapant des mains.

David se rua hors de la pièce. Malgré le poids de l'eau, Sara ne pesait presque rien. Il grimpa l'escalier quatre à quatre, et ouvrit la porte de la chambre qu'elle occupait d'un coup de pied. Lou avait déjà allumé la lampe de chevet. Il étendit une couverture en patchwork rose sur le lit et y déposa Sara.

Tout en déboutonnant frénétiquement la robe noire, il ne cessait de maudire DeWitt Collier. Sa nervosité entravant ses gestes, il finit par déchirer le tissu pour aller plus vite.

Elle avait reçu un coup de couteau à l'épaule. La lame avait manqué de peu la jugulaire. Sa tempe portait également la trace d'un coup, de même que l'omoplate et l'arrière du crâne.

Ses mains étaient noires de terre, le devant de sa robe souillé de boue comme si elle s'était traînée jusqu'à la maison.

Il contempla son visage aux traits parfaits en priant pour qu'elle se réveille et lui sourie. Il se promit de lui dire qu'il ferait tout son possible pour oublier, que tout s'arrangerait. Quand il l'avait trouvée inanimée sur le seuil, il aurait voulu que les deux semaines qui venaient de s'écouler ne soient qu'un mauvais rêve.

Il lui frotta les mains.

— Ouvre les yeux, Sara.

Elle n'en fit rien, car les mots ne suffisaient pas. C'était d'un médecin qu'elle avait besoin, pas d'un homme terrifié à l'idée de la perdre.

Aussitôt, l'instinct et l'expérience reprirent le dessus. L'émotion se mit en sommeil, et David accomplit les gestes qui s'imposaient. Il alla chercher une serviette propre et l'appuya contre la plaie à l'épaule, réalisant un pansement compressif afin d'enrayer l'hémorragie. Il débarrassa ensuite Sara de ses vêtements. Sa peau était pâle et glacée, aussi la frotta-t-il avec une serviette. Lorsqu'il remonta les couvertures sur elle, ses mains tremblaient.

Du bruit lui parvint du couloir. Les pleurs de Louzanna, le babillage de l'enfant, le halètement de Goldie qui allait et venait. Puis le calme revint. Levant les yeux, David aperçut Jamie sur le seuil.

— J'ai conduit Louzanna dans sa chambre. Le bébé et le chien sont avec elle. Que puis-je faire pour vous être utile ? demanda-t-il, l'air inquiet.

— Ma trousse de médecine est dans le salon. Apportez-la-moi ainsi que du whisky, des verres et des serviettes propres.

David lava la blessure et, lorsque Jamie revint, les bras chargés, il lui demanda de rester. La trousse contenait entre autres des bandages, des aiguilles, du fil et un inhalateur de chloroforme. Après avoir montré à Jamie comment s'en servir, il glissa les tuyaux dans les narines de Sara et entreprit de recoudre la plaie, s'efforçant de réaliser la cicatrice la plus fine possible.

Pendant qu'il travaillait, il parlait à Jamie pour essayer d'oublier que c'était Sara qui gisait sur ce lit.

Quand il eut serré le dernier nœud, il lui banda l'épaule, conscient que le pire était à venir. Après n'importe quel acte de chirurgie, si mineur soit-il, une infection pouvait survenir. Il avait perdu autant de soldats des suites de blessures que des blessures elles-mêmes.

Quand il rabattit enfin le drap sur les épaules de Sara, ses mains tremblaient tant qu'il dut les presser entre ses genoux.

Jamie rassembla les serviettes tachées de sang près de la bassine pleine d'eau rougie.

— On lui donne le whisky ? demanda-t-il.

Le whisky servait à empêcher le choc, mais étant déjà inconsciente, Sara n'en avait pas besoin.

Les coudes posés sur les cuisses, David leva la tête. Ses oreilles bourdonnaient, il se sentait oppressé.

— Je crois que j'en ai plus besoin qu'elle en ce moment. Vous m'accompagnez ?

Sans attendre sa réponse, il remplit deux gobelets, et ils burent en silence. David envoya ensuite Jamie prendre des nouvelles de Lou.

Sara n'avait toujours pas ouvert les yeux. Elle était si pâle que l'on voyait le fin réseau de veines bleutées sur ses paupières. Il lui caressa doucement la joue.

Il approcha ensuite le fauteuil à bascule du lit, s'y installa et lui prit la main. Puis il fit une chose qu'il avait envie de faire depuis qu'il avait découvert que Sara l'avait trahi.

Il pressa le front contre le dos de sa main, et se mit à pleurer.

27

Dès qu'il se fut ressaisi, David alla s'occuper de sa sœur. En entrant dans sa chambre, il faillit buter sur Elizabeth endormie sur le parquet, le bras autour du cou de Goldie, des traces de larmes séchées sur les joues. La chienne ouvrit un œil, regarda David, puis replongea dans le sommeil.

La pièce était surchauffée, pourtant, Lou était couchée sous une montagne de couvertures. Elle marmonnait comme une psalmodie :

— Comme Mason. Exactement comme Mason…

Pour la première fois depuis que sa sœur souffrait d'hystérie, il perdit patience et faillit la secouer. Il réussit cependant à se dominer, et s'approcha du lit pour lui prendre le pouls. Il était rapide mais vigoureux.

— Je vais t'aider à t'asseoir, Lou. Écoute-moi, ajouta-t-il quand elle fut calée contre les oreillers. Sara va s'en sortir.

Il regretta de ne pas parvenir à se montrer plus convaincant. Il n'avait aucune idée de la façon dont la blessure pouvait évoluer, mais à ce stade, il gardait l'espoir. Il le fallait.

Lou cligna des yeux et le fixa d'un air égaré.

— Louzanna, c'est moi, David.

— Je sais, répondit-elle faiblement. Tu es en train de me mentir, n'est-ce pas ? Sara est morte, c'est ça ?

— Non. Elle va guérir.

Elle se couvrit le visage des mains.

— Mais... tout ce sang... mon Dieu...

— Je l'ai soignée et son épaule est bandée. Elle se repose.

Il la revit, livide sur les draps, sa chevelure déployée autour de son visage.

Pour la première fois de sa vie, il comprit comment la peur pouvait miner Louzanna, comment elle pouvait s'installer et ronger la raison d'un homme. Il en avait eu un avant-goût en découvrant Sara inanimée sur le seuil.

Sa sœur se laissa aller contre les oreillers, ses grands yeux hagards rivés au plafond.

— Lou, tu n'as jamais douté que j'étais vivant, n'est-ce pas ? Alors fais-en autant pour Sara.

— Je ne sais pas... tout ce sang...

— Il fait trop chaud ici. Si j'ouvrais la fenêtre et que j'enlevais quelques-unes de ces couvertures ?

— Non ! s'écria-t-elle en s'y accrochant frénétiquement.

David la dévisagea un moment.

— Je reviens, dit-il soudain.

Il l'entendit gémir tandis qu'il quittait la chambre. Il revint peu après avec un verre rempli d'un liquide ambré.

— C'est un nouveau remède.

Elle examina le liquide d'un œil méfiant.

— Qu'est-ce que c'est ?

— De la teinture de zégonia. Elle te calmera les nerfs et t'aidera à t'endormir.

— Jamais entendu parler.

— Je l'ai beaucoup utilisée pendant la guerre.

Elle prit le verre et le huma en plissant le nez.

— Ça sent affreusement mauvais !

— Bois, insista-t-il. Allez !

Elle lui obéit en grimaçant.

— Ce doit être efficace, il a un goût horrible !

David sourit en se souvenant de tous ces soldats qui étaient persuadés que plus un remède était mauvais, plus il agissait.

— Tu iras beaucoup mieux demain matin.

— J'ai l'impression qu'il se répand partout en moi.

— C'est bien.

— Tu es certain qu'une dose suffit?

— Pour l'instant, oui.

David dut se mordre la joue pour ne pas rire. Sa sœur venait d'avaler un demi-verre de whisky et en redemandait.

— Tes joues ont déjà retrouvé des couleurs.

— Merci, David.

— Dors bien, Louzanna.

Il s'accroupit ensuite près d'Elizabeth, profondément endormie, la tête sur le parquet. Elle était en sueur. Estimant qu'il ne pouvait la laisser là, il la souleva doucement dans ses bras. Aussitôt, elle ouvrit les yeux.

— Maman? dit-elle en lui tapotant la joue.

— Maman va bien. Elle dort.

— Maman dort. Voir maman?

Il sortit dans le couloir, Goldie sur les talons, et ferma la porte. Elizabeth le fixait de ses grands yeux bleus, l'air grave.

— Je t'emmène voir ta maman, mais tu ne devras pas faire de bruit, d'accord? fit-il en posant le doigt sur ses lèvres. Chut...

— Chut... répéta-t-elle en l'imitant.

En pénétrant dans la chambre avec la fillette accrochée à son cou, il se demanda quel genre d'homme avait pu abandonner une enfant aussi adorable. Et Sara, par la même occasion.

Il prit place dans le fauteuil à bascule, près du lit, Elizabeth sur les genoux. Goldie se coucha à leurs pieds avec un grognement de plaisir.

— Maman dort, murmura la petite.

— Oui, maman dort, acquiesça-t-il en se laissant aller contre le dossier.

Pressant Elizabeth contre lui, il se balança doucement.

Sara émergea lentement d'un épais brouillard. Un soulagement sans nom l'envahit lorsqu'elle reconnut le papier peint de la chambre d'amis. Elle essaya de lever la tête. Immédiatement, elle vit les étoiles. Le malaise passa au bout d'un moment, et elle se souvint de l'agression dont elle avait été victime.

Quelqu'un avait surgi de l'ombre et l'avait frappée, poignardée, puis jetée contre le mur de la grange. Elle se rappelait s'être réveillée sous une pluie battante, avoir porté la main à son épaule, et l'en avoir retirée gluante de sang.

Incapable de se relever, elle s'était traînée jusqu'au jardin d'hiver éclairé. À travers les vitres, elle avait vu David et Louzanna aller et venir, et avait tenté de les appeler, mais sa voix avait été couverte par le martèlement de la pluie. Elle avait continué de ramper jusqu'à la porte…

La pièce baignait dans une faible lumière. Elle bougea prudemment mais une violente douleur lui transperça l'épaule. Elle s'aperçut qu'elle était nue sous le drap.

Elle fit une nouvelle tentative pour bouger mais ne parvint qu'à tourner la tête sur l'oreiller. Ce qu'elle vit alors lui fit venir les larmes aux yeux.

David dormait dans le fauteuil à bascule, la joue posée sur la tête d'Elizabeth qui était blottie dans ses bras.

Soulagée et épuisée, Sara glissa de nouveau dans le sommeil, le sourire aux lèvres, cette fois.

28

Le lendemain matin, lorsque Sara se réveilla, elle s'aperçut que David dormait toujours dans le fauteuil à bascule, mais sans Elizabeth. Par la fenêtre ouverte, elle entendait les oiseaux chanter. Une délicieuse odeur de bacon grillé lui chatouillait les narines. Le caractère familier de tout cela lui parut étrange, au regard de ce qui lui était arrivé la veille.

Un rayon de soleil caressait David. Ses mains étaient croisées sur ses cuisses, ces mains puissantes et fuselées qu'elle aimait tant. Sa barbe naissante assombrissait le bas de son visage.

Elle comptait un peu pour lui, finalement. Aurait-il passé la nuit à la veiller s'il l'avait haïe ?

Il est médecin. Son devoir est de soigner les blessés et les malades.

Il en aurait fait autant avec n'importe qui.

Comme si ces pensées l'avaient éveillé, il ouvrit lentement les paupières et croisa son regard. L'espace d'un instant, il la contempla comme autrefois, avec la douceur et la flamme de l'amour. Puis en un éclair, cette expression disparut au profit d'un intérêt inquiet. Elle se plut à y voir plus de chaleur et d'inquiétude que la froide sollicitude d'un professionnel.

Il se leva et s'approcha d'elle d'un pas raide pour lui prendre le pouls.

— Comment te sens-tu ? demanda-t-il d'une voix tendue, presque rauque.

Elle se passa la langue sur ses lèvres desséchées avant de répondre.

— Bien, je crois. Un peu sonnée.

En se rappelant comment il dormait, la veille, avec Elizabeth contre lui, l'espoir lui revint. Mais peut-être avait-elle rêvé?

— J'aimerais examiner ta blessure et refaire le pansement, si cela ne t'ennuie pas, dit-il, le visage fermé.

— Bien sûr.

Il l'avait vue nue. Peut-être même l'avait-il déshabillée... Cette pensée la fit rougir et elle détourna les yeux.

Il s'assit près d'elle et baissa le drap jusqu'à la naissance de ses seins pour lui dégager l'épaule. Il tenta de lui soulever le bras, ce qui lui arracha un cri.

— Désolé, dit-il en évitant son regard. Je vais procéder autrement.

Délicatement, il glissa un oreiller sous son bras, puis entreprit de défaire le bandage. Baissant les yeux, Sara découvrit la suture réalisée au fil noir. Prise de malaise, elle ferma les paupières.

— Ça va?

— Oui... Et Elizabeth? Où est-elle?

— Elle va bien. Elle déjeune en bas avec Jamie. Comment te sens-tu?

— Un peu étourdie. C'est grave?

— La lame est passée à un centimètre de la gorge. Cela aurait pu être fatal.

Il retira le bandage souillé et alla chercher sa trousse sur la coiffeuse.

— As-tu utilisé de la toile d'araignée pour arrêter le sang? C'est ce que grand-père aurait fait.

Il s'immobilisa et la regarda comme si elle délirait.

— Non.

— De la suie de cheminée et du saindoux?

— Non, Sara. J'ai appliqué un pansement compressif, lavé la plaie, et je l'ai recousue.

— Grand-père l'aurait d'abord recollée.

— Pour te soigner ou te tuer ?

Il revint près d'elle avec sa trousse.

— Si tu y tiens, j'irai chercher une toile d'araignée, mais ce n'est pas recommandé, si tu veux mon avis, dit-il doucement.

Des larmes lui brouillèrent soudain la vue, et elle tourna la tête pour qu'il ne voie pas combien elle était vulnérable. Il s'assit près d'elle, un bandage propre à la main.

— Qu'est-il arrivé, Sara ? Te sens-tu capable d'en parler ? demanda-t-il en enroulant la bande autour de son épaule.

Elle se risqua à le regarder. Il la fixait d'un air tendu, pressant. Elle savait qu'il estimait de son devoir de retrouver le coupable.

— Je ne veux pas que tu sois mêlé à ça.

— Tu n'as pas à mener mes combats à ma place. Regarde le résultat.

Comme elle demeurait silencieuse, il s'empara de sa main et la pressa entre les siennes. Une chaleur et un réconfort qu'elle n'avait pas éprouvés depuis très longtemps l'envahirent.

— Je suis désolé, Sara. Mais te voir dans cet état, pour avoir voulu voler à mon secours toute seule... c'est difficile à vivre.

— Je voulais arranger les choses.

— D'accord. À présent, dis-moi ce qui s'est passé.

Elle lui raconta sa visite à son grand-père, puis son retour par le raccourci, à travers bois. Elle avait cru qu'elle y serait plus en sécurité qu'en pleine rue.

— C'est lorsque je suis arrivée près de la grange que quelqu'un a surgi de nulle part et m'a attaquée.

— As-tu vu de qui il s'agissait ?

Elle secoua la tête.

— Non. Mais j'avais un bâton à la main et je l'ai frappé... Je l'ai touché, je me souviens de l'avoir entendu gémir. Oui, j'en suis sûre. Ensuite, j'ai senti ce coup dans l'épaule, accompagné d'une douleur aiguë, et j'ai été projetée contre le mur de la grange. J'ai dû perdre connaissance un moment. Il pleuvait quand je suis revenue à moi. J'étais morte de peur, je n'osais pas crier.

Il exerça une pression sur sa main pour l'encourager à poursuivre.

— J'ai rampé jusqu'à la porte de derrière, puis je me suis évanouie une nouvelle fois.

— Je suis sûr que c'est ton père, dit-il après un silence.

— Mon père ?

Sara fronça les sourcils. Son père l'avait battue plus d'une fois, de même qu'il corrigeait ses autres enfants quand il était en colère, mais il n'aurait jamais tenté de la tuer.

Elle secoua la tête vigoureusement.

— Non, ce n'est pas lui.

— Comment peux-tu l'affirmer ?

— David, s'il avait voulu me tuer, je serais morte. Il ne veut pas que je revienne à la maison, mais il ne souhaite pas ma mort pour autant.

Il ouvrit la bouche pour répondre, puis se ravisa.

— Qu'allais-tu dire ?

— Je lui ai peut-être donné une raison de la souhaiter.

— Quoi ?

— Quand Jamie m'a appris qu'il t'avait vue sur la route de l'embarcadère, je m'y suis rendu. Ton père et moi avons eu des mots, et je lui ai flanqué un coup de poing, avoua-t-il sans manifester l'ombre d'un regret.

— Un *coup de poing* ?

— Oui, je l'ai laissé sur le carreau.

Sara semblait médusée.

— Il venait d'admettre qu'il t'avait frappée le jour de ton retour à Magnolia Creek. Lou avait raison. Il semblait si fier de lui que j'ai cru bon de lui donner une leçon.

— Oh, David...

Infiniment émue, elle se mordit la lèvre pour l'empêcher de trembler. Non seulement il était parti à sa recherche, mais il avait affronté son père.

— Tu ne m'as pas tout dit. En quoi pensais-tu que ton grand-père pouvait m'aider?

— Il connaît des sortilèges puissants.

— Sara, tu crois vraiment à ces superstitions d'un autre temps?

— Pas comme mon grand-père, mais j'étais tellement désespérée.

— La situation est sérieuse. Il ne s'agit plus simplement de jeter des pierres.

— Il semblerait, en effet, reconnut-elle.

— Qu'as-tu fait d'autre hier?

Comme elle hésitait, il hasarda:

— Est-ce que le père d'Elizabeth était dans les parages? Aurait-il pu faire ça?

— Seigneur, non!

Il semblait décidé à continuer de la questionner, aussi enchaîna-t-elle:

— Je suis allée voir Abel Foster. C'est à cause de son éditorial que tu n'as aucun patient. Je ne supportais pas de te savoir seul dans ton cabinet toute la journée, à attendre d'éventuels patients alors... Je sais une chose sur lui, et j'ai eu l'idée de l'utiliser pour faire pression sur lui.

David attendait la suite en silence. Il était si intimidant avec ses sourcils froncés et sa barbe naissante qu'elle n'osait continuer de peur qu'il ne s'en prenne à Foster comme il s'en était pris à son père.

— Que sais-tu sur Abel, Sara?

— David, je ne pense pas...

— Que *sais-tu*, Sara?

Elle retira sa main de la sienne.

— Nous venions s'apprendre la nouvelle de ta mort… Je me trouvais près de la grange quand Abel… a essayé de m'embrasser. Il m'a attrapée, caressée en me disant que j'avais des besoins qu'il pouvait satisfaire, et que, lorsque je serais prête, je vienne à lui. Je me suis débattue en lui ordonnant de me lâcher, et je lui ai dit qu'il était le dernier homme sur terre vers qui je me tournerais.

Le visage de David s'était durci. Les poings serrés, il semblait fou de rage. Elle posa instinctivement sa main sur la sienne.

— Calme-toi, David, je t'en prie.

— Me calmer ? Il aurait pu te tuer !

— Tu ne sais pas si c'est lui.

— Tu l'as menacé, il avait une bonne raison de vouloir te supprimer.

Avant d'agir inconsidérément, elle aurait dû se souvenir qu'un homme tel que David, qui possédait un profond sens de l'honneur, voudrait se venger.

Elle ne se rendit pas compte qu'elle pleurait jusqu'à ce qu'il essuie les larmes sur ses joues et l'attire doucement dans ses bras.

— Ne pleure pas, Sara, murmura-t-il en resserrant son étreinte. Tu es toute tremblante.

— Promets-moi que tu ne feras rien d'imprudent, David.

— Je ne peux pas.

— Promets.

— D'accord, je te le promets, marmonna-t-il de mauvaise grâce.

Alors elle se laissa aller contre lui. Il y avait si longtemps que personne n'avait pris soin d'elle ainsi…

Si seulement il pouvait lui pardonner et l'aimer à nouveau !

29

Il étreignit longuement Sara qui pleurait sans bruit, essayant de la réconforter tout en maudissant intérieurement Abel Foster.

Comment ce fat osait-il jouer les petits saints et monter toute la communauté contre Sara alors qu'elle risquait de le dénoncer pour lui avoir fait des avances?

La tenir ainsi dans ses bras ne faisait qu'accroître son désir. Les yeux clos, la joue pressée contre ses cheveux, il lui caressait doucement le dos.

Désireux de lui changer les idées, il murmura :

— Quelqu'un veut te voir, Sara. Sèche tes yeux, je reviens tout de suite.

Il la reposa contre les oreillers, et alla chercher Elizabeth dans la cuisine. Il y avait autant de farine de maïs sur le visage de la fillette que sur la table. David mouilla le coin d'une serviette et la débarbouilla tant bien que mal.

— Viens, on va voir maman, dit-il en la soulevant dans ses bras, la calant sur sa hanche avec une facilité déconcertante.

Les sentiments que lui procurait le contact de cette enfant le déstabilisaient. Son cœur était encore trop à vif pour s'exposer à de nouvelles souffrances.

— Comment va Mlle Sara? s'enquit Jamie.

— Pas trop mal. Mais il se pourrait qu'elle ait un peu de fièvre. Et Louzanna?

— Elle dort toujours.

— Tant mieux. Laissons-la se reposer.

David quitta la cuisine et s'engagea dans l'escalier, Goldie sur les talons. Quand il entra dans la chambre, les yeux de Sara s'emplirent de larmes à la vue de la fillette.

— Maman! s'écria la petite en tendant les bras à sa mère.

Celle-ci s'essuya les yeux et s'efforça de sourire tandis qu'Elizabeth se débattait.

— Laisse-moi la prendre.

— Elle risque de te faire mal.

— S'il te plaît.

Avec précaution, il posa l'enfant à côté d'elle, mais resta tout près, afin d'intervenir en cas de besoin.

— Maman?

— Oui, ma doucette.

— Tichien.

— Oui, je la vois.

Le museau posé sur le bord du matelas, Goldie contemplait Elizabeth avec adoration.

— Tu l'as ramenée à la maison, dit Sara à David, émue.

Il vit des étoiles dans les yeux bleus fixés sur lui et se sentit désorienté.

— Je n'allais pas la laisser toute seule chez Maximus.

— Bobo, maman? demanda la fillette en désignant le bandage.

— Non, je vais bien.

— Bisou magique? fit-elle en se penchant.

David la retint.

— Non, pas de bisou. Il ne faut pas la toucher.

Elizabeth montra sa bosse.

— Bobo, maman. Bisou.

Sara effleura son front en fronçant les sourcils.

— Que lui est-il arrivé?

204

— Une petite collision avec le coin de la table pendant qu'elle jouait avec Goldie, hier soir.

Sara se détendit et se pencha pour poser doucement les lèvres sur le front de sa fille. Puis elle l'attira contre elle. Elizabeth posa la tête sur son épaule saine et fourra le pouce dans sa bouche. La mère et la fille semblaient si bien ensemble que David se sentit plus seul que jamais. Il se dirigea vers la fenêtre cassée, souhaitant que les choses soient différentes, se demandant si elles le seraient un jour.

Dehors, le ciel d'un bleu lumineux était dégagé. Alors qu'il tournait la tête, il aperçut l'angle de la maison des Foster, et son sang se glaça dans ses veines.

Se détournant, il rejoignit Sara et sa fille qui jouaient à coucou. Elizabeth se cachait les yeux, épiait sa mère entre ses petits doigts avant d'éclater de rire.

Il la prit dans ses bras comme s'il avait fait cela toute sa vie.

— Ta maman a besoin de dormir.

— Déjà ? fit Sara, déçue, bien qu'elle semblât épuisée.

— Tu dois te reposer si tu veux guérir.

Il espéra qu'elle ne percevait pas ses vrais motifs, car en réalité, il avait l'intention de se rendre sans délai chez un certain directeur de journal, dans Main Street.

David fit irruption dans les bureaux de *La Sentinelle de Magnolia Creek* tel Sherman entrant dans Atlanta. Il claqua la porte si violemment que la vitre vibra et que le jeune employé plongea sous son bureau. Abel surgit précipitamment de l'arrière-salle.

David fondit sur lui et ils se retrouvèrent nez à nez. Le dominant d'une bonne tête, il eut la satisfaction de le voir se recroqueviller tandis qu'il l'examinait sous toutes les coutures à la recherche de la marque

que le bâton de Sara aurait laissée sur lui. Hélas, il semblait indemne.

— Où étais-tu hier soir, Foster ?

— En quoi cela te regarde-t-il ?

David l'empoigna par le devant de sa chemise et le souleva du sol.

— Cela me regarde.

L'autre lui agrippa les poignets en suffoquant, le visage congestionné.

— Je... j'étais... ici...

— Jusqu'à quelle heure ?

Abel virant au violet, il le lâcha brutalement, si bien qu'il s'écroula sur le coin du bureau. Son jeune assistant fixait David d'un air effaré.

Ce dernier prit une profonde inspiration.

— Jusqu'à quelle heure ? répéta-t-il.

— Plus de minuit.

— Tu étais seul ?

Abel secoua la tête et désigna le jeune garçon.

— Non, Pete était avec moi.

— C'est vrai, petit ? s'enquit David en lui tendant la main pour l'aider à se remettre debout.

Pete hocha la tête.

— La... p... presse était en panne.

David tourna les yeux vers Foster.

— Qu'est-ce qui me dit qu'il ne ment pas pour te couvrir ?

— Jamais je ne mentirais pour personne, monsieur ! s'écria Pete avec une vigueur inattendue.

— Witham Spalding était là aussi, parvint à articuler plus calmement Abel en rajustant sa tenue.

— Toute la soirée ?

— Oui, affirma Abel. Tu n'as qu'à le lui demander !

Tout le monde connaissait le vieux Witham Spalding, à Magnolia Creek. Il passait ses journées au bazar à bavarder avec les autres vieillards de la ville pour fuir la solitude de sa vieille maison vide.

— Tu peux être sûr que je vais lui demander, et sans tarder.

Abel se réfugia derrière le bureau.

— Qu'est-ce que tout cela signifie ?

— Quelque chose me dit que tu en sais plus qu'il n'y paraît, Abel. En fait, je viens d'apprendre qu'il y avait un aspect de ta personnalité que la plupart des gens ne connaissaient pas.

— Si tu fais allusion à cette histoire farfelue que ta femme raconte...

— Après ce qui s'est passé hier soir, j'ai de bonnes raisons de la croire.

Abel pâlit et se massa les tempes.

— Que... que s'est-il passé ?

— Quelqu'un l'a agressée en début de soirée. Elle a reçu un coup de couteau à l'épaule, mais je pense que c'est la gorge qui était visée. Je l'ai trouvée inanimée derrière la maison. Sachant qu'elle t'a rendu visite hier, et qu'elle t'a menacé de révéler au grand jour ce que tu lui as fait, j'en conclus que le seul homme en ville qui ait intérêt à ce qu'elle disparaisse, c'est toi, Abel.

Foster leva les mains dans un geste de défense.

— Tu n'es pas sérieux, Talbot ? Pour m'accuser de meurtre, il te faut des preuves. J'étais ici jusqu'à minuit, et à l'heure que tu dis, j'étais en train de dîner avec Pete et Witham. Minnie nous avait apporté un panier vers 4 heures.

David s'efforça de dissimuler sa déception. Il aurait tellement aimé voir Abel derrière les verrous.

— Sara a frappé son agresseur. Tu ne cacherais pas une blessure sous tes habits, par hasard ?

— Une blessure ? répéta Abel en blêmissant.

L'espace d'un instant, il parut ébranlé, mais il se reprit aussitôt.

— Non. Je veux bien enlever ma chemise si tu y tiens, mais tu fais fausse route, Talbot.

David le pensait aussi, mais il n'avait pas envie que Foster se croie blanchi pour autant.

— Je vais faire une déposition auprès de Damon Monroe, et si je lis un mot de cette histoire dans ton journal, je reviens sur-le-champ.

— C'est une menace ?

— Prends-le comme tu veux.

Sur ce, il fit volte-face et sortit. Il avait à peine parcouru quelques mètres en direction du bureau du marshal que l'employé de Foster le rejoignait.

— Docteur Talbot ? Je peux vous parler une minute ?

David s'arrêta, regarda le jeune homme de haut en bas. Il était grand, mince mais solide.

— C'est toi qui as jeté une pierre dans mes carreaux ?

— Non, monsieur !

— Que veux-tu ? demanda-t-il, s'efforçant de ne pas soupçonner le jeune homme sous prétexte qu'il travaillait pour Foster.

— M. Foster était bien au journal, hier soir. Ne croyez pas que je mentirais pour lui, parce que je ne l'aime pas beaucoup.

David lança un coup d'œil alentour. Il n'y avait pas grand monde, excepté une femme qui lui lança un regard froid en se dirigeant vers le bazar, et un fermier qui remontait la rue boueuse dans sa charrette.

— Merci de me le dire, petit.

— De rien, monsieur. Euh... il y a autre chose.

— Oui ? fit David en frottant sa nuque raide.

Sa longue nuit dans le fauteuil à bascule avait laissé des traces, et sa déception de n'avoir pu confondre Abel ajoutait à son épuisement.

— Ma mère ne va pas très bien, ces derniers temps. Je me demandais si vous pourriez passer la voir.

David dévisagea Pete en songeant que c'était soit le courage soit le désespoir qui le poussait à recourir aux services du paria qu'il était.

— J'en serai très honoré, petit.

— Je vais la prévenir. Vous pourriez passer cet après-midi ? Je termine mon travail à 16 heures.

Sara songea à Sara et sa maison sens dessus dessous.

— À 16 heures, c'est parfait, dit-il.

Pete lui donna son adresse, et retourna au journal. La déception de n'avoir pu mettre la main sur l'agresseur de Sara empêchait David de se réjouir de cette première visite. L'inquiétude le minait lorsqu'il pénétra dans le bureau du marshal, une pièce exiguë située dans la prison, derrière le jardin du palais de justice.

Celui qui avait voulu attenter à la vie de Sara courait toujours, menace anonyme et sans visage.

30

Sara était réveillée quand David rentra. Le soulagement de le voir lui fit oublier un instant la douleur de son épaule. Elle lui sourit, espérant qu'il allait s'asseoir dans le fauteuil à bascule, mais au lieu de cela, il se dirigea vers la fenêtre.

— Ce n'est pas Abel, commença-t-il. Il était au journal jusqu'à minuit, avec deux personnes qui peuvent en témoigner.

— Je suis désolée de te causer tous ces soucis, David.

Il se planta au pied du lit et elle put contempler à loisir la ligne de ses épaules, son visage aux traits bien dessinés. Sa chemise était froissée, tachée de boue, et il n'était pas rasé.

Plus elle s'attarderait ici, plus elle le mettrait en danger...

— Tu es absolument sûre que ce n'est ni ton père ni l'un de tes demi-frères ? N'essaies-tu pas de les couvrir dans l'espoir de me protéger ?

— Bien sûr que non, assura-t-elle en secouant la tête. Je ne pense pas qu'ils aient eu le temps de me rattraper après avoir fait un nouvel aller-retour avec le bac.

Son visage se crispa soudain tandis que la douleur lui fouaillait l'épaule. D'un bond il fut près d'elle.

— Tu as mal ? s'inquiéta-t-il en lui prenant la main.

— Oui, admit-elle à contrecœur.

Il souleva un coin du bandage pour inspecter la plaie.

— Ça ne saigne pas.

Il vérifia son pouls, puis s'assit auprès d'elle sans lui lâcher la main. Une douce chaleur envahit Sara.

— J'ai tout de même une bonne nouvelle à t'annoncer, reprit-il avec un sourire. Je vois ma première patiente à 4 heures.

— Oh, David ! C'est merveilleux. Qui est-ce ?

— La mère de l'assistant de Foster. Il m'a couru après, quand j'ai quitté le journal.

— Il a entendu ma conversation avec Abel, remarqua-t-elle avec un petit sourire. Peut-être que ma démarche a porté ses fruits, finalement.

— Ce n'est pas aussi simple, Sara.

— Et pourquoi pas ? Quand les gens apprendront que tu es un grand médecin, ils viendront te chercher, tu verras.

— Tu crois vraiment que ça suffira ?

— Grand-père affirme que la foi, c'est cinquante pour cent de la guérison.

Elle baissa les yeux sur leurs mains jointes, et se souvint du conseil de son grand-père. Prenant une longue inspiration, elle rassembla son courage.

— Je veux que tu saches tout, David, à propos du père d'Elizabeth.

— Si tu te reposais, pour le moment ? Tu as failli mourir, hier...

— Raison de plus pour te raconter ce qui s'est réellement passé, pendant que j'en ai l'occasion.

— Pour soulager ta conscience ?

— Pour te soulager toi, David, répondit-elle doucement.

— Tu crois que les choses s'arrangeront si tu me parles de tes amants ?

— *Mes* amants ?

Son grand-père avait raison. La vérité serait beaucoup moins terrible que ce qu'il imaginait. Il voulut se lever, mais elle le retint.

— Je t'en prie, David, il est temps que je m'explique.

La première réaction de David fut de quitter la pièce. Il la désirait à un point tel que le seul fait que leurs mains se touchent le mettait à la torture. Elle était si belle… Même blessée et épuisée, sa vue le rendait fou.

Croyait-elle vraiment que lever le voile sur son aventure l'aiderait à oublier ?

— Tu ferais mieux de dormir, s'entêta-t-il.

— Non, je veux que tu m'écoutes.

— Mais Sara…

Elle lui effleura la main de ses lèvres.

— Je suis toujours ta femme. S'il y a la moindre chance de sauver ne serait-ce qu'une once de ce que l'avenir nous réservait jadis, je veux la tenter.

Il ferma les yeux au souvenir de ces deux semaines qu'ils avaient passées ensemble. Deux semaines de rêve, d'amour, suivies d'une nuit de passion très prometteuse.

— Très bien. Je t'écoute, abdiqua-t-il, s'efforçant de se dominer.

Elle commença si doucement qu'il dut se pencher pour l'entendre. Bientôt, le rire d'Elizabeth en bas, le chant des oiseaux dans l'érable s'évanouirent, et il n'y eut plus que la voix de Sara.

— Un peu plus d'un an après que l'on nous eut annoncé ta mort, je me sentais tellement déprimée que je sortis faire quelques courses à la place de Jamie. En quittant la boucherie, j'ai heurté de plein fouet un lieutenant yankee. Tout en m'aidant à ramasser mes provisions éparpillées sur le sol, il s'est poliment excusé et m'a demandé mon nom.

« Il me raconta ensuite qu'il venait d'une petite ville de l'Ohio, qu'il avait le mal du pays, et qu'il serait très honoré si je lui permettais de me raccompagner. Il offrit de porter mon panier. Celui-ci étant fort lourd, j'acceptai. Tout en marchant près de lui, c'est à toi que je pensais. Comme lui tu étais allé loin de chez toi, et tu avais dû te sentir tellement seul toi aussi. Seulement, toi, tu ne rentrerais jamais chez toi. À cette pensée, je me suis mise à pleurer, et il m'a tendu son mouchoir.

David se souvint que la solitude avait été sa seule compagne durant la guerre. Et cette même solitude le minait aujourd'hui, parce qu'ils étaient devenus des étrangers.

— Comment s'appelait-il ?

Il voulait l'entendre dire le nom de cet homme à voix haute, afin de jauger la profondeur des sentiments qu'elle éprouvait encore pour lui.

— Jonathan. Jonathan Smith.

Elle le prononça d'un ton détaché, en le regardant dans les yeux.

— Blond, les yeux bleus. Pas aussi grand que toi et de carrure moyenne. Certains auraient dit qu'il était séduisant. Et je suppose que c'était le cas, mais cela n'avait rien de commun avec toi.

Elle s'humecta les lèvres et il lui demanda si elle voulait de l'eau. Elle refusa et continua :

— Il n'a pas fallu beaucoup de temps avant que toute la ville apprenne que l'on m'avait vue rentrer chez moi en compagnie d'un Yankee. Grâce à Minnie Foster bien sûr, mais je m'en moquais. Je n'avais rien à me reprocher.

Elle se redressa un peu sur l'oreiller et le drap glissa jusqu'à la naissance de ses seins sans qu'elle s'en rende compte, à la différence de David qui fit un effort pour ne pas le lui remonter jusqu'au menton.

— Pour la première fois depuis que Hugh nous avait annoncé la terrible nouvelle de ta mort, je me sentais renaître à la vie. Dès lors, j'ai commencé à aller en ville plus souvent, dans l'espoir sans doute de rencontrer de nouveau le lieutenant Smith – encore que je ne me le sois jamais avoué. Les Yankees avaient établi leur quartier général à côté de la banque. Je revis Jonathan. Il me présenta à ses amis et m'invita à un pique-nique.

« Au début, je refusai, mais il se montra très persuasif. Il me dit qu'étant veuve depuis peu, il se doutait que je ne cherchais pas une romance, mais il n'y avait rien de répréhensible à avoir un peu de compagnie, selon lui. Il me taquina, me fit du charme et je finis par accepter.

« Comme je ne voulais pas agir derrière le dos de Louzanna, je la mis au courant. Bien sûr, elle en fut bouleversée, continua d'affirmer que tu étais vivant, pourtant, je suis allée à ce pique-nique avec Jonathan. De fil en aiguille, il essaya de m'embrasser. Je le repoussai, et il n'insista pas. Mais il se montra si courtois, si attentionné tout l'après-midi que lorsqu'il me ramena à la maison, je… je…

— Tu l'as laissé t'embrasser, acheva David à sa place.

La voyant tressaillir, il réalisa qu'il lui serrait la main avec force. Il la lâcha brusquement, essayant d'imaginer ce Yankee qui avait profité de sa solitude et de son chagrin pour parvenir à ses fins.

— Oui, avoua-t-elle en rougissant jusqu'à la racine des cheveux. Et je m'en suis voulu, mais je ne cessais de me dire que je n'avais rien fait de mal puisque tu ne reviendrais pas.

Elle tendit le bras et posa la main sur sa joue, s'imprégnant de sa chaleur.

— Peux-tu seulement imaginer ce que je ressentais à l'idée de ne plus jamais voir ton visage ni entendre le son de ta voix ? De savoir que tu ne me toucherais plus jamais ?

Elle laissa retomber sa main et poursuivit :

— J'ai commencé à voir Jonathan un peu chaque jour. Nous nous promenions autour du square, nous allions parfois pique-niquer. Les troupes de l'Union se retiraient et il m'a suppliée de partir avec lui. Je lui répondis qu'il était hors de question que je quitte Louzanna, sans compter que nous n'étions pas mariés. Il m'assura alors qu'il voulait m'épouser, mais que nous devions attendre d'avoir la confirmation officielle de ta mort.

Même son amant avait eu le bon sens d'attendre d'être sûr que j'étais mort.

— Mais tu es parti avec lui, malgré tout.

— Qu'aurais-tu cru à ma place, David ? Les divagations de Louzanna ou le récit de Hugh qui t'avait vu mourir dans ses bras ?

Le récit de Hugh, sans aucun doute.

— Continue, se contenta-t-il de répondre.

Tout aurait été différent s'il n'avait pas dissimulé son identité avant de retrouver la force de retourner au front, s'il lui avait écrit à temps.

— Qu'est-ce qui a fini par te convaincre de quitter Lou ?

— Jonathan affirmait que tant que je vivrais sous ton toit, avec ta sœur, je ne parviendrais pas à tourner la page. L'idée de passer ma vie sans jamais faire mon deuil, comme Lou, me terrifiait. Jamie était là pour veiller sur elle, et Jonathan m'offrait une chance de recommencer une nouvelle vie. Mes sentiments pour lui étaient loin d'être aussi forts que ceux que j'avais éprouvés pour toi, mais je me plaisais en sa compagnie et il me faisait rire. Puisque tu n'étais plus, j'ai pensé que je n'avais rien à perdre et j'ai saisi la chance de ce bonheur nouveau.

« Je laissai à peu près tout ce que je possédais et j'écrivis une lettre à Louzanna. Jonathan avait pris des dispositions pour que je le rejoigne en Illinois où son régiment stationnait. Il avait loué une chambre dans une pension, dans une petite ville au bord d'une rivière. Il venait m'y retrouver quand il était en permission.

« Il ne cessait de me répéter qu'il avait hâte de m'épouser mais que nous devions attendre. J'avais laissé mon adresse à Lou, afin qu'elle me prévienne dès qu'elle recevrait la lettre du ministère de la Guerre.

Elle avait donc vécu avec son amant en Illinois, dormi avec lui, pressé son corps nu contre le sien. Il voulut l'interrompre, mais une curiosité peut-être perverse l'en empêcha.

— Quelques semaines après que je me fus donnée à lui, les choses commencèrent à changer. Peut-être devinait-il que je regrettais de l'avoir suivi, peut-être était-il moins intéressé depuis qu'il était arrivé à ses fins ? Toujours est-il que ses visites s'espacèrent de plus en plus jusqu'au jour où il m'annonça que son régiment levait le camp. Il me laissa une poignée de pièces d'or en me promettant de m'écrire et de revenir une fois la guerre finie, mais je n'ai jamais eu la moindre nouvelle de lui.

Elle frissonna, comme si ces souvenirs lui étaient insupportables, puis elle reprit :

— Elizabeth est née à la pension. La guerre terminée, j'ai attendu le retour de Jonathan. En vain. Soit il était mort, soit il m'avait menti. Comme il ne me restait presque plus d'argent, je suis partie avec ma fille dans la ville de l'Ohio d'où il m'avait dit être originaire. J'ai dépensé mon maigre pécule pour découvrir qu'il m'avait aussi menti sur ce point.

« Il y avait bien un Jonathan Smith dans cette ville, mais il avait soixante ans et aucun lien de parenté ne le liait au père de ma fille. Jamais je n'oublierai l'humiliation que j'ai ressentie quand le vieil homme m'a ouvert. Il nous a regardées, Elizabeth et moi, puis il a appelé sa femme : "Viens voir, Ma. Il y en a *une autre.*"

« Je n'étais apparemment pas la seule à m'être fait avoir. Tu vois, j'ai ruiné ma réputation pour un menteur. Quelle idiote j'ai été. Il ne voulait rien d'autre de moi que… ce qu'il a obtenu.

David se leva et se mit à arpenter la pièce.

— Comment es-tu revenue jusqu'ici ?

— Les Smith m'ont aidée à trouver du travail. Je me suis occupée d'une vieille dame souffrante. Je n'avais pas de salaire, mais un toit et de quoi manger pour Elizabeth et moi. À sa mort, sa famille a vendu la maison et j'ai trouvé un emploi dans une ferme. Je songeais à rentrer dans le Kentucky ; j'en avais assez de vivre de la charité. J'ai donc économisé. Mon grand-père, ma mère me manquaient.

« Je voulais qu'Elizabeth grandisse au sein d'une vraie famille, je suis donc rentrée chez moi. Tu connais la suite. Mon père m'a renvoyée. Je n'avais personne d'autre que Louzanna vers qui me tourner. Dieu merci, elle m'a ouvert sa porte sans me faire le moindre reproche.

David comprenait maintenant pourquoi Sara était sûre que Smith ne la chercherait pas et qu'il ne réclamerait pas sa fille. Il l'avait payée et était sorti de sa vie pour de bon. La jolie petite Elizabeth avait été abandonnée par son père avant même sa naissance.

— David ?

Il se retourna. Sara le fixait, pâle et fatiguée, attendant sa réaction.

Que suis-je censé dire ? Que je lui pardonne ?

Il ne savait pas s'il se sentait mieux ou moins bien après ces révélations. Il connaissait le nom de cet homme, pouvait l'imaginer, mais son cœur meurtri était loin d'être guéri.

Sara le scrutait, implorant son pardon en silence.

Comme il demeurait muet, elle reprit :

— J'étais suffisamment éprise de Jonathan pour le suivre sans être mariée avec lui. Je ne l'ai jamais aimé comme je t'avais aimé parce que l'amour que je te portais était irremplaçable. J'ai vite regretté d'être partie avec lui et de m'être donnée à lui, mais il était trop tard pour revenir en arrière.

31

Sara espérait que ses révélations n'avaient pas aggravé la situation. Le visage fermé, le dos raide, David semblait triste et fatigué.

Elle n'avait d'autre choix que d'attendre pour savoir si elle avait eu raison de suivre le conseil de son grand-père. Peut-être David la regarderait-il d'un autre œil, maintenant qu'il connaissait la vérité.

— Pourquoi ne te reposes-tu pas un peu ? risqua-t-elle, se souvenant qu'il avait rendez-vous avec une patiente dans l'après-midi.

— Je dois d'abord passer voir Lou.

— Comment va-t-elle ?

— Elle est plus calme, mais elle était toujours au lit quand je suis sorti. J'ai eu du mal à la convaincre que tu n'étais pas morte.

— Donne-moi ma chemise de nuit, je vais aller lui montrer que je suis bien vivante.

— Pas question.

— J'aimerais la mettre, malgré tout, insista-t-elle en s'empourprant.

Il dénicha une chemise de mousseline blanche dans la commode et la lui tendit.

— Je crains d'avoir besoin d'aide, dit Sara, embarrassée.

Il s'efforça de rester détaché, mais elle devinait qu'il se faisait violence. Elle souleva le drap pour s'en faire un rempart. David était si près qu'elle sentait son souffle sur sa joue.

— Laisse ce drap, Sara. Il n'y a rien à cacher que je n'aie déjà vu.

Elle leva le bras en essayant d'oublier qu'elle était nue jusqu'à la taille. Lorsqu'il se pencha pour faire glisser le tissu, sa veste frôla le bout de ses seins, et elle sursauta. Il s'immobilisa. Leurs lèvres étaient toutes proches. Il ferma les yeux, et Sara retint son souffle.

Embrasse-moi.

Embrasse-moi et dis-moi que tout s'arrangera.

Une expression douloureuse passa sur le visage de David. Ses mains, d'habitude si fermes et si sûres, tremblaient. Il tira la chemise de nuit jusqu'à ses reins et recula.

— Merci, murmura-t-elle. Aide-moi à me lever, s'il te plaît.

Elle tenta de sourire malgré la douleur aiguë que lui infligeait sa blessure. Malgré son émoi. Malgré ce désir brûlant qu'elle n'avait pas éprouvé depuis longtemps.

— Tu dois rester couchée.

— S'il te plaît, David. Louzanna a été si gentille avec moi. Me voir la tranquillisera.

Elle parvint à s'asseoir au bord du lit, mais elle craignait que ses jambes ne se dérobent sous elle si elle tentait de se lever seule.

— J'irai la voir, avec ou sans ton aide, déclara-t-elle néanmoins.

Malgré lui, David se retrouva à ses côtés, repoussant ses cheveux en arrière, lui palpant le front pour vérifier qu'elle n'avait pas de fièvre tout en lui reprochant d'être têtue comme une mule.

Il la soutint quand elle se mit debout. Avant que la

chemise ne tombe jusqu'à ses pieds, il eut le temps d'entrevoir ses jolies cuisses fuselées.

Elle s'accrocha à son bras et il la serra contre lui, se persuadant qu'il avait seulement peur qu'elle ne tombe.

— Je persiste à dire que ce n'est pas une bonne idée, Sara.

— Ma blessure guérira, pas Louzanna. Allons-y.

Elle avançait à tout petits pas, et il savait qu'elle souffrait, mais ils parvinrent finalement à la porte de Lou, puis au pied de son lit.

Celle-ci était toujours enfouie sous une montagne de couvertures d'où seuls son front, ses yeux et son nez émergeaient.

— Lou ? murmura Sara.

Une faible plainte lui répondit.

— Je suis réveillée…

— C'est moi, Lou. Sara.

Lou battit des paupières et finit par ouvrir les yeux. Elle regarda d'abord le plafond, puis la jeune femme.

— Sara. C'est *vraiment* toi ? Tu es *sûre* d'être en vie ?

David la tenait toujours par la taille.

— Grâce à David, oui, répondit-elle avec un sourire.

— Approche-toi que je te voie mieux, fit Lou d'une voix plus assurée. Je veux m'assurer que tu n'es pas un fantôme, comme Mason. Si quoi que ce soit t'arrivait, Sara, je me demande ce que je deviendrais.

— Oh, Lou…

Les genoux tremblants, Sara vint plus près et lui prit la main. Au bord de l'évanouissement, elle se cramponnait à David telle une feuille à sa branche par un vent violent.

— Je suis vivante et je vais bien, Lou. Il est temps que tu te lèves, tu ne crois pas ? Jamie est là, mais il ne restera pas éternellement, et si j'en crois le bruit qui vient d'en bas, je dirais qu'Elizabeth a besoin de toi.

— Elizabeth a besoin de moi ? répéta Lou en s'appuyant sur les coudes, ce qui provoqua une avalanche de couvertures. Qui surveille Elizabeth ?

— Jamie.

Sara leva les yeux vers David et, l'espace d'un instant, parut oublier où elle était et ce qu'elle faisait. Elle secoua la tête pour se ressaisir.

— S'il te plaît, Lou, lève-toi et habille-toi. Je suis sûre que tu te sentiras mieux quand tu auras pris ton thé.

— Oui, j'imagine. Tu crois que je devrais me lever, David ?

— Cela te ferait le plus grand bien.

Il commençait à perdre patience, d'autant que sa sœur s'accrochait à la main de Sara, minant le peu de forces qui lui restaient. Sara continua pourtant à la réconforter d'une voix douce et apaisante, celle qu'elle aurait employée pour consoler Elizabeth, et non une femme adulte. Elle était très attachée à sa sœur, c'était évident, mais elle s'affaiblissait de minute en minute.

— Tu as fait tout ce que tu pouvais, lui chuchotat-il à l'oreille. Je veux que tu retournes te coucher.

Un sourire trembla sur les lèvres de Sara et elle hocha la tête. Soudain, Louzanna se leva et se tint debout près du lit, la chemise de nuit chiffonnée et les cheveux emmêlés. La bague de fiançailles de Mason pendait à son cou tel un fardeau.

Elle se baissa à la recherche de ses pantoufles.

— La crise d'hystérie n'est pas loin, je le sens, marmonna-t-elle en fourrageant sous le lit. Un peu de teinture de zégonia me ferait peut-être du bien, non ?

Sara regarda David en haussant les sourcils.

— Qu'est-ce que c'est ?

— Un vieux remède de soldats, souffla-t-il en se penchant vers elle.

— L'un des meilleurs que j'aie jamais pris, affirma Lou en refaisant surface, ses pantoufles à la main.

David s'éclaircit la voix.

— J'emmène Sara au lit.

Il réalisa soudain ce qu'il venait de dire et jeta un coup d'œil à Sara, guettant sa réaction, mais elle était livide et tenait à peine sur ses jambes.

Il la souleva alors dans ses bras et la ramena dans sa chambre.

— Merci pour ce que tu fais pour Louzanna, dit-il doucement.

Le bras autour de son cou, elle croisa son regard.

— Sans elle, Elizabeth et moi nous serions retrouvées à la rue et je n'aurais même pas su que tu étais toujours en vie.

32

Juin s'acheva sans nouvel incident. La chaleur s'intensifiait, et la blessure de Sara cicatrisait. Par un après-midi ensoleillé de juillet, elle emmena Elizabeth jouer dehors avec Goldie et s'installa sous un plaqueminier au feuillage lustré.

Jamie travaillait dans le jardin. Sara avait toujours admiré sa force tranquille et son caractère aimable. Il ne semblait pas pressé de partir, et elle avait remarqué combien sa présence apaisait Louzanna. Discret et efficace, il était partout à la fois, réconfortant Lou, surveillant Elizabeth, entretenant le jardin ou faisant des réparations.

La fillette avait entrepris d'enfourcher Goldie qui se laissait faire sans broncher. Sara vint au secours de la pauvre chienne en riant.

Elle montrait à sa fille un lézard sur un tronc d'arbre quand la porte de derrière s'ouvrit et David apparut. Chaque fois qu'elle le voyait, son cœur s'emballait. Elle avait plus d'une fois surpris la flamme fugitive qui s'allumait dans ses yeux dès qu'il les posait sur elle, et qui s'éteignait tout aussi vite.

Comment parviendrait-elle à le reconquérir quand il ne se laissait approcher ni physiquement ni émotionnellement ? Il passait le plus clair de son temps au cabinet et, lorsqu'il était à la maison, ils n'étaient jamais seuls.

Depuis qu'il avait soigné la mère de Pete, les patients avaient commencé à le consulter. La veille, il avait accouché une femme qui vivait aux abords de la ville, et Sara avait regretté de ne pas être à ses côtés pour l'aider.

— Tu rentres de bonne heure, lui dit-elle en souriant.

Il parcourut la cour du regard, fit un signe à Jamie, et la surprit en s'asseyant sur le banc, à ses côtés. Lorsque son regard s'attarda sur Elizabeth, elle devina qu'il pensait à Jonathan.

La fillette se précipita vers lui et grimpa sur ses genoux pour lui raconter une histoire de chiens et de lézards. Des fossettes creusaient ses joues chaque fois qu'elle lui souriait pour essayer de capter son attention.

David demeurait distant, et le cœur de Sara se serra. À cet instant, un garçon d'une dizaine d'années déboucha en courant du coin de la maison. Il portait un pantalon court, des chaussures râpées, et une bretelle pendait sur son bras. Haletant, les cheveux en bataille, il semblait complètement affolé.

David posa doucement Elizabeth par terre.

— Respire lentement et calme-toi, mon garçon. Qui es-tu ? Et que se passe-t-il ?

— Harold Junior. Je suis le fils de Harold Newberry.

Sara reconnut le nom. Newberry avait acheté le moulin des Talbot.

— Ma sœur est très malade. C'est un bébé. Elle a le croup et maman a peur qu'elle meure. C'est elle qui m'envoie, parce que mon père ne voulait pas que je vienne vous chercher. Comme vous n'étiez pas au cabinet, je suis venu ici. Faut que vous veniez à la maison avec moi, docteur, s'il vous plaît !

Jamie accourut, sa bêche à la main, et David lui demanda d'atteler le cheval au boghei. Il entraîna ensuite le garçon avec lui, lui prodiguant des paroles rassurantes tout en le questionnant sur l'état du bébé.

— David, attends! cria Sara, qui attrapa Elizabeth et le rejoignit en courant. Laisse-moi t'accompagner.

Elle voulait l'aider, certes, mais aussi se trouver seule avec lui sur le chemin du retour. Il ne ralentit même pas.

— Je me contenterai de t'assister. Je suis une mère, je sais ce que cette femme doit ressentir. S'il te plaît, emmène-moi avec toi.

Visiblement indécis, David ne répondit pas tout de suite. Il s'arrêta, puis s'adressa à Harold :

— Attache ton cheval derrière le boghei et attends-moi derrière la grange, d'accord?

Il se tourna ensuite vers Sara et la dévisagea, les lèvres pincées, l'air indéchiffrable. Elizabeth babillait et jouait avec une boucle de cheveux de sa mère.

— Prépare-toi vite, lâcha-t-il finalement, presque de mauvaise grâce. Je te prends devant la maison.

Serrant sa fille contre elle, Sara courut aussitôt la confier à Lou, craignant qu'il ne l'attende pas si elle n'était pas prête à temps.

Peu après, ils traversaient Magnolia Creek, le petit Newberry assis entre eux, sa vieille jument attachée à l'arrière de la voiture.

David fixait la route en essayant de se convaincre qu'il avait emmené Sara pour qu'elle soit en sécurité, alors même qu'il avait engagé Jamie jusqu'à la fin de l'été pour veiller sur elle et sur la maison...

Pour une raison qui lui échappait, il n'avait pu se résoudre à la laisser derrière lui.

Tu voulais être seul avec elle.

Cette pensée le frappa inopinément, et le mit en colère, alors il s'acharna à se persuader qu'il était immunisé contre son charme, et qu'il le prouverait.

226

Il lui était cependant difficile de l'ignorer, malgré la présence de Harold qu'elle tentait de distraire en lui posant des questions sur sa famille, ses frères et sœurs, sa vie. Parfois, il lui glissait un regard furtif. Des petites boucles voletaient autour de son visage. Il les trouvait émouvantes, se maudissant aussitôt de sa faiblesse.

La ferme des Newberry se situait à l'autre bout de la ville et donnait sur des champs où l'on cultivait autrefois le sorgho. Les grandes hampes ressemblaient à celles du maïs sans l'épi, et fleurissaient du Kentucky au Golfe. La mélasse de sorgho était très recherchée. On y trempait des biscuits ou du pain, et elle se vendait trente *cents* le gallon.

Depuis que le grand-père de David avait construit son premier moulin, la culture de cette plante s'était considérablement développée, si bien qu'il en avait acheté un deuxième qui lui avait permis de faire fortune, du moins aux yeux des fermiers de la région.

Depuis la guerre, beaucoup de champs étaient en friche. On commençait lentement à replanter, mais comme il n'y avait plus de moulins, on faisait venir le sorgho d'ailleurs.

Lorsque David arrêta l'attelage devant la vieille maison de bois où son grand-père vivait jadis, et découvrit ce qui restait du moulin, il fut saisi par la nostalgie.

Mme Newberry, une femme d'environ trente-cinq ans, les attendait sous le porche. Elle descendit les marches à toute allure et se précipita vers David.

— Je suis Dinah, se présenta-t-elle en lui prenant la main et en le remerciant d'être venu.

Il attrapa sa trousse et suivit Mme Newberry avec Sara. Harold les avait précédés après avoir détaché sa jument. Il les attendait déjà près du berceau où se trouvait une petite fille d'environ un an. Elle était agitée et brûlante de fièvre, et respirait avec difficulté en émettant un son rauque entrecoupé de sifflements.

Elle avait les cheveux blonds et les yeux bleus, comme son frère. Elle était si petite et sans défense que lorsqu'elle posa sur David son regard confiant, il se prit à regretter de n'avoir pas plutôt une pleine chambrée de soldats blessés à soigner. Les combattants savaient les risques qu'ils prenaient, tandis qu'elle était si jeune, si innocente... Il pria silencieusement le Seigneur de parvenir à la guérir.

Dinah Newberry se tordait les mains quand elle ne les posait pas sur le front brûlant de sa fille pour en écarter les boucles.

— Comment s'appelle-t-elle ? demanda David, qui espérait que ses doutes ne transparaissent pas.

— Violette, répondit la mère d'une voix étranglée.

La petite était trop épuisée pour crier. En dépit de la chaleur, elle avait les jambes emmaillotées de flanelle.

— Lui avez-vous donné un vomitif ? s'enquit David en fouillant dans sa sacoche.

— Non. Je lui ai baigné les pieds dans de l'eau chaude et je l'ai maintenue au chaud.

Il sortit une bouteille de teinture de lobélie et de la poudre de pavot.

— J'aurais besoin d'une cuillère.

Du bruit se fit soudain entendre à la porte, et Harold Newberry père fit irruption dans la pièce au pas de charge.

— Bon sang, Dinah ! Je t'avais dit que je ne voulais pas le voir ici !

Sa femme éclata en sanglots. Sans laisser à David le temps de réagir, Sara s'interposa entre les époux.

— Je vais emmener votre fils dans l'autre pièce, monsieur Newberry, afin que le docteur puisse soigner la petite Violette. Je pense que vous devriez nous suivre, vous aussi.

Elle ébouriffa les cheveux du petit garçon et lui dit :

— Peut-être pourrais-tu me montrer où sont les cuillères ?

— De quel droit entrez-vous chez moi pour venir me donner des ordres ? tonna Newberry.

— Écoutez… intervint David, mais Dinah s'accrocha à la manche de son mari.

— Je t'en prie, Harold, le supplia-t-elle en sanglotant. Je ne veux pas perdre un autre bébé.

L'homme se calma instantanément, jeta un coup d'œil vers le berceau, et suivit Sara sans un mot.

David devait intervenir rapidement. Dinah Newberry transmettait sa nervosité à sa fille qui râlait et sifflait de plus en plus fort.

Sara revint avec la cuillère, et il tenta de faire boire l'émétique à Violette qui s'agita de plus belle, tournant la tête de droite à gauche, refusant d'avaler quoi que ce soit. David soupira en s'essuyant le front sur sa manche.

— Si tu laissais sa mère essayer, suggéra doucement Sara.

Irrité de ne pas y avoir pensé tout seul, David tendit la cuillère à Dinah qui, avec des mots doux et des caresses, parvint à administrer la potion.

Elle continua à lui parler pour la calmer, et lui fit boire une deuxième dose un quart d'heure plus tard. L'enfant vomit enfin, dégageant son estomac en même temps que ses bronches. David demanda alors à Sara de faire bouillir une demi-cuillerée de poivre de Cayenne dans une tasse de vinaigre.

— Mon grand-père a un remède qui marchait toujours contre le croup.

— Sara, si tu veux bien te contenter de faire ce que je te demande…

Elle s'approcha de lui et chuchota :

— Si Mme Newberry pense que nous avons une médication infaillible, elle se sentira mieux, David.

— Nous sommes ici pour soigner Violette, pas sa mère. Tu avais promis de te contenter de m'assister, lui rappela-t-il sur le même ton.

Sara ouvrit la bouche pour répondre, puis y renonça. Elle revint peu après avec la préparation demandée, la posa sur la table et sortit.

— Ne t'éloigne pas, lança David avant de se tourner vers Dinah. Quand la mixture sera suffisamment refroidie pour que vous puissiez la toucher sans vous brûler, trempez-y un linge et frictionnez la gorge et le cou de Violette pendant une dizaine de minutes. Vous en mouillerez ensuite une bande de tissu que vous entourerez autour de sa gorge.

Il constata que la suggestion de Sara était excellente. L'enfant était beaucoup plus calme depuis que sa mère la soignait, et cette dernière aussi.

Il n'aurait su dire combien de temps s'était écoulé quand un coup de fusil déchira le silence.

Une sueur froide lui glaça l'échine tandis qu'il traversait la maison au pas de course, et bondissait sous le porche. Ne voyant personne, il se rua vers la grange en criant :

— Sara ! Sara !

Harold Junior surgit du bâtiment.

— Ils sont près de la porcherie, dit-il en l'entraînant dans cette direction.

Lorsque David tourna à l'angle du poulailler et découvrit Sara, debout près de la porcherie, du sang plein les mains, il crut que son cœur s'arrêtait de battre.

33

David se précipita sur elle, la saisit par les bras, et scruta son visage, les pupilles dilatées, le teint cendreux.

— Que se passe-t-il ? demanda-t-elle d'une voix blanche. C'est Violette… ?

— Qu'est-ce que cela signifie, bon sang ? explosa-t-il.

Dans la porcherie, Harold Newberry traînait un cochon mort en soufflant.

— Inutile de crier, David ?

Il lui tenait toujours les bras. À présent, le sang coulait vers les coudes de la jeune femme.

— Il t'a tiré dessus ? vociféra-t-il.

— Bien sûr que non ! Et cesse de hurler !

— Je hurlerai si je veux. Qu'est-ce que tu fabriques ?

— J'apprends à M. Newberry à préparer une amulette contre le croup.

Elle tendit à l'homme la balle qu'elle serrait dans sa main et prit le chiffon mouillé qu'il lui avait apporté. Tout en s'essuyant, elle lança un coup d'œil au cochon mort.

— Vous devez aplatir la balle et y percer un trou bien net avec un clou, expliqua-t-elle.

— Une *amulette* ? s'étrangla David.

Sara s'approcha de lui et répondit en baissant la voix :

— Cesse de crier, David. M. Newberry et moi nous

en sortons très bien. C'est un des remèdes infaillibles de grand-père.

— Un cochon mort ?

Le père et le fils les écoutaient attentivement.

— Ce n'est pas le cochon. C'est la *balle* que l'on en retire. Une fois réduite en galette et percée comme je l'ai indiqué, on l'attache au cou du bébé, et plus de croup, ajouta-t-elle en claquant des doigts.

David semblait sur le point de la ficeler et de la jeter dans le boghei. Il se passa la main dans les cheveux, sur la nuque, s'éloigna de quelques pas puis revint. Le soleil commençait à décliner, mais il brûlait toujours. Sa chemise aux manches retroussées était trempée de sueur, ses yeux, assombris et perçants.

— Qu'est-ce que tu as ? chuchota Sara.

— Rentre dans la maison. Tout de suite.

— Mais…

Sans la laisser finir sa phrase, il lui agrippa le bras et l'entraîna avec lui. Il ne la lâcha que lorsqu'ils furent dans la petite chambre. Dinah trempait un linge dans la mixture de vinaigre et de poivre qui répandait une odeur acide.

— Assieds-toi là, ordonna David en désignant une chaise près de la porte.

— Je ne…

— *Assieds-toi*, siffla-t-il en plantant son regard dans le sien.

Comprenant qu'il valait mieux ne pas discuter, Sara lui obéit. David se tourna alors vers Dinah et lui montra comment masser les pieds du bébé avec le linge chaud.

Tout en achevant de se nettoyer les mains, la jeune femme songeait aux sortilèges de son grand-père. Elle savait bien que seules les herbes avaient le pouvoir de guérir, mais une amulette apportait la paix de l'esprit au patient et à ceux qui l'entouraient.

David déroula enfin ses manches.

— Je pense qu'elle ne devrait pas tarder à aller mieux. Elle respire déjà plus facilement. Gardez-la bien au chaud. Si la température fraîchissait, faites chauffer une pierre et mettez-la au pied du berceau. Si vous ne constatez pas d'amélioration d'ici demain, envoyez-moi le petit.

— Merci, docteur, murmura Dinah en lui serrant les mains. Je ne sais pas comment…

L'arrivée de son mari l'interrompit.

— Voilà, j'ai suivi les indications de votre femme, docteur, dit-il en lui montrant l'amulette enfilée à un cordon.

David l'ignora, et Sara s'empressa de la prendre. Sans se soucier du silence réprobateur de David, elle l'accrocha au cou du bébé. Fermant les yeux, elle récita une sorte d'incantation. Quand elle les rouvrit, elle s'aperçut que David fulminait.

— Je devrais peut-être t'attendre dans le boghei, suggéra-t-elle.

— Non. Attends-moi sous le porche. Et *pas ailleurs*.

Elle faillit riposter à ce ton autoritaire, mais elle tint sa langue à cause des Newberry, tourna les talons et quitta la pièce.

Dinah remercia de nouveau David quand il prit sa veste et sa sacoche. Il suivit Harold père dans le salon d'où il apercevait Sara, assise dans un fauteuil à bascule, sous le porche. La tête contre le dossier, elle contemplait le paysage.

M. Newberry s'était muré dans un silence renfrogné, mais David n'était pas d'humeur conciliante. Il ne partirait pas avant d'avoir mis les points sur les *i*.

— Je sais que certaines personnes ont du mal à m'accepter à cause de ce que Sara a fait pendant la guerre et, si vous êtes de ceux-là, Newberry, je vous suggère d'emmener Violette se faire soigner à Hopkinsville.

— Je n'ignore pas ce qu'on raconte sur votre femme, et j'ai lu cet article, dans le journal, mais je ne peux pas vous garder rancune. Votre sœur et vous avez été plus que compréhensifs à mon égard. Vous auriez pu nous jeter dehors, ma famille et moi, quand j'ai cessé de payer les traites du moulin après qu'il a brûlé.

— Alors pourquoi n'étiez-vous pas d'accord pour que je vienne ? Pourquoi n'avez-vous pas laissé votre femme m'appeler plus tôt ?

— Ce n'est pas à cause de votre femme, ça non. Elle fait son possible pour se rendre utile. La raison, c'est que je ne peux pas vous payer, avoua-t-il en baissant la tête.

David savait ce qu'il en coûtait à la fierté de Harold d'admettre une chose pareille.

— Lorsque la vie d'un enfant est en jeu, il ne saurait être question d'argent.

— Le moulin ne sera pas en état de marche avant longtemps.

— Où en êtes-vous ?

Newberry parut se détendre un peu. Il se gratta le crâne avec ses ongles salis par le sang du cochon.

— J'ai commencé les réparations. J'ai reconstruit les aubes et l'attelage du mulet, mais il me manque des plateaux d'évaporation si je veux produire suffisamment de molasse. Pour le second, j'ai besoin de matériel et, pour l'instant, même le bois de construction est hors de prix.

En détruisant les moulins, les Yankees avaient mis un terme au commerce sur des kilomètres à la ronde. En dehors du fait que Newberry lui devait de l'argent, David déplorait que l'œuvre de son grand-père ait été réduite à néant. Il ne comprenait pas que le Kentucky soit entré dans l'Union après ce que les Yankees avaient fait à Magnolia Creek ainsi que dans d'autres villes de l'État qui avaient soutenu les confédérés.

— J'aimerais pouvoir vous aider à reconstruire, dit-il à Harold. Si j'avais de l'argent, je vous en aurais prêté, mais cela ne ferait pas arriver le matériel plus vite.

Newberry secoua la tête.

— Je vous dois déjà bien assez comme ça, docteur.

— Et les fermiers du coin ? Je suis sûr qu'ils ne refuseraient pas de vous donner un coup de main dans la mesure où cela leur permettrait de moudre leurs cannes près de chez eux.

— Le problème, c'est que la plupart d'entre eux ont leurs propres réparations à effectuer d'abord.

— Il suffirait peut-être de s'organiser.

— En tout cas, merci, docteur, fit Harold en lui tendant la main. Je suis sacrément gêné de ne pas pouvoir vous payer, mais que diriez-vous de rester dîner avec votre femme ? Nous n'avons pas grand-chose, mais nous partagerons volontiers.

David tourna les yeux vers Sara. Les mains croisées sur les genoux, elle se balançait dans le fauteuil.

— Merci, monsieur Newberry, ce serait avec plaisir, mais je dois retourner au cabinet.

Un cabinet qui était vide, en réalité. Mais David était trop contrarié par Sara pour songer à manger.

34

Au moment de prendre place dans le boghei, David posa sa sacoche sur le plancher et s'aperçut que Sara attendait qu'il l'aide à monter.

S'efforçant de rester indifférent, il lui tendit la main. Leurs yeux se rencontrèrent, mais ce fut elle qui les détourna la première. Quand il la hissa à bord, ses seins effleurèrent sa veste, et il entrevit la dentelle de son jupon lorsqu'elle arrangea ses jupes.

À la fois troublé et irrité, il se dit que plus vite il l'aurait ramenée à la maison mieux cela vaudrait. Il s'installa à son tour, adressa un dernier salut aux Newberry et fit claquer les rênes.

À présent que le petit garçon ne faisait plus rempart entre eux, il devait lutter pour garder les yeux fixés sur la route qui montait et descendait au gré des vallonnements. Ils n'échangèrent pas un mot durant un long moment. L'air était chaud et humide.

La voix de Sara s'éleva soudain par-dessus le martèlement des sabots du cheval.

— David ?

— Quoi ?

— Je ne m'étais pas rendu compte que fabriquer cette amulette pour M. Newberry te contrarierait à ce point.

Ils venaient de franchir un pont qui enjambait un cours d'eau, au milieu d'un bosquet ombragé. David se rangea sur le bas-côté, immobilisa le cheval et tira le frein.

Un geai passa juste au-dessus de l'attelage et se posa sur une branche, tachant la verdure de sa robe azurée. David fit face à Sara. Elle se réfugia au fond de son siège, et lança un coup d'œil alentour, comme si, d'être seule avec lui, elle prenait soudain conscience de sa vulnérabilité.

— Je me moque de ces pratiques stupides.

— Alors pourquoi es-tu si en colère?

Il se sentait désorienté et oppressé. Prenant une longue inspiration, il scruta les pans de ciel bleu entre les feuillages, au-dessus de leurs têtes.

— Quand j'ai entendu ce coup de fusil, j'ai cru que tu étais morte. Quelqu'un a essayé de te tuer... dois-je te le rappeler?

— Ma cicatrice est encore suffisamment fraîche pour que je ne l'oublie pas. Cela n'explique pas ta réaction.

— Comment voulais-tu que je devine ce qui se passait, nom d'un chien? Tu m'avais promis de ne pas t'en mêler, si je t'emmenais.

— Tu recommences à crier.

— Et pour cause!

— Je suis capable de prendre soin de moi, David Talbot.

— Ah, ça oui! s'exclama-t-il avec un rire dur. Tu te fais poignarder, frapper par ton père... *engrosser* et plaquer par le premier crétin qui te fait de l'œil. Effectivement, Sara, tu es capable de prendre soin de toi!

Il n'avait pas prononcé ces paroles qu'il les regrettait déjà, mais c'était trop tard. Sara avait pâli. Des larmes brillaient dans ses yeux, en intensifiant la transparence bleutée.

Il se comportait comme un imbécile, mais le coup de fusil résonnait encore à ses oreilles. Il la revoyait sans cesse les mains rouges de sang, ou inconsciente et ensanglantée sur le seuil de la cuisine. Terrorisé à l'idée qu'elle se fasse de nouveau agresser, il avait perdu la tête.

Pour autant qu'il sache, celui qui avait tenté de l'assassiner rôdait toujours, prêt à recommencer.

Ses reproches l'avaient tellement ébranlée qu'elle semblait sur le point de descendre de voiture. Alors, sans réfléchir, il l'attira dans ses bras, la plaqua contre lui et s'empara de ses lèvres.

Sous l'effet de la surprise, elle entrouvrit la bouche, et il en profita pour approfondir son baiser.

Accrochée à sa chemise, Sara se retrouva pressée contre le dossier en cuir. Ce désir qu'il avait réprimé durant des semaines, des mois, des années explosait, lui faisant perdre totalement le contrôle de lui-même.

Il dévorait ses lèvres avec ardeur tandis qu'elle essayait de se dégager en gémissant. Mais il la désirait trop pour la laisser se dérober. Il insinua la main entre eux et la referma sur un sein. Sara demeura totalement immobile tandis qu'il commençait à ouvrir le devant de sa robe.

Le premier bouton céda facilement, le deuxième aussi. Le troisième sauta sur le plancher, mais elle lui rendait ses baisers à présent. Il insinua la main sous l'étoffe. La douceur de sa peau, sa chaleur, l'érotisme des petites pointes qui durcissaient sous ses doigts achevèrent de mettre ses sens en ébullition. Il frémit, au bord de la jouissance.

Alors il s'obligea à s'arracher à ses lèvres, et appuya son front contre le sien en haletant.

Il avait beau essayer de le nier, de se mentir à lui-même, il la désirait comme au premier jour. Ni le temps ni ce qu'elle avait fait n'y changeaient rien. Son envie d'elle le consumait toujours autant.

Il n'avait pas voulu la toucher, encore moins l'embrasser, mais... ses sens avaient pris le dessus. Sara lui faisait perdre toute maîtrise, et il en serait toujours ainsi.

Elle aussi avait du mal à reprendre son souffle. Il la lâcha lentement, se pencha en avant, les coudes sur les genoux, et se prit la tête entre les mains.

Les mains tremblantes, Sara remit de l'ordre dans sa tenue. Constatant qu'elle avait perdu un bouton, elle se baissa pour le ramasser. David fut plus rapide. Il le lui tendit sans la regarder.

Elle avait souhaité se retrouver seule avec lui pour parler tranquillement, peut-être échanger un doux baiser. Au lieu de cela, il s'était jeté sur elle avec une hargne vengeresse. Elle ne le connaissait pas sous ce jour. Était-ce la guerre qui l'avait changé, ou bien était-elle trop amoureuse de lui pour le voir tel qu'il était, autrefois ?

En tout cas, le message était clair. Il lui tournait à demi le dos, comme s'il ne supportait pas sa vue.

— Très bien, David. Tu viens de prouver à quel point j'étais incapable de me protéger, incapable de résister.

— Je n'avais pas l'intention d'en arriver là.

— Vraiment ? Et que cherchais-tu d'autre ?

Il se tourna enfin vers elle, le visage de marbre.

— Rien. Absolument rien.

— Je vois.

La route se déroulait devant eux, déserte, écrasée de chaleur.

— Et maintenant ?

— Maintenant ? Nous rentrons à la maison, dit-il en soupirant.

35

À peine arrivés, Sara courut se réfugier dans la maison. Elle avait besoin de retrouver le sourire lumineux d'Elizabeth, d'oublier ce qui s'était passé sur la route.

Une délicieuse odeur de pain chaud l'accueillit, mais elle n'y puisa aucun réconfort. Les quelques progrès qu'elle avait cru faire avec David venaient d'être réduits à néant.

Quand allait-elle enfin apprendre à réfléchir avant d'agir ?

David était un homme d'honneur. Quelle que soit la haine qu'elle lui inspirait aujourd'hui, il avait prêté serment en l'épousant, et il le respecterait. Sans doute était-ce aussi ce qui l'empêchait de demander le divorce. Comment expliquer autrement qu'il la garde sous son toit alors qu'il ne l'aimait plus ?

La voix de sa fille lui parvenait du salon, et elle s'y dirigea en essayant de se convaincre que s'accrocher à de vains espoirs leur était nuisible à tous deux.

Quoi qu'elle fasse, il ne lui pardonnerait jamais. Elle n'avait donc plus sa place ni chez lui ni dans sa vie, pas plus qu'Elizabeth n'en avait une dans son cœur. Que dirait-elle à sa fille quand celle-ci se rendrait compte de l'aversion qu'elle lui inspirait ?

Elle avait pris conscience de cela durant leur morne et silencieux retour. En restant, elle ferait leur malheur à tous les trois. En revanche, en demandant le divorce, elle le libérerait de ses vœux et il pourrait refaire sa vie avec une autre.

Elle aimait assez David pour vouloir son bonheur, quand bien même si elle n'y était pas incluse et n'avait pas d'endroit où aller.

Les portes du salon étaient ouvertes. Bien que tamisé par les rideaux en dentelle, le soleil faisait étinceler les chandeliers en cristal et les encadrements des tableaux dorés à l'or fin.

— Maman! s'écria Elizabeth sans pour autant quitter les genoux de Louzanna où elle jouait avec la bague de Mason.

Les traits de sa belle-sœur étaient creusés et son regard si anxieux que Sara la crut au bord d'une crise d'hystérie. Elle pénétra plus avant dans la pièce, et s'arrêta net. Billy, l'un de ses jeunes frères, se tenait devant la fenêtre. Il avait dix ans la dernière fois qu'elle l'avait vu. Aujourd'hui, il en avait seize, était plus grand qu'elle, mince et dégingandé. Il repoussa nerveusement une mèche auburn qui lui barrait le front d'une main aux longs doigts effilés.

Une main de musicien. Il jouait du violon depuis son plus jeune âge. Il écrivait aussi des chansons et divertissait sa famille durant les longues soirées d'hiver. Avec son chapeau de paille informe à la main, son pantalon trop court, sa chemise raccommodée, il semblait déplacé dans le salon des Talbot. Le cœur de Sara se serra, puis elle s'aperçut que ses yeux étaient rouges et tristes, son visage blafard.

— Que se passe-t-il? s'inquiéta-t-elle aussitôt. C'est grand-père. Il est mort, n'est-ce pas?

— Non, c'est lui qui m'envoie te chercher, répondit-il en tremblant de tous ses membres.

— C'est maman?... Oh non! Pas elle!

Le jeune garçon traversa la pièce et lui agrippa les mains.

— Non, Sara, ce n'est pas maman, enfin… pas encore. C'est papa. Il est mort ce matin.

— *Papa ?* répéta-t-elle, incrédule.

Jamais elle n'aurait imaginé que son père puisse mourir. Il n'avait que cinquante-cinq ans et était de constitution robuste. Certes, il comptait beaucoup d'ennemis. Les Collier s'étaient querellés avec nombre de familles qui vivaient dans les basses terres.

— Qui l'a tué ?

— Personne. Il y a une terrible maladie, de l'autre côté de la rivière. Il allait mieux pourtant, mais… ce matin… il s'est mis à saigner de partout, et il est mort. Maman est près de lui. Jane et Fannie sont contaminées.

DeWitt Collier était souvent haineux, cruel et intimidant, mais c'était le père de Sara. Il avait élevé sa famille en subvenant tant bien que mal à leurs besoins, un fouet dans une main et la Bible dans l'autre. C'était au Seigneur de le juger, pas à elle.

— Et les autres ? demanda-t-elle, craignant d'entendre la réponse.

Certains, comme Donnie et Darrel, avaient fondé une famille et quitté les basses terres. De même que Sue et Jo, ses sœurs aînées, qui s'étaient mariées bien avant elle. Il y avait encore Ethan et Ray. Et puis Ronnie qui vivait avec Jo depuis que son père avait failli le tuer, parce qu'un jour, enfant, il s'était habillé en fille.

— Et grand-père ?

— Il va bien. Il m'a envoyé te chercher, ainsi que ton mari.

Sa lèvre inférieure tremblait, et il coula un regard de biais à Louzanna, honteux de laisser transparaître ses sentiments.

Sara l'étreignit, mais il ne lui rendit pas son étreinte de crainte de perdre tout contrôle. Elizabeth courut vers sa mère qui la souleva dans ses bras et déposa un baiser sur son nez. Louzanna s'approcha de Sara.

— N'y va pas, Sara, chuchota-t-elle. Ne te mets pas en danger, je t'en prie.

— Grand-père a besoin de ton aide, Sara, la pressa Billy.

— Je vais venir, répondit-elle. Lou, je ne peux pas faire autrement. Ma famille a besoin de moi.

— La mort est partout dehors, elle nous attend, professa Lou en regardant la fenêtre avec effroi.

Craignant une crise, Sara surmonta sa propre détresse et parvint à sourire.

— Il faut que j'y aille. Je ne serai absente qu'un jour ou deux, fit-elle en lui tendant sa fille. Je vais encore devoir vous laisser Elizabeth, à Jamie et à toi. Tu veux bien veiller sur elle en mon absence, Lou ?

Louzanna promena un regard égaré autour de la pièce, puis la fillette noua les bras autour de son cou. Alors elle se ressaisit et murmura en s'efforçant de sourire :

— Oui, Sara, j'y arriverai. David doit t'accompagner, cette fois.

— T'accompagner où ? demanda ce dernier en entrant dans le salon.

Il vit tout de suite que Sara semblait émue. Des larmes perlaient à ses yeux. Le frêle jeune homme qui se tenait près d'elle lui ressemblait tellement que ce ne pouvait être qu'un Collier.

— Qu'y a-t-il ? ajouta-t-il.

Sara s'empressa de lui présenter son frère. Le jeune homme hocha la tête et se balança d'un pied sur l'autre, mal à l'aise. À son expression, David comprit que quelque chose de grave se passait dans leur famille.

— Mon père est mort, annonça Sara. D'une maladie contagieuse. Grand-père m'a envoyé chercher.

Son ton était si déterminé que David comprit tout de suite qu'il ne servirait à rien de discuter.

Sa première pensée fut qu'ils ne sauraient jamais si c'était DeWitt Collier qui avait poignardé Sara. Il était à cran, et s'en voulait toujours de ce qui s'était passé dans la voiture. Il était en outre fatigué de s'inquiéter sans cesse pour la jeune femme.

Il ne vivait plus, se rongeait en songeant que l'assassin pouvait frapper à tout moment. Il n'en pouvait plus de désirer Sara comme un fou, de se torturer à l'idée qu'elle avait couché avec un autre, et de se demander s'il n'aurait pas pu éviter tout cela en donnant signe de vie plus tôt.

Il avait passé des heures à douter de lui, mais aussi de son amour à elle, de tout ce qu'elle disait ou faisait. Et cependant, il éprouvait le besoin presque vital de la protéger.

— Tu n'as pas à retourner là-bas. Ils n'ont pas voulu de toi, tu ne leur dois rien, protesta-t-il.

Elle s'approcha de lui.

— C'est ma famille, David, dit-elle doucement.

— Ils t'ont jetée dehors et je ne suis toujours pas convaincu que ce n'est pas ton père qui a essayé de te tuer. Tu ne sortiras pas d'ici sans autre protection que ce garçon.

— Tu ne peux pas me demander de leur tourner le dos.

— Ils t'ont bien tourné le dos, eux.

— Parce que mon père les y a obligés. Il n'est plus là, à présent. C'est ma mère qui a besoin de moi, et grand-père compte sur moi. Il voudrait que tu viennes aussi, mais quoi que tu décides, j'irai là-bas, David.

Il se dirigea vers un guéridon, saisit une carafe en cristal et se servit un doigt de whisky avant de se tourner vers Billy Collier.

— Quels sont leurs symptômes?

Le jeune homme resta pantois quand il réalisa que c'était à lui que David s'adressait. Puis il recula d'un pas.

— Qu'est-ce que vous voulez dire ?

— Où ont-ils mal ?

David craignait qu'il ne s'agisse du choléra. De terribles épidémies avaient sévi pendant la guerre, à cause des conditions sanitaires défaillantes. Les Collier vivaient dans les basses terres, souvent inondées au printemps et en été, et mal drainées le reste de l'année.

Billy regarda Sara qui l'encouragea du regard.

— À la tête. Beaucoup. Et ils ont très soif. Papa... est devenu tout jaune. À la fin, il saignait du nez et de la bouche.

— Qu'est-ce que c'est, David ? s'enquit-elle.

Sachant que Lou l'écoutait attentivement, il fit signe à la jeune femme de ne pas insister. À son grand soulagement, elle comprit tout de suite.

— Je n'ai pas assez d'éléments pour poser un diagnostic, se contenta-t-il de répondre.

— Je ne sais pas ce que tu décides, mais moi, j'y vais, décréta-t-elle en saisissant la main de Billy avant de l'entraîner vers la porte.

David lui attrapa le bras lorsqu'elle passa devant lui.

— S'il te plaît, n'essaie pas de m'en empêcher, murmura-t-elle.

Spontanément, il lui caressa le bras du pouce. Sa Sara était une guerrière, mais, si ses craintes étaient fondées, ni elle ni les potions et sortilèges qu'elle concocterait avec son grand-père ne seraient à même de combattre le mal qui frappait les Collier.

— Et si c'était la fièvre jaune ? chuchota-t-il.

— J'irais quand même.

David savait que, pour le bien de tous les habitants de Magnolia Creek, il était de son devoir de la suivre.

Il était le seul médecin des environs et, s'il s'agissait vraiment de la fièvre jaune, il lui faudrait demander au marshal de mettre la ville en quarantaine, car c'était une maladie extrêmement grave.

Sara s'apprêtait à entrer en enfer, et il ne la laisserait pas s'y rendre seule.

36

La nuit déposait son manteau d'ombres sur la forêt. David ne savait absolument pas où il était, mais Sara et Billy avançaient d'un pas très sûr. Ils suivirent un labyrinthe de sentiers et débouchèrent près d'une cabane située dans une petite clairière, sur l'autre rive de Magnolia Creek. Les moustiques abondaient.

Une odeur d'urine, d'excréments et de mort saisit David à la gorge quand il pénétra dans l'unique pièce de l'habitation. Du parchemin graissé recouvrait certaines fenêtres. De l'argile obturait l'espace entre les rondins.

Il se demanda comment une famille de seize personnes avait pu vivre dans un lieu aussi exigu. Il y avait pour tout mobilier une table, des bancs, un lit et quelques objets de première nécessité. Une immense cheminée occupait tout un pan de mur. À côté se trouvait un métier à tisser.

Une échelle bancale donnait accès à un grenier qui couvrait toute la pièce. David avait du mal à imaginer comment un être aussi plein d'allant que Sara avait pu grandir dans un endroit aussi confiné, douteux et déprimant.

Il comprit pourquoi, lorsque le Dr Porter lui avait proposé de s'occuper de Louzanna, elle avait sauté sur l'occasion.

Une femme maigre, aux yeux creux, dont les traits rappelaient vaguement ceux de Sara, vint à leur rencontre. Avant que David ait pu l'en empêcher, Sara la prit dans ses bras, et les deux femmes s'étreignirent en pleurant en silence.

— C'est lui? chuchota Tessa, au bout d'un moment.

— Oui, maman, c'est David. Il est venu vous aider.

Quand leurs regards se croisèrent, Sara détourna vivement le sien. Elle semblait sur ses gardes, et comment l'en blâmer après ce qui s'était passé dans le boghei?

Sara lui présenta sa mère, puis demanda à celle-ci :

— Est-ce qu'il y a eu d'autres… morts, à part papa?

— Non, mais Jane et Fannie sont atteintes. Elles ne vont pas bien. J'ai envoyé Kittie et Arlo chez Jo.

— Où… où est papa? murmura Sara en jetant un regard circulaire, comme si DeWitt allait se matérialiser.

— Donnie et Darrel l'ont enterré dans les bois, cet après-midi. Je n'arrive pas à croire qu'il n'est plus là, ajouta Tessa en s'essuyant les yeux.

— Madame Collier, intervint David d'une voix douce, puis-je voir vos filles?

Elle s'apprêtait à le conduire auprès d'elles quand le grand-père de Sara pénétra dans la pièce. David et lui ne s'étaient pas revus depuis le mariage, au cours duquel ils avaient à peine échangé quelques mots.

Wilkes était grand et droit comme un if. Ses yeux d'un bleu limpide brillaient intensément dans son visage à la peau tannée.

Il salua David d'un hochement de tête.

— Monsieur, fit David, tandis que Sara se jetait dans les bras du vieil homme.

— Je suis heureux que tu sois venue, Sara. Et que tu aies amené ton mari. Suivez-moi.

Il les mena près de l'unique lit, au fond de la pièce, où deux fillettes étaient couchées côte à côte sur un matelas bosselé. Un drap rapiécé les recouvrait, ainsi que tout un tas de vêtements de laine cousus à la main.

Le vieux Dan demanda à Tessa d'apporter la lampe à huile. Sara allait se pencher sur ses sœurs, mais David la retint.

— C'est la fièvre jaune, Sara.

Il avait reconnu les stigmates de la maladie au premier regard. Il devait prévenir Damon Monroe au plus vite pour instaurer la quarantaine autour de Magnolia Creek. Il fallait immédiatement arrêter le ferry.

Dan Wilkes l'observait avec attention.

Tessa Collier revint avec la lampe mais elle tremblait tellement que la lumière oscillait. Wilkes la lui prit des mains.

— Depuis combien de temps sont-elles malades? demanda David.

— Jane a commencé avant Fannie, il y a trois jours.

— Jane a treize ans, Fannie dix, précisa Sara.

— C'est toi, Sara? fit l'aînée d'une toute petite voix.

David tenait toujours le bras de la jeune femme qui se dégagea et s'assit au bord du lit pour prendre la main de sa sœur.

— Oui, Jane. C'est moi, je suis là.

— Tu vas rester?

— Un moment, oui.

— Tu m'as manqué, Sara. Tu m'emmèneras avec toi quand tu partiras?

— Nous verrons, répondit-elle, la gorge nouée.

— Je vais mourir comme papa...

— Non, on va te soigner.

— Promis?

— Promis.

Auprès de Jane, la petite Fannie ne bougeait pas. Elle ne réagissait même pas au son de leurs voix. David leur tâta le front. Leur peau était sèche et chaude, le contour de leurs yeux, jaune. Il ouvrit avec précaution la bouche de Fannie, et Sara réprima un cri. La langue de la fillette était presque noire.

— Est-ce qu'elles ont vomi récemment ? s'enquit-il en prenant le pouls de Fannie.

Elle était si maigre qu'il doutait qu'elle ait la force de lutter contre la maladie.

— Au début seulement, répondit Tessa.

— Quelqu'un d'autre est-il malade ? Vous-même, comment vous sentez-vous ?

— J'ai eu la fièvre jaune il y a quelques années, quand Sara était toute petite. Elle a été malade elle aussi, et plusieurs de mes enfants, mais je ne me rappelle plus lesquels. DeWitt ne l'avait pas attrapée, pour autant que je m'en souviens.

Au moins, Sara était protégée, songea David. D'après ce qu'il avait lu et entendu, la fièvre jaune frappait rarement deux fois. En revanche, rares étaient ceux qui survivaient à la première atteinte.

— Comment les traitez-vous ? demanda-t-il à Wilkes.

Ce dernier s'approcha de Sara et leva la lampe pour éclairer son visage.

— Que ferais-tu, *toi*, Sara ?

La jeune femme observa ses sœurs en fronçant les sourcils.

— Frictions au vinaigre.

— Oui. Quoi d'autre ?

— Infusions de pouliot et d'herbe-aux-chats. Il faut les garder au chaud et les faire transpirer.

— Quoi d'autre ? répéta son grand-père en caressant la pointe de sa longue barbe.

Sara réfléchit en se mordant la lèvre.

— Camomille. Racines de lobélie pour les faire vomir.

— Bien, Sara. Très bien, commenta le vieil homme. C'est exactement ce que j'ai fait.

David écoutait, impressionné. Les herbes qu'elle venait d'énoncer étaient celles que lui-même aurait prescrites, selon ce qu'il avait appris à la faculté. En revanche, ni l'un ni l'autre n'avaient pas parlé d'isoler les malades du reste de la famille ou de la communauté des basses terres.

La médecine actuelle croyait peu à la contamination par contagion, mais David penchait pour la théorie de la transmissibilité des germes. Il pensait que, dès l'instant où ils étaient entrés dans la maison, Sara et lui s'étaient exposés.

— Autre chose, Sara? demanda Dan en scrutant sa petite-fille, comme pour deviner ses pensées.

— Du pavot. Des prières et une amulette.

Se tournant vers David, elle ajouta :

— Un petit sac empli de trois, six ou neuf sortes d'herbes pour conjurer le sort. On y ajoute un cheveu ou un bout d'ongle appartenant au malade. On lui donne une forme de poupée, puis on le ferme en le cousant.

— Si tu allais chez moi pour commencer à les préparer pendant que je parle avec Talbot? suggéra son grand-père.

Sara hésita. Alors David posa une main rassurante sur son épaule. Elle écarquilla les yeux de surprise, et un sourire à fendre le cœur trembla sur ses lèvres. Qu'un simple geste l'émeuve ainsi le bouleversa.

— Vas-y, Sara. Je vais voir que ce que je peux faire pour aider ton grand-père.

— Mais…

— Va.

Il savait qu'elle n'accordait que peu de foi aux pouvoirs des sortilèges, mais elle se pencha sur ses sœurs, leur murmura des paroles réconfortantes en leur caressant le front avant de se diriger vers la porte.

— Vous êtes d'accord avec ce qu'elle a suggéré, Talbot? demanda Wilkes.

— Oui, sur tout, sauf sur l'amulette, dit-il avec l'impression que sa réponse n'étonnait pas le vieil homme. Il y a d'autres choses à faire avant de recourir aux charmes.

— Par exemple ?

— Essayer d'empêcher la maladie de se répandre. Laver les filles et changer le lit. Se nettoyer les mains avant et après les avoir touchées.

— Je n'ai pas d'autres draps, avoua Tessa tristement.

Elle était restée tellement silencieuse que David avait oublié sa présence.

Il était sûr que DeWitt Collier était mort dans ce même lit.

— Installez-les sur tous les linges propres que vous pourrez trouver. Cette literie devrait être brûlée, de même que tous les vêtements que vos filles ou votre mari ont portés.

Parcourant du regard la pauvre pièce dénudée, il songea aux armoires de sa maison qui regorgeaient de linge brodé et soigneusement repassé, et de précieuses couvertures en patchwork. La plupart n'avaient jamais servi, mais Lou les repliait périodiquement pour qu'elles ne se décolorent pas aux pliures.

— Quand j'étais jeune, nous brûlions toujours tout ce qui avait appartenu à un défunt, pour éviter que le diable ne s'y mette, se souvint le vieil homme. Des jours difficiles s'annoncent pour toute la ville. Nous allons être dans l'œil du cyclone, Talbot. Vous pensez être prêt ?

David songea à ses interventions sur les champs de bataille, dans la fumée, au milieu des cris et du sang ; aux intestins qu'il avait remis dans des ventres, aux jambes qu'il avait coupées. Un jour, il en avait eu tellement qu'empilées derrière la tente hôpital, elles formaient un monticule de trois pieds de haut.

— Je ferai de mon mieux. C'est pour cela que vous avez voulu que je vienne avec Sara, n'est-ce pas ?

Pour que je me prépare ? ajouta-t-il en remarquant le regard appuyé de Wilkes.

— Un homme doit connaître son ennemi, acquiesça ce dernier.

Derrière eux, Fannie toussa faiblement. Ils se tournèrent vers elle, et Tessa se précipita soudain à son chevet en criant. Du sang coulait du nez de la fillette.

Était-ce parce que Dan savait sa mort imminente qu'il avait éloigné Sara ? Pour la deuxième fois de la journée, David se sentit impuissant devant un enfant. Il n'y avait plus rien à faire que soulager les petites malades.

Il ôta sa veste, la posa sur un banc avec sa sacoche, et pensa à Sara, le cœur lourd. Aucune potion, aucun remède, aucun sortilège ne pouvait plus rien pour ses sœurs.

37

Dans la petite cabane de son grand-père, Sara achevait de préparer les poupées. Elle s'approcha ensuite de la cheminée pour prononcer les incantations.

— Fièvre, fièvre, quitte-les vite. Laisse Fannie et va-t'en.

Elle répéta trois fois le sortilège, pour chacune des filles, en serrant bien les poupées dans ses mains et en se représentant ses sœurs en bonne santé, jouant devant la cabane.

Lorsque le visage d'Elizabeth se matérialisa devant ses yeux, elle essaya de le chasser pour que la maladie ne saute pas sur sa fille. Cette idée la terrorisait. À ce moment-là, un bruit de pas lui fit tourner la tête. Elle s'attendait à voir son grand-père, mais c'était David qui se tenait sur le seuil.

Il examina la petite pièce bien tenue, les sachets d'herbes qui pendaient au-dessus de l'âtre éclairé par des bougies, les jattes. Son expression était grave, son regard triste.

— Que se passe-t-il ? demanda-t-elle en déglutissant avec peine.

— Fannie vient de succomber. Ton grand-père s'occupe de Jane. Elle lutte toujours.

— J'y vais, décréta Sara, les yeux pleins de larmes.

David lui barra le passage.

— Ton grand-père veut que tu rentres en ville avec moi.

— Je ne peux pas partir maintenant, rétorqua-t-elle en s'essuyant les joues. Il faut la préparer pour l'enterrement. Ma mère…

— C'est la fièvre jaune, Sara. Je dois rentrer pour voir si d'autres cas se sont déclarés, et convaincre Monroe de mettre la ville en quarantaine.

Il la scruta et ajouta doucement :

— Je ne te laisserai pas ici, même pour une seule nuit.

Quelque chose dans son regard était tellement convaincant que les mains de Sara se mirent à trembler autour des poupées.

— Parce que grand-père veut que tu m'emmènes ?

Il secoua la tête et s'approcha d'elle.

— *Je* veux t'emmener, Sara, précisa-t-il en refermant les mains autour de son visage.

Elle retint son souffle tandis qu'il s'approchait plus près, puis ferma les yeux pour ne pas risquer d'aller vers lui et d'être repoussée. Elle attendit, le cœur battant, puis sentit soudain ses lèvres se poser sur les siennes. Cette fois, il l'embrassa avec une tendresse poignante, le genre de tendresse dont elle rêvait avant la désastreuse scène du boghei.

Sans bouger, pour ne pas rompre le charme, elle entrouvrit les lèvres et le laissa y insinuer sa langue. Il ne la tenait pas dans ses bras. Il se contentait de l'embrasser, les mains autour de son visage.

En proie à une irrésistible attirance, leurs corps se frôlèrent, mais David mit fin à ce baiser où s'exprimaient davantage ses doutes et son désir plutôt que son pardon ou une promesse d'amour. C'était cependant un début.

Sara posa la poupée de Fannie sur la cheminée, et garda l'autre pour Jane. Elle essaya de sourire à travers ses larmes, mais n'y parvint pas. Le chagrin l'empêchait de se réjouir de cette lueur d'espoir qu'il venait de lui laisser entrevoir.

— Nous devons rentrer, Sara. Il est trop tard pour appeler à un rassemblement en ville, mais demain, dès la première heure, je commencerai à prévenir tout le monde, et à chercher d'autres cas éventuels.

— Tu crois vraiment que les gens peuvent se transmettre cette fièvre entre eux ?

David essuya ses larmes avec son pouce.

— Personne ne sait de façon certaine comment elle se transmet, mais si elle passe d'une personne à une autre, comme je le crains, nous devons intervenir.

Sara imagina la maladie se répandant tel un mauvais sort et regarda ses mains en songeant de nouveau à Elizabeth. Pouvait-elle contaminer sa fille ?

— J'ai touché mes sœurs, dit-elle. Et toi aussi.

— Ta mère pense que vous avez déjà eu la fièvre jaune, elle et toi. Ton grand-père aussi, probablement. Prions le Seigneur pour qu'elle ait raison. Cette maladie ne frappe pas deux fois, si j'en crois mes lectures. En revanche, nous la transportons peut-être sur nous, sur nos vêtements.

— Qu'allons-nous faire ?

— Retourner en ville, nous laver et rester chez le Dr Porter pour cette nuit. Je réveillerai Jamie pour lui demander de nous apporter des vêtements propres et de brûler ceux-ci. Demain matin, j'irai voir le maire et le marshal.

— La fièvre se cantonne peut-être seulement de ce côté-ci de la rivière.

— Je l'espère, avoua David lui pressant la main.

Mais, à l'évidence, il n'y croyait guère.

La tristesse de Daniel était grande. En l'espace de vingt-quatre heures, il avait perdu un gendre et une petite-fille malgré tous ses efforts.

Épuisé, la Bible à la main, il s'approcha de la grande cheminée en pierre et s'assit près d'une lampe à huile.

Il connaissait ses versets favoris par cœur. Il ne savait pas lire aussi bien que sa grand-mère, mais le simple fait de tenir dans sa main le livre saint relié de cuir le réconfortait. C'était elle qui lui avait légué son savoir de guérisseuse, lui avait enseigné les charmes et les incantations magiques. Ce genre de secrets ne se transmettait que d'une femme à un homme ou d'un homme à une femme. Telle était la règle, de même que rien ne devait être écrit de peur que les pouvoirs ne perdent de leur force.

Il enviait secrètement à Sara sa jeunesse, sa vitalité, sa confiance et sa foi en ses dons de guérisseuse. Il avait fait le bon choix en décidant de lui transmettre ses secrets. Elle était à la fois intelligente et gracieuse, et elle irradiait cette sorte de lumière intérieure capable d'illuminer une pièce, dès lors qu'on était apte à la déceler.

L'attirance qu'elle inspirait à David Talbot était si forte que des étincelles crépitaient dès qu'ils étaient en présence l'un de l'autre. Dan avait deviné au premier regard que sa petite-fille et son mari étaient liés par bien autre chose qu'un serment. La passion, le désir irrépressible qu'ils éprouvaient l'un pour l'autre les enchaînaient, mais il y avait aussi des frustrations, du ressentiment et, chez David, une sombre culpabilité mêlée à une grave humiliation. Leur passé tumultueux les aspirait tel un maelström qui risquait de les séparer.

Tout en les regardant l'un et l'autre, Dan murmura un chant protecteur, particulièrement pour Sara qui s'apprêtait à affronter des moments difficiles. Il fallait rendre des comptes, un jour ou l'autre.

Le chagrin était palpable lorsque les femmes installèrent Fannie sur la table afin de la préparer pour l'enterrement.

La pauvre Tessa semblait ailleurs tandis qu'elle se livrait à cette terrible tâche qu'aucune mère ne devrait jamais avoir à accomplir : laver son enfant pour la dernière fois. Moins stoïque que sa mère, Sara pleurait en silence sur toutes ces années passées sans Fannie, sur l'avenir qu'elles ne verraient jamais ensemble et, par-dessus tout, pour sa mère. À présent qu'elle-même était mère, elle ressentait pleinement sa souffrance, se demandant comment l'on pouvait survivre à une telle tragédie.

De son côté, David s'occupait de Jane. Son courage, son refus têtu de baisser les bras surprenaient agréablement Dan. Les manches retroussées et la sueur au front, il baignait sans relâche les membres de la malade et lui faisait boire régulièrement une infusion d'herbes.

Le vieil homme savait déjà que Jane survivrait. Il avait perçu une légère amélioration de son état, lorsque Sara était sortie préparer les poupées. À son retour, elle en avait donné une à sa sœur. Puis, levant ses yeux pleins de larmes vers lui, elle avait déclaré d'une voix assurée :

— Elle va vivre, grand-père. Notre Jane vivra.

Dan attendit que Tessa ait achevé de coudre le linceul de Fannie pour ordonner à Sara de rentrer avec son mari.

Il ne put lui dire ce que leur réservaient les jours à venir, car il ne le savait pas précisément, mais ils endureraient l'épreuve de l'ombre et de la lumière, de la vie et de la mort. Et ils en sortiraient soit liés à jamais, soit séparés pour toujours.

38

Il était plus de minuit. Sara déambulait au premier étage de la maison du Dr Porter. Vêtue d'une chemise de nuit d'Esther, elle attendait le retour de David. Il l'avait laissée dans une remise où il lui avait tendu une couverture de cheval en lui demandant de se déshabiller et de laisser ses vêtements en tas sur le sol.

Il l'avait ensuite emmenée dans la maison où il l'avait invitée à se laver soigneusement pendant qu'il faisait un saut chez lui pour prévenir Jamie.

Une lampe à la main, Sara examina les deux chambres qui occupaient l'étage et choisit la plus féminine des deux.

Un portrait de Maximus et de sa femme en mariés était suspendu dans un cadre ovale au-dessus du lit. Esther était assise sur le bras d'un fauteuil, dans sa robe blanche, un bouquet de violettes à la main. En songeant qu'ils n'étaient plus de ce monde, Sara sentit son cœur se serrer. Elle se demanda si le Dr Porter aimait déjà sa compagne profondément quand il l'avait épousée, ou si leur amour s'était accru avec le temps.

Une porte claqua au rez-de-chaussée, puis le plancher grinça. Sara posa la lampe sur le bureau et sortit sur le palier. Une lumière se déplaçait en bas.

— David ? appela-t-elle en scrutant l'obscurité.

Elle serra soudain son encolure entre ses doigts glacés.

— C'est toi ?

— Oui, Sara, c'est moi. Retourne te coucher.

— Tu as réveillé Jamie ?

Elle attendit en vain qu'il apparaisse au pied de l'escalier.

— David ?

— Va te coucher, Sara !

— Tout va bien à la maison ? M'as-tu rapporté des vêtements ?

— Oui.

Un nouveau silence.

Pourquoi se montrait-il si peu loquace et restait-il hors de sa vue ? La main sur la rampe, elle commença à descendre.

— Reste là-haut.

Elle s'arrêta.

— Pourquoi ? Tout va bien à la maison ? Et Elizabeth ?

— Il faisait noir. Tout le monde dormait.

Sara avait hâte que cette terrible nuit se termine. Elle était impatiente de retrouver sa fille, de chasser de son esprit l'image obsédante des derniers instants de Fannie, de la souffrance de Jane, du chagrin de sa mère dont les larmes coulaient sur le linceul qu'elle cousait pour sa fille. Il lui faudrait du temps pour faire son deuil, elle le savait.

— Retourne te coucher, Sara.

— Je n'étais pas couchée.

Un long silence, puis elle perçut un soupir irrité.

— Je ne suis pas habillé.

Elle se sentit rougir violemment, et faillit lui rappeler qu'elle l'avait déjà vu nu. Puis elle se ravisa et battit en retraite vers la chambre.

Les marches craquèrent lorsque David monta. Sara tendit la main vers la lampe, attendant que le bruit de ses pas se soit éloigné pour l'éteindre. Son cœur se mit à cogner dans sa poitrine quand ils firent halte devant sa porte.

Attirée par une sorte de force magnétique, Sara se retourna lentement. Il était là, dans l'encadrement de la porte, une simple serviette nouée autour des reins. Il se passa les doigts dans ses cheveux humides. Une cicatrice lui barrait l'épaule, souvenir de la guerre. À le voir si près, à demi nu, une flamme s'alluma en elle. Elle se répandit dans tout son être en même temps qu'un désir farouche et désespéré de s'accrocher à la vie.

David s'exhortait à bouger, à s'éloigner, à courir même, s'il le fallait. N'importe quoi pour rompre le charme. La silhouette de Sara se découpait en contre-jour devant la lampe. À travers le tissu léger de sa chemise de nuit, il distinguait la courbe de ses hanches, la ligne fuselée de ses cuisses. Sa chevelure ruisselait sur ses épaules telle une somptueuse cape.

Il était perdu, submergé par le besoin de la toucher, de sentir la douceur satinée de sa peau, de plonger les doigts dans l'écheveau soyeux de ses cheveux, de s'abreuver à la source de ses lèvres.

Il serra les poings. En dépit de tout, il la désirait toujours. Elle, et aucune autre.

Elle n'appartiendra à aucun autre homme.

Tu es toujours son mari.

Le seul légitimement autorisé à la faire sienne.

S'il franchissait le seuil, il atteindrait un point de non-retour. Le lit était ouvert. Il l'attendait.

Seule ta fierté stupide t'empêche d'aller à elle. La fierté est une bien piètre maîtresse.

Il franchit le seuil. Six pas et il fut devant elle. Elle soutint son regard sans ciller, ses grands yeux bleus rougis par les larmes. Même la conscience de ce qu'elle avait perdu ce soir n'aurait pu tempérer l'ardeur de David.

Sara recula. Et heurta le bureau derrière elle. Un faible cri lui échappa.

Il la rejoignit avant d'avoir pu s'en dissuader, laissa tomber sa serviette et l'attira contre lui. Il écrasa alors sa bouche sur la sienne, sans tendresse. C'était sa faute à elle. Elle lui avait fait perdre tout contrôle en restant silencieuse, immobile devant lui.

Il s'attendait qu'elle résiste, comme dans le boghei. Au lieu de cela, elle gémit contre ses lèvres, et glissa les doigts dans ses cheveux. Ses dernières défenses cédèrent.

Il se frotta contre le fin coton de sa chemise de nuit, comme s'il avait voulu la gommer. Cette faim d'elle qui l'avait tenaillé durant les années de guerre, à laquelle s'ajoutait la frustration de ces dernières semaines de torture où son désir n'avait fait que croître le firent basculer.

Chargé de tout ce que des mots ne sauraient jamais dire, leur baiser s'intensifia. Il la désirait à en mourir et, après cette nuit, le pas serait franchi sans espoir de retour.

D'un mouvement fluide, il la souleva dans ses bras et la porta sur le lit où il s'allongea sur elle sans lui laisser le temps de respirer.

Il voulait être doux, mais ne parvint pas à contenir son ardeur lorsqu'elle se cambra contre lui en murmurant son nom.

Et puis la vision empoisonnée de Sara, *sa femme*, dans les bras d'un autre homme, se superposa. Un homme qui ne méritait même pas de respirer le même air qu'elle.

Il lâcha abruptement sa bouche pour remonter sa chemise de nuit jusqu'à la taille. Du genou, il lui écarta les cuisses, il testa son envie avec son sexe dressé. Elle était chaude et humide, consentante et prête à l'accueillir. Alors, sans hésiter davantage, il la pénétra.

Tu m'appartiens toujours, Sara. Toujours.

Un cri lui échappa, et elle ferma les yeux en se mordant la lèvre. Elle le désirait de tout son être, quand bien même elle savait qu'il la prenait plus par colère que par amour. Le mécontentement et l'indignation avaient finalement eu raison de lui. Il se punissait lui-même autant qu'il la punissait. Et cependant, elle sentait qu'il retenait sa fureur, pour la protéger sans doute. Il avait le pouvoir de lui faire mal, mais il n'en fit rien.

Il donna un nouveau coup de reins, puis s'immobilisa comme pour mettre un terme à ce qu'il avait commencé.

Une larme roula sur la tempe de Sara, puis une autre. Se redressant, il la contempla. Dans ses yeux aussi sombres qu'un puits sans fond couvait la flamme brûlante de la passion.

Une nouvelle larme lui échappa.

— Tu es ma femme, bon sang ! articula-t-il d'une voix rauque, comme s'il souffrait.

Elle ferma les yeux et hocha la tête, laissant libre cours à ses pleurs. Oui, elle était sa femme, et cependant...

Glissant la main au creux de ses reins, elle le pressa de revenir en elle. Elle le désirait tellement qu'elle était prête à se donner à lui même s'il ne l'aimait pas.

Il émit un soupir de résignation, puis, à la grande surprise de Sara, aspira doucement ses larmes. Il pressa les lèvres sur ses paupières closes, déposa une série de baisers légers sur sa bouche.

Bien qu'elle goûtât cette tendresse nouvelle, elle n'y décelait pas la moindre trace d'amour. Ils savaient tous deux ce qu'ils faisaient, et pourquoi. Elle s'arc-bouta, le pressant silencieusement de finir ce qu'il avait commencé. Le désir l'emporta et il céda.

Lentement il s'engouffra en elle puis se retira, et elle dut se retenir pour ne pas crier. De la langue elle traça le contour de son oreille. Son va-et-vient s'intensifia, puis il glissa les mains sous ses reins, la souleva et reprit son tempo infernal. Plus vite. Plus fort.

Elle s'accordait à son rythme fou, les talons enfoncés dans le matelas, haletante, éperdue de plaisir.

Lorsqu'il la sentit au bord de l'extase, il s'interrompit jusqu'à ce qu'elle le supplie de continuer. Alors, sans prévenir, il donna un puissant coup de reins. La tête de lit cogna contre le mur. Il émit un grognement, frissonna violemment. À l'instant où le plaisir explosa en lui, Sara eut la sensation que son propre corps volait en éclats, se transformait en une poussière d'étoiles aveuglante. Un crépitement divin. Total. Qui la parcourut jusqu'au bout des ongles.

Lorsqu'elle revint à elle, son cœur battait à ses oreilles en même temps que le son rauque de sa respiration.

La flamme de la lampe à huile crachota puis s'éteignit. David sentait leurs cœurs cogner à l'unisson. Il demeura immobile et silencieux, essayant de se convaincre que cela n'avait pas d'importance.

Il était sans forces, les membres en plomb, mais le soulagement consécutif au plaisir fut de courte durée. Il ne fut pas long à s'apercevoir qu'il nageait toujours en plein désarroi.

Les larmes de Sara avaient creusé une brèche dans la carapace derrière laquelle il se protégeait, le ramenant à la raison. Cet acte qu'il avait entrepris dans la colère s'était achevé dans la tendresse. Un sentiment qu'il ne se croyait plus capable d'éprouver et d'exprimer.

Il se retira d'elle, roula sur le côté et replia le bras sur ses yeux. Sara rabattit sa chemise de nuit sur ses jambes.

Ils reposaient côte à côte, dans un silence tendu, puis il tourna la tête et contempla son profil dans la pénombre, tandis qu'elle fixait le plafond.

Il se haïssait d'être aussi faible mais n'en était pas surpris. Sara avait toujours eu le don de lui faire perdre sa lucidité.

— Rien n'a changé, tu sais, dit-il d'une voix dure.

Il n'avait pas prévu de lui faire l'amour, et n'avait certainement pas songé à ce qu'il lui dirait après.

— Je sais… Je comprends.

— Tu crois ?

— Oui. Un homme… a des besoins. Nous vivons sous le même toit, cela devait arriver un jour ou l'autre.

Il se sentait comme mort à l'intérieur, ne se reconnaissait pas. Quand et comment était-il devenu étranger à lui-même ?

— Sans doute, admit-elle au bout d'un moment.

— Il ne s'agissait que d'un soulagement physique, Sara. Rien de plus.

Cette fois, elle ne répondit pas.

Étendue dans le noir, Sara se sentait plus seule que jamais, même avec David auprès d'elle. Il finit par rouler au bord du lit. Elle l'entendit se lever, et récupérer sa serviette.

— Tes vêtements propres sont sur la table, dans l'entrée, dit-il avant de sortir. Je me lève tôt demain, pour voir le maire et le marshal.

— Est-ce que je risque de contaminer Elizabeth en rentrant à la maison ?

Elle avait hâte de se réfugier loin de lui, pour apaiser sa peine.

— Je ne peux rien dire avec certitude.

— Dans ce cas, je ne rentre pas. Je ne veux pas prendre de risque.

Elle se rendit compte qu'elle avait parlé de « la maison », comme si elle avait été chez elle à Talbot House. Ce ne serait pas le cas tant qu'il n'aurait pas accepté la vérité et qu'il ne lui aurait pas pardonné.

En attendant, elle continuerait de faire ce qu'il fallait pour assurer la sécurité de sa fille.

39

David se trouvait au palais de justice de Magnolia Creek, une bâtisse que son grand-père avait fait construire trente ans plus tôt. Il s'agissait d'un imposant édifice en brique, pourvu d'un portique de style grec avec des colonnes doriques et d'une coupole octogonale qui lui conféraient une certaine majesté.

L'horloge venait de sonner 11 heures. Il parcourut du regard la foule rassemblée dans la salle bondée en espérant qu'il n'était pas trop tard pour éviter l'épidémie de fièvre jaune.

L'air important, Abel Foster s'assit à l'autre bout de l'estrade, saluant d'un signe de tête les gens qui continuaient d'affluer.

David songea aux paroles de Daniel Wilkes : « Un homme doit connaître son ennemi. » Sara dormait encore lorsqu'il était parti. Il avait commencé sa tournée par Abel Foster. Il lui avait fait part de ses intentions et avait demandé le soutien de *La Sentinelle* au cas où sa proposition de mise en quarantaine rencontrerait des objections. Abel avait accepté sans discuter, et David avait soupçonné la visite de Sara d'être pour quelque chose dans ce revirement.

Ils s'étaient rendus ensemble chez le maire pour lui exposer la situation. Craignant de provoquer une panique générale, Langston, un homme chauve et corpulent, avait commencé par se montrer réticent. Il avait mis en doute le diagnostic de David, s'était interrogé sur son expérience, et même sur ses motivations.

— Drôle de façon de fêter votre retour, Talbot. Personne n'est malade, à ma connaissance, et encore moins atteint de fièvre jaune.

— Êtes-vous allé dans chaque foyer pour affirmer une telle chose ? Si la fièvre frappe, pourrez-vous regarder les gens dans les yeux et leur dire que vous saviez, mais que vous n'avez rien fait pour les prévenir ?

Après une discussion orageuse pendant laquelle David avait rappelé au maire qu'Abel l'accompagnait en tant que journaliste chargé d'informer la population, George Langston avait fini par céder. Il les avait même menés personnellement au bureau du marshal.

Comme les trois hommes passaient devant le bazar, Witham Spalding et ses copains leur avaient emboîté le pas, heureux de trouver une occasion de se rendre plus utiles qu'en restant assis toute la journée sur un banc, à écraser des moustiques.

Le marshal avait chargé Witham et ses acolytes de faire du porte-à-porte pour demander à chacun de se manifester, si une personne de leur connaissance souffrait de fièvre ou de l'un des symptômes que David leur avait décrits.

À peine une heure plus tard, la nouvelle s'était répandue comme une traînée de poudre. Certains se précipitèrent chez le maire pour demander une réunion extraordinaire de toute la ville, d'autres commencèrent à faire leurs bagages pour s'enfuir.

À présent, les citoyens qui s'étaient rassemblés se mettaient potentiellement en danger les uns les autres, tandis que ceux qui quittaient la ville risquaient de répandre la maladie.

Les portes du palais de justice étaient grandes ouvertes. Certains s'étaient réfugiés à l'ombre des arbres. Des familles entières, mortes d'angoisse, se pressaient dans la salle du tribunal.

Les chaises craquaient, les mères s'efforçaient de faire taire leurs enfants. David était assis là où son grand-père avait jadis inauguré le bâtiment. La tension allait grandissant. Assise au premier rang, Minnie Foster l'ignorait.

Le maire arriva enfin, prit le temps de saluer les uns et les autres. Une fois sur l'estrade, il réclama l'attention.

— Je suis sûr que vous connaissez tous le Dr Talbot, commença-t-il.

Des murmures s'élevèrent, suivis d'un silence crispé.

Dissimulant son émotion, David affronta vaillamment la foule, défiant quiconque de dire un mot contre Sara. Il n'avait peut-être pas oublié ce qu'elle avait fait, mais jamais il ne permettrait à quiconque de l'incriminer.

— Le médecin ici présent dit qu'il y a la fièvre jaune de l'autre côté de la rivière, chez les Collier, poursuivit le maire.

— Comment sait-il qu'il s'agit de fièvre jaune et pas de choléra ? cria quelqu'un. Il n'y a pas eu d'épidémie de fièvre jaune depuis des années.

David voulut répondre, mais Langston le précéda.

— Talbot a étudié à la faculté de médecine. Je pense qu'il sait de quoi il parle. Il suggère de mettre la ville en quarantaine jusqu'à ce que le danger soit passé.

— J'ai un taureau à vendre, lança un fermier. La guerre est finie, le commerce peut enfin reprendre, ce n'est pas le moment de fermer les routes !

— À quoi ça servirait, de toute façon ? enchaîna un vieil homme. Si la fièvre jaune est là, ce n'est pas en nous isolant qu'on l'empêchera de sévir. De toute façon, des familles sont déjà parties.

Un homme plus jeune, avec un enfant dans les bras, prit la parole à son tour :

— Vous ne trouvez pas qu'on a déjà assez souffert ? Si le moindre danger menace ma famille, moi je dis qu'il faut écouter le docteur et fermer les routes jusqu'à ce que le risque soit écarté.

Des protestations s'élevèrent, et un chaud débat s'engagea entre adversaires et partisans de la quarantaine. Les uns vociféraient, d'autres étaient prêts à en venir aux mains. Une vieille femme brandissait son ombrelle.

David émit un sifflement strident et le calme revint.

— Il est inutile de s'affoler. Je veux seulement savoir si certains d'entre vous ont eu des proches atteints de fièvre, récemment, ou si vous avez eu des visiteurs arrivés par le bac.

Trois familles levèrent le doigt pour dire qu'ils avaient reçu des invités qui avaient pris le bac, mais aucun d'entre eux n'était resté plus de deux jours ni n'avait paru souffrant.

Un autre homme leva la main.

— Je suis Nate Dickens. J'habite un peu plus bas, dans la vallée. Mon fils de vingt ans a eu de la fièvre et de violents maux de tête, il y a quelques jours, mais il allait mieux ce matin.

Le cœur de David se serra. La fièvre jaune attaquait, semblait disparaître, puis revenait en force. Il s'apprêtait à répondre quand un mouvement au fond de la salle attira son attention. Une silhouette élancée se découpait en contre-jour entre les doubles portes. Sara.

Sara s'était réveillée tard dans la maison vide. Après s'être habillée rapidement, elle s'était sentie trop nerveuse pour manger et elle était sortie. Plusieurs attelages remontaient la rue. Tous allaient dans la même direction. Devinant qu'il se passait quelque chose, elle suivit le mouvement.

Personne ne la remarqua lorsqu'elle se glissa au fond de la salle du palais de justice. Tous les yeux étaient fixés sur l'orateur. Ou presque. Alors qu'elle prenait place derrière la dernière rangée de chaises, elle vit une vieille femme froncer les sourcils et se déplacer pour ne pas se trouver près d'elle.

Sara l'ignora et se concentra sur David. Il était si séduisant, si fort, si fier. Près de lui étaient assis le marshal et Abel Foster, un stylo à la main, plus fat que jamais.

Un frisson la parcourut à la vue de ce dernier. David décrivait les symptômes de la fièvre jaune quand, non loin d'elle, une femme saisit brusquement la main de sa fille, se leva et remonta l'allée pour quitter la salle en toute hâte, une expression d'effroi sur le visage.

Son départ précipité ne passa pas inaperçu. Des têtes se tournèrent. Des regards anxieux s'échangèrent. Les gens commencèrent à s'agiter nerveusement sur leurs chaises.

— Céder à la panique ne ferait qu'aggraver les choses, continua David d'un ton ferme.

Sara admira sa façon de contrôler la foule apeurée. Il échangea quelques mots avec l'homme corpulent assis à ses côtés, le maire supposa-t-elle.

Le boucher, qui n'avait pas pris le temps d'ôter son tablier taché de sang, se leva.

— Qui nous dit que Talbot ne se trompe pas ? Pourquoi ne pas demander à un autre médecin d'examiner les gens des basses terres, histoire d'avoir un autre avis ?

David était atterré.

— Le temps de faire venir un médecin de Hopkinsville, la fièvre se sera répandue partout.

— Pour l'instant, personne en ville n'a été atteint ! cria quelqu'un.

Une voix féminine s'éleva :

— Vous vous êtes trompé sur votre femme, David Talbot. Qu'est-ce qui nous dit que vous ne vous trompez pas de nouveau aujourd'hui ? Et si c'était pour vous un moyen d'avoir enfin quelques patients ?

Sara aurait voulu disparaître sous terre tant elle avait honte. Si l'insulte affecta David, il ne le montra pas. Au contraire, il avança vers la foule.

— Laissez ma femme en dehors de cela ! riposta-t-il. Il y a la fièvre jaune de l'autre côté de la rivière, que vous me croyiez ou non ! La nuit dernière, j'ai vu mourir une fillette de dix ans, et sa sœur est dans un état critique, mais nous avons peut-être pu la sauver. Si vous tenez à exposer vos familles à la mort, je ne peux rien pour vous. Quand quelqu'un se mettra à vomir du sang, vous irez appeler un *autre* médecin pour avoir son avis. Vous avez tous bien plus à perdre que moi.

Sara était rouge d'embarras, mais son cœur s'était réchauffé. David venait de prendre sa défense devant toute la ville.

Witham Spalding se leva.

— Que décidez-vous, monsieur le maire ?

Langston se tourna vers David et écouta son instinct.

— Je laisse carte blanche au Dr Talbot.

— Je vais aller chez M. Dickens pour examiner son fils. S'il s'avère qu'il a la fièvre jaune, je mettrai sa maison en quarantaine, et je demanderai au marshal Monroe de fermer les routes.

Un violent chahut accueillit cette annonce, et une partie des personnes présentes se ruèrent vers la première sortie. Le marshal cria un ordre, et les citoyens restants se rassirent en silence.

Le maire acheva son discours, rappelant que les habitants de Magnolia Creek s'étaient toujours entraidés et qu'il ne doutait pas qu'ils continueraient. La réunion fut enfin terminée et la salle se vida.

David prit sa sacoche et remonta l'allée centrale. Sara ignorait s'il l'avait vue, mais quand il arriva à la dernière rangée de chaises, il s'arrêta et se tourna vers elle.

Elle le dévisagea avec émotion, essayant de deviner ce qu'il ressentait.

— Je te raccompagne, dit-il d'un ton distant.

Elle hocha la tête, et ils se retrouvèrent dehors, sous un soleil aveuglant. Plissant les yeux, elle plaça la main en visière.

— C'est elle, murmura quelqu'un près d'eux.

Sara releva le menton et regarda droit devant elle.

Aux côtés de David, dans la chaleur humide de midi, elle sentait encore la pression de ses lèvres sur les siennes, celles de ses mains sur son corps. Jamais elle n'oublierait la façon dont il l'avait pénétrée, dont il avait bougé en elle. La nuit dernière, son désir désespéré, son espoir d'une résurrection de leur mariage n'avaient fait que s'accroître.

Et puis, il l'avait défendue à l'intérieur du tribunal. Il l'avait même appelée *sa femme*. Elle essayait de se persuader qu'il gardait quelque sentiment pour elle après leur étreinte de la nuit passée, malgré la froideur de sa réaction après coup. Il ne pouvait décemment pas l'avoir déjà chassée de son esprit.

Pourtant, en observant la ligne ferme de son profil, sa mâchoire carrée, son maintien déterminé, elle se demanda s'il se souvenait plus de leur nuit d'amour que de ce qu'il avait mangé au petit-déjeuner, l'avant-veille…

Nate Dickens les attendait au bas des marches du palais de justice. Il salua brièvement Sara. S'il avait une quelconque objection à sa présence, il ne l'exprima pas.

— Je vous emmène à la maison voir mon fils. J'espère que je ne vous fais pas perdre votre temps.

— La sécurité avant tout, Nate. Je prends mon propre boghei. Je dois... déposer ma femme au cabinet.

— Je t'accompagne, dit Sara en s'approchant de lui.

David sembla sur le point de refuser, mais il n'en fit rien. Ils se dirigèrent alors vers la vieille voiture de Maximus, garée en bordure du square. Les gens, rassemblés en petits groupes, les suivirent du regard.

Il lui tendit la main sans un mot, puis s'installa près d'elle.

— Tu vas avoir besoin de mon aide, dit-elle. Grand-père l'avait prédit.

Son visage se durcit. Il actionna les rênes et le cheval bai s'engagea sur la route, derrière l'attelage de Nate Dickens.

— Que feras-tu si son fils a la fièvre jaune?

— J'installerai un hôpital provisoire dans la vieille écurie de louage, au bout de Birch Lane. Monroe m'a dit qu'elle était vide depuis la guerre. Nous isolerons les malades du reste de la ville, et nous les soignerons là, si leur famille accepte de les y conduire. Certains préféreront s'isoler chez eux.

— Tu ne peux pas t'occuper tout seul de tout le monde, David. Si la maladie se répand rapidement, tu auras besoin de moi. En outre, si je ne peux pas retourner auprès d'Elizabeth, je vais être folle d'inquiétude. Laisse-moi t'aider, s'il te plaît.

Il négocia un virage puis tourna les yeux vers elle. Un long silence s'écoula.

— Seulement si ta présence ne fait fuir personne, répondit-il enfin.

40

Deux semaines plus tard, dans les bras de Louzanna, Elizabeth faisait de grands signes à sa mère, par la fenêtre ouverte du jardin d'hiver. Sara se tenait au milieu du jardin de derrière. Elle ne s'approchait pas davantage.

— Combien de temps va durer la quarantaine ? cria Louzanna en essayant de se faire entendre par-dessus les hurlements de la fillette.

— Maman ! Maman ! Viens, maman !

— Nous l'ignorons. Trois nouveaux cas se sont déclarés dans une même famille, il y a deux jours.

La frayeur oppressait le cœur de Louzanna, mais elle s'efforça d'être forte, de respirer calmement. Elle devait penser à Elizabeth, elle était sous sa responsabilité, Sara comptait sur elle. Ils avaient tous besoin d'elle. Elle devait tenir le coup jusqu'à ce que le danger soit passé.

Elizabeth se débattait tellement qu'elle dut la poser sur le sol. Elle se précipita aussitôt contre la porte et tenta de l'ouvrir en appelant sa mère à pleins poumons.

Au bord de la panique, Louzanna s'évertuait en vain à remettre en place quelques mèches folles. De longues boucles pendaient dans son dos. Ses vêtements sombres lui collaient à la peau. Il faisait une chaleur accablante.

Elizabeth donna un dernier coup contre la porte et finit par s'écrouler, en sanglots.

Dehors, Sara était au bord des larmes. Triturant ses jupes, elle tenta de consoler verbalement sa fille et s'excusa auprès de Louzanna.

— Ne t'inquiète pas, répondit celle-ci. Elle s'arrêtera de pleurer dès que tu seras partie. Je l'emmènerai dans le salon, nous tirerons les rideaux pour garder un peu de fraîcheur, et elle fera un somme.

— Où est Jamie?

— Dans le grand salon. Il époussette les rayonnages. Fais attention à toi, Sara, et prends soin de David. Nous allons très bien, ici, ne t'en fais pas pour nous.

Louzanna considérait un peu Elizabeth comme l'enfant qu'elle n'avait jamais eu. Elle se prenait souvent à souhaiter que David s'aperçoive enfin à quel point Sara était précieuse, douce, intelligente, adorable, et qu'il l'aime comme avant.

Sara s'essuya vivement les yeux, empoigna ses jupes et repartit en courant. Louzanna souleva l'enfant hoquetante dans ses bras et se retourna : Jamie se tenait sur le pas de la porte, une échelle à la main.

— C'était Mlle Sara? s'enquit-il en jetant un regard anxieux dans le jardin. Comment vont-ils?

— De nouveaux cas de fièvre jaune se sont déclarés, répondit Louzanna en soupirant. J'espère au moins que cela permettra aux habitants de Magnolia Creek de comprendre combien David est important pour leur ville. Sara et lui risquent leur vie en soignant les malades.

Elle savait que, si elle commençait à penser aux dangers que son frère et sa belle-sœur affrontaient quotidiennement, elle flancherait. Sa raison ne tenait qu'à un fil, mais elle devait s'y accrocher coûte que coûte.

Jamie tendit la main vers Elizabeth et lui pinça le bout du nez. D'abord boudeuse, la fillette enfouit le visage dans le cou de Louzanna en riant. Celle-ci sentait un calme bienfaisant l'envelopper peu à peu tel un baume.

Elle essaya de sourire à Jamie. Cet homme solide et bon faisait partie de la famille depuis si longtemps qu'elle considérait sa loyauté comme acquise. Il lui vint soudain à l'esprit qu'elle ne l'avait jamais remercié pour tout ce qu'il avait fait pour eux.

Comme il allait s'en retourner, elle le retint par le bras.

— Jamie, attendez.

Il fronça les sourcils et baissa les yeux sur la main posée sur son bras.

— Oui, mademoiselle Lou?

— Je voulais seulement que vous sachiez combien j'apprécie que vous soyez resté. Si vous étiez rentré à New York, comme vous l'aviez prévu, vous seriez en sécurité. Sara essaie de nous rassurer en nous disant que seulement quelques cas se déclarent chaque jour mais...

— Ne vous en faites pas, mademoiselle Lou. Je resterai ici aussi longtemps que vous aurez besoin de moi.

Surprise et troublée par l'émotion qu'elle avait lue dans son regard, Louzanna le regarda s'éloigner en négociant ses virages avec l'échelle. Puis elle referma les doigts sur la bague de Mason, qu'elle pressa contre son cœur.

Depuis un peu plus de trois semaines, Magnolia Creek se battait contre la fièvre jaune. Contrairement à ce que David redoutait, les objections à la présence de Sara à ses côtés cédèrent face à la nécessité.

Les vieux comme les jeunes s'inclinèrent peu à peu devant le courage et l'assurance de la jeune femme. La plupart du temps, David et elle soignaient les victimes de l'épidémie dans l'écurie, sauf celles dont les proches refusaient de se séparer – en général, des mères qui ne voulaient pas quitter leur enfant, jusqu'à ce qu'elles tombent malades à leur tour.

Une vieille femme, Lorna Pickering, insista pour leur prêter assistance. Estimant que de toute façon il fallait bien mourir de quelque chose, elle préférait se rendre utile plutôt que de rester chez elle à se morfondre. Même à présent, alors qu'il ne restait qu'une demi-douzaine de patients à soigner, Mme Pickering travaillait à leurs côtés sans relâche.

Espérant que le pire était passé, David s'attarda à observer Sara qui allait d'une couche à l'autre, tâtant les fronts, donnant à boire, ajustant les couvertures, réconfortant les uns et les autres. Elle murmurait toujours des paroles apaisantes à ses patients quand elle les frictionnait au vinaigre.

Isoler les malades n'avait pas suffi à enrayer l'épidémie, ce qui remettait en cause la théorie de David sur la contagion. Malgré leurs efforts, une cinquantaine de citoyens avaient attrapé la fièvre jaune, la plupart dès la première semaine.

Pour l'instant, trente-trois étaient morts. David tenait un registre où il inscrivait les nom et âge des victimes, les rapports entre eux, leurs symptômes. Sa seule certitude était que peu d'entre eux survivaient, une fois le stade final de la maladie atteint.

Comme si elle avait senti son regard sur elle, Sara tourna la tête. Elle tenait des linges sales à la main. Ses yeux étaient cernés, son visage empreint d'une tristesse qu'elle laissait rarement transparaître. Elle lui adressa un faible sourire, s'essuya le front de sa manche, se dirigea vers le fond du bâtiment délabré et sortit dans la nuit.

Derrière l'écurie, la lueur dansante d'un feu projetait des ombres macabres. Il brûlait jour et nuit, alimenté par les linges, les couvertures et les draps souillés.

David avait cru connaître le summum de l'horreur dans les hôpitaux militaires, mais à présent qu'il rabattait un drap sur le visage d'Elsie Jackman, la femme de son ami Keith, il se demandait s'il n'avait pas rapporté la tragédie avec lui.

La pauvre Elsie ne verrait plus le jour se lever, ne serrerait plus ses enfants dans ses bras. Elle avait refusé l'aide de Sara jusqu'au bout. David marcha à pas lents jusqu'à l'entrée de l'écurie. Keith et ses enfants attendaient des nouvelles, de l'autre côté de la rue.

Aspirant une grande bouffée d'air frais, il rejoignit son ami. Près de lui, un jeune garçon tenait sa petite sœur dans ses bras. David ouvrit la bouche, mais aucun son n'en sortit. Alors il secoua la tête en signe d'impuissance.

Les épaules de Keith s'affaissèrent. Le garçon appuya le visage contre la hanche de son père et se mit à pleurer. Affligé, David fit demi-tour sans rien dire, écœuré de ne pouvoir rien faire d'autre que regarder les gens mourir. Il avait envie de s'étendre quelque part et de dormir jusqu'à ce que l'épidémie soit passée. Au lieu de cela, il retourna dans l'enfer.

Une jeune fille de dix-sept ans qui avait manqué son mariage réclamait de l'eau. Il lui donna à boire dans une timbale en argent que sa mère avait apportée avec quelques autres objets précieux, pour qu'ils accompagnent sa fille dans son ultime voyage. Il caressa le front de la malade, se releva lentement et se lava les mains une fois de plus. Elles étaient gercées et desséchées par le savon.

Les bras serrés autour d'elle, Sara contemplait le ciel étoilé en se balançant d'un pied sur l'autre. Elle était aussi épuisée que lui. Il s'approcha d'elle et fut tenté de l'envelopper de ses bras, de la presser contre lui pour la réconforter. Il ne l'avait plus touchée depuis la nuit où ils étaient revenus de chez les Collier.

— Ça va, Sara ?

Elle pivota sur ses talons.

— Je ne t'avais pas entendu arriver. Et toi, comment te sens-tu ?

Elle fit un pas vers lui, puis s'immobilisa.

— Fatigué, c'est tout.

— J'ai mal partout, avoua-t-elle en se massant l'épaule.

Il franchit aussitôt l'espace qui les séparait et lui tâta le front.

— Je vais bien, je t'assure ! protesta-t-elle. C'est la fatigue, rien de plus.

— Pourquoi ne rentres-tu pas à la maison pour dormir un peu ?

Lorsqu'ils étaient trop éreintés, ils se relayaient pour se reposer chez le Dr Porter. Ils n'avaient pas dormi sous le même toit depuis cette fameuse nuit où ils avaient fait l'amour.

— Ça va aller.

— Il n'y a pas eu de nouveaux cas depuis quarante-huit heures, dit-il.

— C'est ce que j'avais cru remarquer. Tu crois que c'est bientôt terminé ?

— On ne peut qu'espérer, et prier.

Elle semblait tellement perdue, tellement seule que David s'en émut. Elizabeth lui manquait terriblement, il le savait. Il songea à lui tendre la main, mais même ce simple geste impliquerait son cœur, et il n'avait pas le courage ou la force de la laisser le lui briser une deuxième fois.

— Je ne sais pas comment tu peux travailler ici jour après jour, à te dévouer ainsi pour tous ces gens qui t'ont rejetée.

Sara fronça les sourcils.

— Cela signifie que tu ne me connais pas du tout.

Elle avait raison. Il connaissait son corps, qui le faisait trembler de désir. Il savait qu'à dix-sept ans, elle avait tout fait pour devenir sa femme. Mais que savait-il de celle qu'elle était aujourd'hui ?

Depuis son retour, il n'avait été que colère et amertume, et n'avait pas pris le temps de s'intéresser à elle, de se demander quels étaient ses rêves, à quoi elle aspirait.

— Je n'y serais jamais arrivé sans toi, Sara.

Les mots lui étaient venus sans effort, car ils ne faisaient que refléter la réalité. Animée d'un courage à toute épreuve, elle lui avait donné la force de continuer quand il tenait à peine debout.

Son compliment parut la surprendre, ce qui laissait deviner qu'elle n'attendait pas grand-chose de lui...

— Je suis heureuse de me rendre utile. J'ai toujours voulu t'assister dans ton travail, enfin... avant.

Les yeux rivés sur le feu, elle enchaîna :

— Elizabeth me manque.

Elle mentionnait rarement la fillette devant lui, mais lui avait-il jamais donné des raisons de penser qu'il s'en souciait ?

— Je... m'en doute, murmura-t-il, se reprochant de ne pas avoir évoqué le sujet lui-même.

Une chouette hulula quelque part derrière eux, et Sara frissonna.

— Qu'y a-t-il ?

— C'est un mauvais présage. Grand-père jetterait du sel dans le feu pour annuler le mauvais sort.

— Je ne vois pas comment les choses pourraient aller plus mal, observa-t-il avec un rire sans joie.

— Nous arrivons peut-être au bout de nos peines.

Le bruit d'un attelage se fit entendre et une charrette s'arrêta peu après près de l'écurie. Le conducteur cria pour immobiliser les chevaux. David songea alors à Elsie, à son regard égaré vers la fin. Il avait pris l'habitude d'accompagner l'entrepreneur des pompes funèbres au cimetière où des cercueils en pin attendaient près des tombes ouvertes. C'était au tour de la femme de Keith, ce soir.

— Je n'en ai pas pour longtemps, dit-il à Sara.

Il répugnait toujours à la laisser seule, mais son agresseur ne s'étant pas manifesté depuis des semaines, et la plupart des gens évitant de venir à l'écurie, il avait relâché sa vigilance.

— Essaie de dormir un peu, lui conseilla-t-il. Mais attends-moi pour rentrer à la maison. Je préfère t'accompagner.

— Merci, David, souffla-t-elle sans le regarder.

— Je ne suis pas un ogre, tu sais.

— Tu m'as permis de rester. La plupart des hommes auraient refusé.

— Tu es toujours ma femme, murmura-t-il.

— Nous pourrions divorcer.

L'estomac de David se contracta.

— C'est ce que tu veux ?

Sara se figea. La chouette hulula de nouveau et le feu vacilla.

Elle le laissa s'éloigner sans lui répondre.

Elle le suivit des yeux et faillit se précipiter derrière lui, lui prendre la main et lui assurer qu'ils surmonteraient tout cela, que la dernière chose qu'elle souhaitait était un divorce. Et cependant, elle n'était plus vraiment sûre de rien tout à coup...

Son regard se perdit de nouveau dans les flammes, mais elle ne resta pas seule bien longtemps. Un homme apparut au coin de l'écurie et se dirigea vers elle sans hésiter. Il était grand, large d'épaules, et marchait d'un pas rapide.

L'espace d'un instant, Sara s'illumina, croyant que c'était David qui revenait, mais elle s'aperçut très vite qu'elle s'était trompée. Reconnaissant Abel Foster, elle battit en retraite vers l'écurie.

— Sara, attendez !

Elle se raidit, alarmée.

— David est à l'intérieur, mentit-elle en continuant à reculer, prête à s'engouffrer dans le bâtiment.

— Sara, j'ai besoin de votre aide.

Le mélange d'incertitude et de désespoir qui altérait sa voix retint l'attention de la jeune femme. Cela ressemblait si peu à Abel.

— Je voudrais que vous veniez chez moi.

— Vous me prenez pour une imbécile ? rétorqua-t-elle en esquissant un nouveau pas en arrière.

— Attendez, je vous en prie. Minnie est tombée malade. J'ai peur qu'elle ne soit mourante.

— David passera la voir dès son retour.

— Je croyais qu'il était là, s'étonna-t-il en jetant un coup d'œil vers l'écurie.

— Il arrive. Il est au cimetière.

— Minnie veut vous voir. *Vous*.

— Je suis bien la dernière personne sur terre que votre femme réclamerait.

Il secoua la tête, souleva son chapeau pour se passer la main dans les cheveux.

— Elle ne cesse de vous demander.

— Je ne peux rien faire de plus pour elle que David.

— Ce n'est pas ce qu'on dit. Les gens parlent de la façon dont vous accompagnez les malades, dont vous les aidez à survivre. Ils affirment que vous êtes une vraie guérisseuse, que vous avez un don.

Le cœur de Sara battait la chamade. Elle glissa un regard par-dessus son épaule, priant pour entendre la charrette du fossoyeur, mais il était encore trop tôt. Mme Pickering ne pouvait lui venir en aide. Elle devait se sortir de là toute seule.

— Acceptez, Sara, je vous en prie, implora Abel, son chapeau à la main. Je crois que Minnie n'a plus beaucoup de temps à vivre.

Sara regretta de ne pas posséder, comme son grand-père, la faculté de lire dans l'âme des gens pour s'assurer qu'ils disaient la vérité. Son intuition lui avait fait défaut avec Jonathan Smith. Elle avait le sentiment qu'Abel ne mentait pas, mais quel crédit accorder à cette impression ?

— Depuis combien de temps est-elle malade ?

— Deux jours.

La colère s'empara d'elle. Abel vivait à deux pas de Louzanna et d'Elizabeth. Il avait aidé David à instaurer la quarantaine, et il était le premier à ne pas la respecter en ne signalant pas le cas de sa femme. Deux jours...

— Elle aurait dû être isolée dès les premiers symptômes ! À quoi pensez-vous, Abel ?

— Elle m'a caché qu'elle était malade. Je ne m'en suis rendu compte que ce matin. Elle n'est pas sortie depuis, cependant.

— Ce n'est peut-être pas la fièvre jaune.

— Je crains que si. Venez.

La panique le rendait impatient.

S'il avait raison, il fallait prendre les mesures qui s'imposaient sans perdre de temps, or David ne serait pas de retour avant une bonne heure. En dépit de tout ce qui la poussait à refuser, Sara avait déjà pris sa décision.

— Je vais chercher mes affaires et prévenir Mme Pickering que je me rends chez vous. Attendez-moi ici.

41

Un petit sac d'herbes à la main, Sara suivit Abel dans l'obscurité, s'efforçant de garder son calme et de demeurer en alerte.

Dans son boghei, elle prit soin de s'installer le plus loin possible de lui, ainsi elle pourrait sauter en marche s'il tentait quoi que ce soit. De temps en temps, elle lui lançait des coups d'œil furtifs, se souvenant que David et le marshal Monroe lui avaient assuré que ce n'était probablement pas Abel qui l'avait attaquée.

Quand il s'arrêta devant chez lui, elle tourna vers la maison voisine un regard de regret. La chambre de Louzanna était éclairée. Comme elle aurait aimé rentrer, se plonger dans un bon bain, enfiler des vêtements propres, jouer avec Elizabeth. Et fermer la porte sur toutes les horreurs qu'elle avait vues ces dernières semaines.

Au lieu de cela, elle descendit de voiture et emboîta le pas à Abel, toujours sur ses gardes. La plupart des maisons alentour étaient plongées dans les ténèbres. Malgré la chaleur, Sara frissonna.

Sur le seuil, elle hésita.

— Minnie est en haut, lui dit-il nerveusement.

Incertaine, Sara scrutait l'entrée sombre. Une faible lueur provenait du palier, à l'étage.

Un léger froissement se fit entendre dans le silence que seul troublait le tic-tac d'une horloge. Sara s'apprêtait à faire demi-tour quand un gémissement à peine audible lui parvint :

— C'est toi, Abel ?

— Oui, Minnie. Nous arrivons. Vous n'avez rien à craindre, ajouta-t-il à l'intention de Sara.

— Abel ? se lamenta de nouveau Minnie.

Sara rassembla son courage et se dirigea vers l'escalier.

La maison des Foster était presque aussi belle que celle des Talbot. Un tapis d'Orient recouvrait le sol de l'entrée. Un papier peint cachemire tapissait les murs où s'alignaient des lampes à gaz. Au-dessus d'une console était suspendu un tableau autrefois accroché dans la chambre de Lou.

Abel mena Sara dans une vaste pièce. Sans même avoir besoin de l'examiner, elle sut que Minnie Foster avait la fièvre jaune. La même odeur putride que dans l'écurie imprégnait l'air.

Abel posa son chapeau sur un fauteuil et s'approcha du lit. Les cheveux de Minnie formaient une tache jaunâtre sur les draps, sa peau était d'une blancheur de craie. Elle tourna de grands yeux vitreux vers Sara.

— Grâce à Dieu, vous êtes venue, murmura-t-elle en humectant ses lèvres sèches.

Sa langue n'était pas noire. Il y avait encore de l'espoir. Sara posa le sac sur la table de chevet et pria Abel de lui apporter de l'eau fraîche.

Il hésita brièvement, puis quitta la pièce. Sara prit le poignet de Minnie. Son pouls était irrégulier, sa peau desséchée.

— Je vais mourir...

— Non, pas si vous vous battez, rétorqua Sara en essayant d'avoir l'air convaincant.

— Je voulais vous voir, chuchota Minnie en lui agrippant la main de ses doigts qui rappelaient des serres d'oiseaux. Il faut que vous me pardonniez pour ce que j'ai fait.

Sara allait prendre le sac d'herbes quand elle s'immobilisa. Il n'était pas facile d'oublier ce que Minnie avait dit à sa belle-sœur.

— Je pense que c'est à Louzanna que vous devriez demander pardon. Elle vous considérait comme une amie.

Minnie secoua la tête et déglutit en grimaçant.

— Ce n'est pas de cela que je parlais. Je faisais allusion au jour où j'ai jeté une pierre dans votre fenêtre, et à la nuit où… où j'ai essayé de vous tuer.

— Minnie ! s'exclama Abel.

De l'eau dégoulina du pichet comme il accourait vers le lit.

— Minnie, qu'est-ce que tu racontes ? Elle délire, balbutia-t-il. Elle… elle ne sait plus ce qu'elle dit.

— Si, Abel. J'ai toute ma tête, et je dis la vérité, tu le sais. Tu me soupçonnais, d'ailleurs, mais tu ne m'en as jamais soufflé mot.

Les mains tremblantes, il posa doucement le pichet sur la table de nuit, puis il considéra les deux femmes tour à tour d'un air impuissant.

— Je vous avais vue, près de la grange, avec Abel, continua Minnie. Nous venions d'apprendre la nouvelle de la mort de David. Je l'ai vu vous embrasser.

— Je n'étais pas consentante !

— Mais lui vous *désirait* ! Ça m'était intolérable… D'autant que non contente d'avoir essayé de me voler mon mari, vous êtes partie avec un Yankee. Les Yankees ont tué mon garçon. Je n'ai pas supporté de vous voir vous installer à deux pas de chez moi, et j'ai voulu vous faire souffrir autant que j'avais souffert.

Minnie grimaça de nouveau et s'agita.

— Cet après-midi-là, je vous avais vue sortir, puis j'ai entendu David dire à Louzanna qu'il partait à votre recherche. Abel n'était pas près de rentrer, avec sa presse en panne, alors je vous ai guettée dans le noir. Vous avez surgi des bois et…

Sa lèvre inférieure tremblait. Elle ferma les yeux un instant, avant de reprendre :

— Vous vous êtes défendue. Vous m'avez frappée avant que je vous poignarde. Je croyais vous avoir tuée. Quand je suis rentrée, j'avais un hématome et une coupure au visage. J'ai raconté à Abel que j'étais tombée dans l'escalier et que j'avais heurté la rampe, mais le lendemain, lorsque David lui a appris que vous aviez blessé votre agresseur… Tu m'as soupçonnée, n'est-ce pas, Abel ? ajouta-t-elle en posant les yeux sur son mari.

— Oh, Minnie, fit-il tristement, jamais je n'aurais divulgué ton secret, tu sais.

— Je n'en ai plus pour longtemps, et je ne veux pas garder ce fardeau sur la conscience, murmura-t-elle. Pouvez-vous me pardonner, Sara ?

Sara frissonna et dégagea sa main que Minnie n'avait pas lâchée durant sa confession. Inconsciemment, elle effleura sa cicatrice, funeste souvenir de ce jour où elle avait frôlé la mort.

— Vous pardonner ? Alors que vous étiez prête à faire de ma fille une orpheline ?

— Les Yankees m'ont pris *mon* enfant ! s'écria Minnie qui se mit soudain à trembler et à claquer des dents.

Abel écarta doucement Sara et s'assit au chevet de sa femme. Il s'empara de sa main.

— Minnie, accroche-toi. Tu vas t'en sortir. Vous allez l'aider, n'est-ce pas ? demanda-t-il à la jeune femme. Si quelqu'un peut la sauver, c'est bien vous.

Elle observa Minnie qui affichait la même expression d'effroi et de douleur que ses autres patientes. La plupart d'entre elles avaient dit du mal d'elle, mais aucune n'avait tenté de la *tuer*.

Sans un mot, elle prit le sac d'herbes sur la table et se dirigea vers la porte.

Elle n'avait pas atteint le seuil qu'une réflexion de son grand-père lui revint en mémoire.

« *Tu es une guérisseuse-née, Sara. Tu es prête à accomplir ce que des générations de Collier ont accompli avant toi.* »

Minnie Foster ne lui demandait pas seulement de la soigner, mais de lui pardonner – un pardon qu'elle-même implorait David de lui offrir. Comment pouvait-elle refuser ce à quoi elle tenait tellement ?

Elle se retourna, revint près du lit et regarda Abel droit dans les yeux.

— J'ai besoin de votre aide, dit-elle en ouvrant le sac d'herbes. Versez un peu d'eau dans ce verre.

— Qu'allez-vous faire ? souffla Minnie, le regard apathique.

— Eh bien, madame Foster, j'ai décidé que non seulement j'allais vous pardonner, mais que j'allais essayer de vous sauver la vie.

L'entrepreneur des pompes funèbres déposa David devant l'écurie de louage et continua son chemin. Ces voyages au cimetière lui étaient plus pénibles que la lutte contre la maladie elle-même. Il avait toujours voulu être médecin, mais croque-mort…

Il respira une grande bouffée d'air frais avant d'entrer dans l'écurie. La plupart des patients dormaient. Un homme émit un gémissement rauque. Assise près de la porte, les mains croisées sur les genoux, le menton sur la poitrine, Mme Pickering ronflait comme un sonneur. David secoua la tête, puis s'aperçut soudain que Sara n'était pas là.

Il posa aussitôt la main sur l'épaule de Mme Pickering qui se réveilla en bredouillant, mais pas assez vite à son goût.

— Depuis combien de temps Sara est-elle partie ? Quelqu'un l'accompagnait ?

— Elle m'a dit où elle allait mais… j'ai oublié.

— Chez le Dr Porter peut-être ? Pour se reposer ?

— Euh… je crois… qu'elle est partie chez un homme.

— *Quel homme ?*

Lorna Pickering se gratta le crâne.

— Je le connais pourtant… très bien, même… mais je n'arrive pas à me rappeler son nom.

Décidé à lui rafraîchir la mémoire par tous les moyens, David trempa un morceau de tissu dans du vinaigre tiède.

Lorna fit tout à coup claquer ses doigts.

— Ça y est ! Je me souviens ! C'était Abel Foster. Sa femme est malade. Il a emmené Sara chez lui pour qu'elle la soigne.

42

— *Abel Foster ?* hurla David.

Complètement affolée, Lorna Pickering se dégagea et porta la main à sa gorge.

— Doux Jésus ! Qu'est-ce qui vous prend, David Talbot ?

— Depuis combien de temps sont-ils partis ?

Lorna hésita, scruta le plafond.

— Je ne sais pas moi, à peu près...

Suffoquant de panique, David ne lui laissa pas le temps de réfléchir. Il se rua dehors et grimpa dans le boghei.

Mme Pickering courut derrière lui.

— Cela fait peut-être une heure, cria-t-elle. Ou plus. Minnie a l'air tellement charmante. On ne l'a pas vue depuis pas mal de temps.

David fit claquer les rênes, et le boghei s'ébranla, déchirant le silence de la nuit.

Quelques minutes plus tard, il pilait devant chez les Foster, tirait le frein avant de sauter à terre. Après avoir remonté l'allée au pas de course, il frappa du poing contre la porte, puis actionna la poignée. La porte s'ouvrit, et il s'engouffra à l'intérieur. Une faible lumière éclairait les lieux. Sur sa gauche, il aperçut Abel qui se levait d'un canapé.

David se précipita sur lui et le saisit par les revers de sa veste. Le visage d'Abel ne reflétait ni peur ni surprise.

— Où est Sara ?

— En haut, avec ma femme, répondit-il d'une voix atone.

David le planta là et gravit l'escalier quatre à quatre. Après avoir jeté un coup d'œil dans plusieurs chambres, il trouva enfin Sara. Elle soutenait Minnie qui vomissait dans une cuvette.

— Sara, exhala-t-il dans un soupir de soulagement.

Elle s'essuya les mains et se retourna. Son visage s'éclaira dès qu'elle le vit. Il ne s'attendait pas à une telle réaction de sa part, et il ne la méritait pas.

— Tu vas bien? demanda-t-il en s'approchant d'elle jusqu'à ce qu'il voie la flamme de la lampe se refléter dans ses yeux.

— Oui, fit-elle en esquissant un sourire.

Abel apparut sur le seuil.

— Comment va-t-elle? demanda-t-il anxieusement, guettant une lueur d'espoir sur le visage de la jeune femme.

Sara repoussa une mèche de son front. Sur la table de chevet, un chandelier en argent éclairait des morceaux de tissu et de la ficelle, près du sac d'herbes.

— J'ai fait tout ce que j'ai pu. Nous n'avons plus qu'à nous en remettre à Dieu et au temps. Je vous laisse cette préparation. Vous la lui ferez avaler à la cuillère. Restez auprès d'elle.

Ignorant David, Abel saisit les mains de Sara et les pressa avec force.

— Vous avez fait bien plus que ce que la plupart d'entre nous méritions. J'espère sincèrement que vous me pardonnerez, et que vous pardonnerez à Minnie.

Le regard perplexe de David passait de Sara à Abel.

— Que se passe-t-il?

À ce moment-là, la malade se mit à gémir, et Sara retourna auprès d'elle.

— Minnie a avoué qu'elle avait poignardé Sara, expliqua Abel à David.

Ce dernier fixa la femme d'Abel, incrédule. Certes, elle était réputée pour fouiner dans les affaires des autres, mais de là à imaginer cette petite créature à l'air inoffensif essayant de tuer Sara...

Honteux et mal à l'aise, Abel fixait la pointe de ses chaussures.

— Minnie n'allait pas bien depuis la mort d'Arthur. Elle a reporté son chagrin et sa haine sur Sara. D'autant qu'elle m'a vu essayer de l'embrasser, derrière la grange.

David avait du mal à croire que Minnie était la coupable, mais si c'était le cas, cela le soulageait d'un sacré souci.

— Tu es sûr que ce n'est pas la fièvre qui l'a fait délirer ?

Abel secoua la tête en triturant sa moustache.

— Quand je suis rentré, la nuit où Sara a été attaquée, Minnie portait une blessure au visage. Elle a prétendu qu'elle était tombée, mais ensuite, elle a commencé à se comporter d'une manière bizarre. Chaque fois que je pénétrais dans une pièce où elle se trouvait, elle sursautait. Elle passait plus de temps que jamais à surveiller votre maison, et elle refusait de sortir. Dieu seul sait ce qu'elle fabriquait pendant que j'étais au journal.

Les aveux d'Abel suscitèrent la colère de David.

— Tu savais qu'elle représentait une menace et tu ne m'as rien dit ? Ni au marshal ? Et si elle avait de nouveau tenté de tuer Sara ?

— Depuis cette nuit-là, Minnie avait peur de son ombre. Quand Jamie est revenu, je me suis rendu compte qu'il n'était jamais loin de ta femme. J'ai pensé que tu l'avais engagé pour la protéger. Ne jette pas la pierre trop vite à ma femme, Talbot. Quand Arthur est mort, ce fut comme si une part de Minnie était morte avec lui. Tu peux comprendre ça, non ? Regarde ta propre sœur. Et toi, qu'aurais-tu fait à ma place, dis ? Tu serais allé voir Monroe, ou tu aurais essayé d'aider Sara ?

À quelques pas, celle-ci arrangeait les oreillers de Minnie et remettait les draps en place, sans tenir compte du fait que sa patiente avait tenté de l'assassiner.

— Minnie s'est confessée à Sara ?

— Oui et, malgré cela, ta femme essaie de lui sauver la vie.

Ta femme.

Sa femme qui murmurait à présent des paroles apaisantes à Minnie en lui brossant les cheveux. Elle s'écarta du lit, se retourna. Leurs regards se croisèrent et il sentit son cœur se serrer douloureusement.

Les yeux de Sara étaient emplis de tristesse tandis qu'elle rangeait dans le sac les sachets d'herbes et de racines que son grand-père n'avait cessé de leur fournir durant ces dernières semaines.

— Je ne peux rien faire de plus, annonça-t-elle à Abel en les rejoignant. Il est possible de la transporter à l'écurie, si vous le souhaitez.

— Non. Je préfère qu'elle reste isolée ici. Je ne sortirai plus jusqu'à ce que je sois certain qu'elle est guérie, ou bien…

Incapable de poursuivre, il se couvrit les yeux d'une main tremblante.

David allait discuter quand Sara posa la main sur son bras.

— Il n'y a pas de danger à la laisser ici. Il n'y a pas eu de nouveaux cas depuis deux jours, et elle est malade depuis quelque temps.

— Je ne le savais pas moi-même jusqu'à cet après-midi, intervint Abel. Je me suis rendu compte en rentrant qu'elle était incapable de se lever. Je la soignerai. Je vous donne ma parole de ne laisser entrer personne, et de ne pas sortir. S'il te plaît, Talbot.

— Et le journal ? Il ne paraîtra plus jusqu'à ce que tu sois sûr de ne pas avoir été contaminé ?

— En effet. J'ai passé trop de temps là-bas. Si j'avais été plus souvent à la maison, j'aurais peut-être réussi à éviter ce qui est arrivé. Au moins, je me serais aperçu qu'elle était malade.

Abel les regarda tour à tour.

— Si elle s'en sort, est-ce que vous la dénoncerez au marshal ?

De nouveau, Sara effleura le bras de David.

— C'est fini, David. C'est le chagrin qui a conduit Minnie à agir comme elle l'a fait. Elle a besoin de compréhension, de pardon, pas d'une punition.

— Tu es prête à prendre ce risque ?

— Les gens changent. Si je suis capable de lui pardonner et de lui donner une deuxième chance, tu peux le faire aussi.

Pardonner. C'était tout ce que Sara lui demandait.

— D'accord, dit-il à Abel. J'accepte de ne rien dire au marshal si tu me jures que, si Minnie survit, tu te portes garant de la sécurité de Sara.

— Tu as ma parole, répondit Abel en lui tendant la main.

43

Louzanna se réveilla en entendant Elizabeth s'agiter dans le petit lit que Jamie avait installé dans sa
chambre. Elle se leva en grognant, trébucha dans les
draps enroulés autour d'elle, se dégagea en pestant.

— Que se passe-t-il, bébé ? fit-elle en scrutant la
fillette dans la lumière grise de l'aube naissante.

Celle-ci leva les yeux vers elle et gémit doucement,
les doigts fourrés dans la bouche.

Louzanna lui massa le ventre en de lents mouvements circulaires, comme Sara le lui avait appris.
Cependant, à travers les brumes du sommeil, elle
prit conscience que quelque chose clochait. Se penchant sur Elizabeth, elle lui tâta le front. Il était
brûlant.

Immédiatement, ses oreilles se mirent à bourdon-
ner, ses genoux à trembler. D'abord incapable de bouger, elle finit par aller jusqu'à la fenêtre, poussée par
la terreur. Elle appela Jamie et revint près du lit. Elle
compara la température du front de la petite avec le
sien. Aucun doute possible : elle avait la fièvre.

Elle buta dans Goldie, couchée sur le tapis, en se
précipitant vers l'armoire d'où elle sortit ses robes les
unes après les autres. Elles étaient toutes noires,
agrémentées de galons et de dentelle assortis, usées
pour la plupart. Elle les éparpilla sur le lit qui disparut bientôt sous une houle légère et ténébreuse, puis
s'agenouilla près du petit lit. D'ordinaire, Elizabeth

se réveillait avec le sourire, se dressait sur ses jambes en s'accrochant au bord de son lit, et l'appelait.

— Oh, oh!

Le soleil commençait à éclairer les champs, par-delà les bois. Le jour se levait lentement, mais Elizabeth ne bougeait pas. Elle se contentait de regarder Lou d'un œil morne. Son nez coulait.

Louzanna ôta sa chemise de nuit, fouilla dans la pile de vêtements, dénicha une chemise qu'elle enfila en toute hâte. Sans prendre le temps de mettre un corset, trop long à agrafer, elle revêtit une robe tant bien que mal. Un bruit d'étoffe déchirée la fit sursauter. Elle avait marché sur l'ourlet. Tant pis. Elle s'empressa de boutonner le corsage mais pas les poignets.

Elle revint vers le lit. Elizabeth semblait s'être rendormie. Lou se demanda si elle devait ou non la prendre dans ses bras. Elle posa à nouveau la main sur son front et sentit son cœur flancher. Il était toujours brûlant.

— Il faut se dépêcher. Se dépêcher. Il faut se dépêcher. Trouver Jamie. Tout de suite. Vite, vite, marmonna-t-elle comme une litanie.

Elle fit brusquement volte-face, jetant des regards frénétiques autour d'elle. Des chaussures. Oui. Elle devait mettre des chaussures. Elle les chaussa sans prendre le temps d'enfiler des bas, lança un dernier coup d'œil dans la chambre et sortit.

Arrivée à la porte de derrière, elle se risqua dehors, contourna la pompe, le baril d'eau de pluie, le fumoir. La cabane de Jamie se trouvait à plusieurs mètres. Beaucoup trop loin. Hors d'atteinte. Chancelante, elle cria son nom.

Pas de réponse. Serrant les poings, elle l'appela encore et encore, puis se souvint, terrifiée, qu'il lui arrivait de se lever avant l'aube pour aller chasser.

Elle porta le poing à sa bouche pour étouffer un hurlement. Il n'y avait aucun moyen de prévenir

David et Sara, à part aller les trouver elle-même.

L'idée de franchir les limites du jardin la glaça. Elle avait des fourmis dans les jambes. Sa respiration se fit haletante. Elle était littéralement paralysée de peur. C'est alors que le visage d'Elizabeth affichant un sourire confiant lui apparut.

La vie de cette enfant était entre ses mains. D'un seul coup, elle pivota sur elle-même et contourna la maison en courant avant de changer d'avis.

Elle fit une halte dans la cour latérale, s'appuya contre le mur plongé dans l'ombre. Des moustiques susurraient à ses oreilles. Elle les chassa d'un geste et jeta un regard vers le porche d'entrée. Le jardin de devant était vide, la rue, déserte.

Il n'y avait rien. Du moins, rien de visible. Mais elle savait mieux que personne que la mort ne montrait jamais son visage avant qu'il ne soit trop tard.

Elle leva les yeux vers la fenêtre de l'étage où dormait Elizabeth. Si elle ne faisait rien pour sauver cette petite, elle ne se le pardonnerait jamais.

Comme dans un rêve, elle se remit en mouvement, un pied devant l'autre, en direction de la barrière. Son propre souffle lui résonnait aux oreilles, assourdissant. Elle avait l'impression que ses poumons allaient exploser. Son cœur cognait à grands coups dans sa poitrine, amplifiant sa frayeur, l'empêchant de réfléchir.

Elle atteignit la barrière. Elle ne l'avait pas touchée depuis quinze ans. Au bord de la suffocation, elle vit des étoiles lorsqu'elle posa la main sur les piquets en pointe, pourtant elle tint bon, conjura le sort et poussa.

La barrière s'ouvrit.

Allez, bouge.

Il faisait déjà chaud. Le soleil teintait l'horizon de couleurs éclatantes, mais Louzanna ne voyait rien. Luttant contre l'attraction implacable que la maison exerçait sur elle, elle tentait d'oublier les dangers qui la menaçaient.

Exposée et vulnérable, elle courut dans ces rues où elle se promenait quand elle était enfant. Personne ne répondit chez le Dr Porter. Elle s'adossa à la rambarde de la galerie, repoussa ses cheveux en arrière et s'efforça de respirer plus calmement.

La vieille écurie de louage était à l'autre bout de la ville. C'était terriblement loin, mais il était trop tard pour rebrousser chemin.

Main Street n'avait pas changé. Dans le jardin du palais de justice se trouvait le banc de pierre sur lequel Mason l'avait demandée en mariage.

Cours. Ne t'arrête pas.

Et c'est ce qu'elle fit. Elle avait les pieds couverts d'ampoules, à présent. La bague de Mason battait contre son cœur. La panique l'aveuglait à moitié. Les magasins commençaient à ouvrir. Des commerçants balayaient le pas de leur porte. Elle les remarqua à peine. Quelqu'un l'appela, mais elle continua sa course folle, sa jupe volant autour de ses jambes, dévoilant ses chevilles nues et ses mollets au monde entier.

Son père l'avait emmenée une fois dans la vieille écurie, pour lui montrer comment un maréchal-ferrant ferrait un cheval. L'enseigne qui signalait le bâtiment était aujourd'hui si passée que les lettres étaient presque illisibles.

Le toit penchait, et la lumière du jour passait à travers les tuiles et les bardeaux manquants.

Louzanna s'engouffra à l'intérieur et s'immobilisa abruptement, aveuglée par l'obscurité qui régnait à l'intérieur. L'odeur de la maladie et de la mort la saisit à la gorge.

44

David venait de replier une paillasse vide quand une femme fit irruption dans l'écurie. Il lui fallut quelques secondes avant de reconnaître sa sœur. Elle avait les cheveux hirsutes, le teint couleur de cendre. Il n'en croyait pas ses yeux. Elle avait l'air d'une démente.

Lâchant la paillasse, il se rua vers elle. Elle s'avançait en titubant, la main en visière sur les yeux.

— David ?

Elle semblait aussi frêle et fragile qu'une femme de deux fois son âge.

— David ? Où es-tu ? Sara ?

Elle heurta une couche et s'excusa auprès de son occupant, un vieillard au stade final de la maladie. La vision hideuse de sa langue noire la fit reculer.

— Lou, *ne bouge pas* !

David se précipita vers elle en même temps que Sara, mais Lou venait de se prendre les pieds dans une pile de linge souillé. Elle s'écroula à la renverse au milieu des couvertures et des draps sales. Tous deux l'aidèrent à s'extirper de là.

Louzanna agrippa les mains de Sara.

— Il faut que tu viennes à la maison. Elizabeth a de la fièvre.

— Non, c'est impossible, fit Sara d'une voix blanche.

Jamais David ne lui avait vu une telle expression. On aurait cru qu'on lui arrachait le cœur. Elle était si pâle qu'il craignit qu'elle ne s'évanouisse. Il lui prit le bras et la soutint.

— Je dois y aller, dit-elle alors en essayant de se dégager, éperdue. Je dois y aller, David.

Il la força à le regarder.

— Accompagne Louzanna à la maison. Lavez-vous les mains, les bras, le visage avant de partir. Dès que vous serez arrivées, demandez à Jamie de vous apporter des vêtements propres. Laissez les vôtres dans un endroit où il pourra les brûler sans y toucher. Ensuite, vous vous laverez de nouveau, très soigneusement.

Louzanna acquiesçait d'un air absent, mais il savait que Sara observerait scrupuleusement ses recommandations.

Sa sœur parcourait les lieux du regard, s'attardant sur chaque malade. À voir son air horrifié, il était évident qu'elle avait compris que la fin était proche pour certains d'entre eux. Elle se retrouvait face à ce qu'elle redoutait par-dessus tout : la mort.

Quand elle se mit à claquer des dents, il eut peur qu'elle ne sombre irrémédiablement dans la folie, si elle ne rentrait pas sur-le-champ. Il accompagna les deux femmes dehors, aida Lou à s'installer dans le boghei, puis prit la main de Sara. Avant de l'aider à monter à son tour, il plongea son regard dans le sien.

— Tout ira bien pour Elizabeth.

— Il le faut, articula-t-elle dans un souffle. Elle est tout ce que j'ai.

Elle s'installa et il lui tendit les rênes.

— Tu te sens capable de conduire ?

— Oui.

Louzanna était assise, toute raide, les bras étroitement serrés autour d'elle, le regard perdu dans le vague.

— N'oublie pas les règles d'hygiène, Sara. Je vous rejoins dès que possible.

Une fois à la maison, Sara veilla à ce que Lou respecte les instructions de son frère à la lettre. Jamie fit la navette entre la maison et la grange pour ramener des vêtements, et rendre compte de l'état d'Elizabeth, qui dormait toujours.

Une fois vêtue d'un chemisier et d'une jupe propre, Sara courut pieds nus jusqu'à la chambre de Louzanna.

Des vêtements noirs jonchaient le sol et le lit. Elle se fraya un chemin jusqu'au lit au pied duquel Goldie était couchée, le museau entre les pattes.

Elizabeth était chaude, en effet, mais moins qu'elle ne le redoutait et, pour l'instant, elle dormait paisiblement. Trop nerveuse pour s'asseoir, Sara rangea les vêtements de Lou dans l'armoire.

Cette tâche accomplie, il ne lui restait plus qu'à attendre. Elle arpenta la pièce d'une fenêtre à l'autre, morte d'inquiétude à l'idée de ce que les heures à venir lui réservaient. Elle avait vu tant d'enfants mourir durant ces dernières semaines qu'elle avait cru endurer le pire, hélas, cette nouvelle menace lui prouvait combien elle s'était trompée.

Écartant le rideau de dentelle, elle contemplait le jardin quand une petite voix lui parvint :

— Maman?

Debout dans son lit, Elizabeth la contemplait avec de grands yeux incrédules.

— Bonjour, mon bébé, répondit Sara en se précipitant vers sa fille.

Elle la prit dans ses bras et la pressa contre son cœur tout en posant la joue contre son front. Louzanna avait raison. Elizabeth était fiévreuse. Rien d'alarmant, cependant. Comme elle se mordillait les doigts, Sara les lui ôta doucement de la bouche.

— Laisse-moi voir si tu ne percerais pas une dent, mon cœur.

Priant pour que ce ne soit que ça, elle passa le doigt sur ses gencives, et découvrit qu'une nouvelle quenotte s'annonçait.

Les larmes de soulagement jaillirent de ses yeux. Louzanna choisit ce moment pour entrer, suivie de Jamie. Elle s'arrêta abruptement en voyant Sara pleurer.

— Mon Dieu, non !

Sara secoua la tête en souriant.

— Je crois qu'elle perce simplement une dent. Je vais lui masser la gencive avec un peu de whisky pour la soulager, et je la surveillerai, mais je pense que ce n'est rien de grave.

— Ce n'est pas la fièvre jaune ? insista Louzanna.

— Non, Lou. Elle fait ses dents, voilà tout.

Elle reposa la fillette dans le lit et prit sa belle-sœur dans ses bras.

— Tu as été formidable ! Et tellement courageuse !

— J'ai réussi, n'est-ce pas ? Oui. Je... je suis sortie de la maison, balbutia Louzanna, à la fois pâle, tremblante et stupéfaite. Je n'arrive pas à croire que j'ai fait une chose pareille sans que rien ne soit arrivé. Rien du tout. Elizabeth est saine et sauve.

Elle s'approcha du lit et caressa les boucles blondes.

— Je n'avais pas vraiment besoin de sortir, n'est-ce pas ?

— Non, mais je suis si contente que tu l'aies fait. Elle aurait pu être très malade. Une fois de plus, tu t'es montrée merveilleuse avec nous et je ne l'oublierai jamais.

Lou sourit à Elizabeth, puis se tourna vers Sara.

— Peu importe ce qui s'est passé avant, peu importe ce qui se passera entre David et toi. Je serai toujours ta sœur, Sara. Toujours.

45

Trois jours plus tard, Louzanna se réveilla à l'aube, mais lorsqu'elle voulut ouvrir les yeux, une violente douleur lui vrilla le crâne. Elle gémit, essaya de s'asseoir, renonça. Son corps tout entier était douloureux. De violents frissons la parcouraient.

Elle entendit Elizabeth courir dans le couloir. Des images des pauvres patients de David lui vinrent à l'esprit, visions d'horreur qui la poursuivaient depuis qu'elle était entrée dans l'écurie.

Après une nouvelle tentative infructueuse pour se lever, elle retomba contre ses oreillers. Il était l'heure de préparer le petit-déjeuner. On était lundi. Il fallait cuire le pain, faire bouillir l'eau pour la lessive, mais elle était incapable de bouger.

Elle entendit Sara faire taire Elizabeth et l'éloigner de la porte de sa chambre. Pauvre Sara. Elle se montrait si calme depuis son retour, si pensive qu'elle se demandait si elle ne songeait pas à partir de nouveau. À présent que DeWitt Collier était mort, plus rien ne l'empêchait de retourner auprès de sa mère. Rien, excepté David.

La migraine lui martelait le crâne. Pour tenter d'oublier la douleur, elle imagina un moyen de réunir David et Sara. Les deux êtres qu'elle aimait le plus au monde méritaient d'être heureux, et c'est en étant de nouveau réunis qu'ils le seraient.

Elle ferma les yeux et sombra dans le sommeil malgré le soleil qui illuminait maintenant sa chambre. Elle rêva de Mason. Il lui souriait et l'invitait à s'asseoir à ses côtés, sur le banc de pierre du jardin du palais de justice. Près d'eux, David et Sara contemplaient Elizabeth qui descendait l'escalier en robe de mariée ivoire.

Louzanna essaya de déglutir, mais sa gorge desséchée la brûlait. Elle somnola de nouveau. Quand elle se réveilla, Sara se tenait debout près de son lit. Elle crut d'abord qu'elle rêvait, mais non. L'apparition parlait.

— Tu es toujours la première levée, d'habitude, Lou. Tu vas bien ? s'inquiéta-t-elle.

— Ne te tracasse pas, ce n'est pas la peur. J'ai mal partout.

Sara pâlit, mais s'obligea à sourire. Elle pressa le dos de la main sur le front de Lou. Les mots étaient inutiles. À son expression, Louzanna avait compris qu'elle était malade. Gravement.

Le pire était écarté.

Après des semaines de combat contre la maladie, et après avoir soigné ses derniers patients – dont la femme du boucher qui, à sa grande surprise, s'était rétablie –, David rentra enfin chez lui. Magnolia Creek avait survécu à l'épidémie aussi stoïquement qu'elle avait survécu à la guerre.

Lavé et habillé de frais, les cheveux encore humides, il traversa le jardin. Il s'arrêta pour redresser un seau, admira les tons pastel des haricots en fleur et le rouge vif des géraniums que Sara avait plantés près des baies vitrées du jardin d'hiver.

Elle lui avait fait dire qu'Elizabeth allait bien, mais il avait beau tendre l'oreille, un silence suspect régnait dans la maison.

Il trouva Jamie dans le petit salon, avec la fillette. Éclatante de santé, elle jouait avec Goldie, près du fauteuil favori de Louzanna. Dès qu'elle vit David, elle empoigna sa poupée et se précipita vers lui pour la lui montrer.

— Regarde !

— Elle est jolie.

Il n'était pas aussi distant à son égard que quelques semaines auparavant. Il se surprit même à lui sourire.

Jamie bondit sur ses pieds et ramena Elizabeth vers lui.

— Où est Sara ? demanda David sans préambule.

— En haut, avec Mlle Louzanna.

— Ma sœur va bien ?

Jamie hésita. David aurait supposé que la crise d'hystérie de sa sœur était terminée, à présent.

— Ne vous inquiétez pas, Jamie. Elle reprendra le dessus, comme toujours.

Jamie marmonna quelques mots inaudibles.

— Excusez-moi, Jamie. Je n'ai pas compris. Qu'avez-vous dit ?

— Mlle Lou ne souffre pas d'hystérie. Elle a la fièvre jaune.

David trouva Sara au chevet de sa sœur. Assise dans un fauteuil, elle s'était endormie en lui tenant la main. Un rayon de soleil illuminait sa chevelure auburn, la parant de reflets de feu. Elle était pâle et des cernes bistre soulignaient ses yeux.

David traversa la pièce, s'agenouilla près d'elle et referma la main sur celle des deux femmes.

Sara émergea lentement du sommeil et cligna des paupières en voyant David.

— Tu es vraiment rentré ?

— Depuis combien de temps est-elle ainsi ? Pourquoi ne m'as-tu pas envoyé chercher ?

— Elle n'est malade que depuis hier. Son état s'est aggravé ce matin. Vraiment aggravé.

Sa sœur avait déjà la peau jaune, constata-t-il avec amertume.

Pas Lou. Elle n'avait jamais fait de mal à une mouche. Elle avait à peine vécu. Elle ne méritait pas de mourir.

— Assieds-toi, proposa Sara qui se leva pour lui céder sa place.

Il commença par refuser, puis s'aperçut que ses jambes ne le portaient plus. Il se laissa tomber dans le fauteuil.

— Tout va bien, en bas ?

— Elizabeth joue avec Jamie et Goldie dans le salon.

Il secoua la tête d'un air impuissant.

— Lou n'a jamais fait de mal à qui que ce soit.

Noyés de larmes, les yeux de Sara étincelaient telles des aigues-marines.

— Louzanna a risqué sa vie pour sauver Elizabeth. Voilà ce que sa bravoure lui a rapporté, dit-elle.

— Ceux qui sont venus rendre visite à leurs parents malades n'ont pas tous été contaminés. Moi-même, je n'ai pas été atteint.

Il se laissa aller contre le dossier en soupirant. Il devrait envoyer Jamie demander au marshal d'étendre la quarantaine.

Sara se tenait tout près de lui et, l'espace d'un instant, il crut qu'elle allait le toucher, se prit à le souhaiter. Mais elle se contenta de dire :

— Peut-être ne saurons-nous jamais d'où vient cette terrible maladie et comment elle se transmet, David. Pour l'instant, nous devons nous occuper de Louzanna, et d'elle seule.

Sara aurait tant voulu pouvoir dire ou faire davantage, mais, tout comme David, elle savait que Louzanna approchait du stade ultime de la maladie. Les chances qu'elle survive étaient faibles, mais plus le temps passait sans que son état évolue, plus elles s'amenuisaient.

— Tu as l'air épuisée, Sara. Si tu allais te reposer? Je reste auprès d'elle.

— Je vais préparer le repas et m'occuper d'Elizabeth. Le pauvre Jamie l'a gardée durant des heures.

Elle se dirigea vers la coiffeuse et se lava soigneusement les mains et les avant-bras. David l'observait, elle le sentait, et le poids de son regard la troublait.

Quand elle se redressa et lui fit face, il détourna les yeux.

— Minnie est morte le lendemain de notre visite, lui annonça-t-elle en baissant la voix de crainte que Louzanna n'entende. Abel l'a appris à Jamie aujourd'hui. Il va rester cloîtré chez lui une semaine, bien qu'il n'ait remarqué aucun symptôme suspect.

David fixait sa sœur avec intensité, comme s'il voulait lui transmettre la force de survivre. En lissant les dentelles de l'oreiller, il découvrit une petite poupée remplie d'herbes que Sara avait glissée dessous. Il la tourna entre ses doigts et secoua la tête.

— Tu me trouves stupide, n'est-ce pas?

— Pas plus que moi. Au point où nous en sommes, je suis prêt à croire à n'importe quoi.

Sara s'approcha de lui. Comme il ne bougeait pas, elle s'agenouilla près du fauteuil et posa la main sur son bras.

— David, regarde-moi.

Il tourna ses beaux yeux sombres vers elle. Toute sa colère issue de son impuissance face à l'adversité s'y reflétait.

— Tu as fait ton possible.

— Quarante et une personnes sont mortes sur les cinquante-deux cas que j'ai traités. Quelle victoire pour un médecin! ironisa-t-il.

— Tu n'es qu'un être humain. Grand-père assure que, quoi que nous fassions, c'est à Dieu que revient la décision finale. Nous oublions trop souvent que notre pouvoir n'est rien comparé au sien.

— Est-ce que tu vois toujours le bon côté des choses, Sara ? Et si Dieu décide de nous prendre Louzanna ? Resteras-tu assise là, à philosopher sur sa mort ?

Sara regarda sa belle-sœur à travers ses larmes. Pauvre Louzanna. Elle qui s'effrayait de tout avait été la seule à oser recueillir une femme déchue et son enfant illégitime, et ce malgré l'opprobre général. Elle avait été la seule à croire envers et contre tout au retour de David, la seule à les pousser à reconstruire une famille.

Elle essuya ses larmes en s'efforçant de répondre le plus honnêtement possible.

— Je ne peux pas changer ma façon de penser ou de voir la vie, mais si Dieu décide de prendre Lou, je ne sais vraiment pas ce que je ferai.

46

Lorsque Lou parvint à vaincre la fièvre à force de se battre, toute la maisonnée se réjouit. Mais son corps fragile, affaibli par la maladie, était à bout de ressources. La mort était de nouveau à la porte, Louzanna en était persuadée.

Rien de ce que David disait ou faisait n'y changeait rien. Aucun des fortifiants que Sara lui préparait ne parvenait à ébranler cette certitude qu'elle allait mourir.

Un soir, au crépuscule, Sara se balançait dans le fauteuil à bascule, sous le porche, Elizabeth endormie sur les genoux. Goldie ronflait à leurs pieds, et Jamie, assis sur les marches, contemplait les étoiles naissantes, appuyé contre une colonne. Les pas de David résonnèrent soudain dans l'entrée.

— Elle veut vous voir, dit-il en s'approchant de Jamie.

Ce dernier hésita avant de se lever et d'épousseter ses vêtements. Évitant le regard de Sara, il entra sans bruit dans la maison.

Depuis des jours, David avait à peine dormi. Il passait le plus clair de son temps au chevet de sa sœur.

Il avait perdu du poids, et ses traits étaient tirés par la fatigue. Sara aurait tant voulu soulager sa peine, effacer les rides qui marquaient le coin de ses yeux et de sa bouche.

— Comment va-t-elle ? lui demanda-t-elle.

— Elle est si faible… Elle n'en a plus pour long-temps, admit-il avec un lourd soupir.

Les pouces dans les passants de sa ceinture, il fit quelques pas sur le porche. Les lampes étaient déjà allumées dans les maisons du voisinage. Une bande d'enfants couraient entre les lucioles, jouant à cache-cache dans la demi-pénombre. La vie reprenait lentement ses droits.

Mais leur vie à eux serait-elle jamais la même sans Louzanna ?

Sara se leva et cala l'enfant endormie contre son épaule. À sa grande surprise, David vint vers elle et tendit les bras vers Elizabeth.

— Je vais la monter, murmura-t-il.

— Rien ne t'y oblige.

— Je sais, mais je veux le faire.

Avec précaution, elle transféra la fillette dans ses bras. Il la pressa contre son épaule et lui tapota le dos quand elle s'agita. Elle se rendormit aussitôt. Ses boucles blondes brillaient comme de l'or, formant un contraste saisissant contre ses cheveux d'ébène. Il la maintint contre lui d'un geste plein de douceur.

Sara comprenait son besoin de la tenir dans ses bras. La chaleur, l'innocence, la perfection de l'enfance avaient le don de réchauffer les cœurs les plus meurtris.

Il s'écarta pour la laisser passer et elle s'engagea dans l'escalier. Une fois dans la chambre, elle alluma la lampe, remit le globe en place et se retourna. David couchait avec précaution sa fille dans son petit lit.

Quand il s'aperçut qu'elle le contemplait, il s'approcha d'elle. Sara retint son souffle. Ses yeux noirs sondaient les siens comme pour lever le voile sur tous ses secrets.

Sans un mot, il l'enveloppa dans ses bras et la serra contre son cœur, comme il l'avait fait avec Elizabeth.

Elle glissa les bras autour de sa taille et s'accrocha à lui, lui offrant plus que du réconfort : toute une vie d'amour.

Louzanna se sentait mal à l'aise contre les oreillers. Elle se faisait l'effet d'être une vieille poupée démantibulée perdue au milieu du lit. Inclinée sur le côté, elle n'avait même pas la force de se redresser.

On frappa doucement, et elle sut que c'était Jamie. Elle répondit d'une voix à peine audible, mais il entra cependant, laissant la porte entrouverte.

Quand il fut à son chevet, elle lui désigna le fauteuil. Il hésita une fraction de seconde puis s'y installa, ne sachant où poser les yeux.

— Jamie, je vous en prie, regardez-moi.

Quand il y parvint enfin, ses prunelles sombres exprimaient une telle détresse que Louzanna y vit le reflet de son propre destin.

— Ne le prenez pas ainsi, Jamie. Tout le monde doit mourir un jour. Je pars seulement un peu plus tôt.

— Pas vous, mademoiselle Louzanna. Pas maintenant.

— David ne veut pas le reconnaître, mais je sais que c'est la fin. Sara et lui ne cessent de prétendre que je vais mieux, et puis ils s'assoient dans ce fauteuil durant des heures, dans un silence pesant qui les trahit. Personne n'ose admettre l'évidence.

Comme il lui coûtait de parler d'une manière audible, elle attendit que Jamie s'approche.

— Nous avons vécu ensemble presque toute notre vie, n'est-ce pas, Jamie ?

Elle referma les doigts autour de la bague de Mason, comme elle le faisait si souvent.

— Aidez-moi à enlever ça, voulez-vous ?

De grosses larmes coulaient maintenant sur les joues de Jamie.

— Vous ne partiriez jamais sans, mademoiselle Lou. Pourquoi voulez-vous que je vous en débarrasse maintenant ?

— Je n'en ai plus besoin.

Il secoua la tête.

— Bien sûr que si, voyons. Vous allez vous remettre.

— Menteur.

Elle lui sourit, parfaitement à l'aise. Il était trop tard pour tout, pour tricher, pour les doutes, et même pour la peur qui l'avait si longtemps retenue prisonnière. Jamais elle n'avait été aussi certaine de quelque chose. Jamais elle ne s'était sentie aussi courageuse.

— Ne vous entêtez pas. S'il vous plaît, Jamie.

Il l'avait aidée sa vie durant, et elle était déterminée à l'aider à son tour, pendant qu'il en était encore temps.

Il se leva, s'assit au bord du lit et glissa le bras derrière ses épaules pour l'écarter légèrement de l'oreiller. Elle trouva la force de faire passer la chaîne par-dessus sa tête. Jamie la reposa doucement. Il en profita pour redresser les oreillers et l'installer confortablement avant de reprendre sa place dans le fauteuil.

Elle serra une dernière fois le bijou dans sa main et le lui tendit. La bague oscilla au bout de la chaîne, l'opale captant la lumière, s'illuminant comme à la lueur d'un secret.

— Je tiens à vous la donner, Jamie.

— Je ne peux pas accepter, mademoiselle Lou.

— Si, vous pouvez, et vous devez. Vous avez toujours l'intention de retourner à New York, n'est-ce pas ?

— Oui.

— Vous avez votre avenir à construire. C'est tout ce qui me reste de précieux, et c'est à vous que je veux l'offrir. Vendez-la et achetez ce dont vous aurez besoin. Et pensez à moi de temps en temps.

— Je ne peux pas la prendre.

— Si, il le faut, Jamie. Voulez-vous entendre une chose horrible ?

Il ne répondit pas, mais elle continua néanmoins, s'interrompant pour reprendre son souffle.

— Après la mort de papa, lorsque David est allé voir Hugh Wickham pour... obtenir les papiers de votre affranchissement... j'ai été terriblement bouleversée.

Jamie se redressa un peu, l'air sur ses gardes.

— C'est vrai... J'avais peur qu'en devenant un homme libre... vous ne partiez et que je ne vous revoie jamais.

Les épaules de Jamie s'affaissèrent. Il baissa la tête, fixa les étoiles qui scintillaient dans l'opale, et laissa libre cours à ses larmes.

— C'est pour cette raison que vous devez prendre... cette bague, Jamie. Je vous en prie. J'étais tellement égoïste que... j'aurais voulu vous garder comme esclave pour... que vous ne sortiez jamais... de ma vie.

— Vous n'aviez pas besoin de me posséder pour me garder auprès de vous, mademoiselle Louzanna. Vous n'aviez qu'un mot à dire.

— Oui, je le sais maintenant, mais c'est trop tard. Mason était mon seul véritable amour, Jamie, mais j'ai compris que, si je m'étais accrochée aussi farouchement à sa bague, si je n'ai cessé de le pleurer, c'était par crainte d'affronter la vie. Cela me fournissait une bonne excuse pour ne pas voir ce que j'aurais pu faire, si j'avais été plus forte.

Il serra brièvement ses mains dans les siennes, prit la bague et la chaîne, et les posa sur ses genoux.

— Je préférerais que vous viviez, mademoiselle Louzanna, plutôt que de prendre ce bijou.

— Cela n'adviendra pas.

Sa voix n'était plus qu'un mince filet, à présent. Elle n'avait plus peur de la mort. La seule chose qu'elle redoutait, c'était de ne pas avoir le temps de dire ce qu'elle avait à dire à ceux qu'elle aimait si tendrement.

— Il y a une dernière chose que j'aimerais que vous fassiez pour moi, Jamie. Je voudrais que vous m'ameniez David et Sara.

Avant qu'il ne s'éloigne, elle lui tendit la main. Il hésita, puis finit par la prendre dans les siennes. Et il la pressa doucement, mais avec fermeté et confiance, jusqu'à ce qu'elle lui demande de la laisser.

La nuit était tombée. Devant la maison, le noyer bruissait sous la caresse de la brise. Dans la chambre, Elizabeth dormait à poings fermés, et David tenait toujours Sara dans ses bras.

Un calme profond l'habitait, un calme qu'il n'avait pas ressenti depuis qu'il était parti à la guerre.

Tout à son combat contre la fièvre jaune, il avait à peine eu le temps de penser, et encore moins de réfléchir à l'avenir. Sara s'était révélée capable de travailler à ses côtés. Elle avait montré la profondeur de sa loyauté, sa capacité à comprendre et à pardonner. Elle était une mère aimante et dévouée, et la meilleure amie de sa sœur.

Elle était tout ce qu'il attendait d'une épouse.

Il s'écarta pour plonger son regard dans le sien, et le désir brûlant qu'il y lut lui coupa le souffle. Refermant les mains en coupe autour de son visage, il s'inclina pour cueillir un baiser sur ses lèvres.

À l'instant où leurs bouches allaient se rejoindre, on frappa à la porte. Ils se séparèrent brusquement, tandis qu'une seule pensée chassait toutes les autres : *Louzanna*.

David se dirigea vers la porte, Sara sur les talons.

— Que se passe-t-il, Jamie ? s'alarma-t-il en constatant que ce dernier avait pleuré.

Il chercha aveuglément la main de Sara et s'y cramponna.

— Est-ce qu'elle est… ?

— Non. Elle veut vous voir tous les deux.

Sans chercher à cacher ses larmes, Jamie s'écarta pour les laisser sortir.

Louzanna leur sourit lorsqu'ils pénétrèrent dans la chambre. David se précipita aussitôt à son chevet et lui saisit la main.

— Tu as mal quelque part ?

— Non, je suis fatiguée… tellement fatiguée.

Il se maudit en silence. Quel médecin était-il donc pour être incapable de sauver sa propre sœur ?

— Il me reste peu de temps, murmura-t-elle en les regardant tour à tour.

— Tu n'en sais rien, riposta David d'un ton que la colère due à son impuissance avait rendu amer.

— Si, je sais. Je voulais… vous voir tous les trois pour vous dire… tout ce que vous représentez pour moi. Vous êtes ma famille. Pas seulement toi, David, mais toi aussi, Sara. Tu as été comme une sœur pour moi. Tu m'as fait confiance avec Elizabeth, tu m'as aidée à accomplir des choses dont je me croyais incapable. Quant à vous, Jamie…

Elle le contempla un long moment en silence.

— Vous savez déjà ce que vous représentez à mes yeux.

— Louzanna, accroche-toi, implora David, éperdu.

— À quoi bon ?

Sara alla s'asseoir de l'autre côté du lit pour prendre l'autre main de Lou, l'encourageant à se montrer forte une dernière fois.

— Dis ce que tu as à dire, Louzanna.

— J'ai… gâché les meilleures années de ma vie en restant cloîtrée dans cette maison… pour fuir… ce moment précis. Aujourd'hui, je n'ai plus peur. J'aimerais seulement pouvoir recommencer… mais cette fois, je vivrais *vraiment*.

316

Elle rapprocha la main de son frère de celle de Sara. Leurs doigts se mêlèrent sans l'aide de Louzanna.

— Il est temps que vous viviez, vous aussi. Que vous partagiez cet amour… que vous n'avez jamais cessé d'éprouver l'un pour l'autre.

Elle jeta un bref regard à Jamie, puis reporta son attention sur David.

— Parfois, l'amour est là, devant vous, et pour une raison mystérieuse… on refuse de le voir. N'y renoncez pas à cause de ce que les autres pourraient dire ou penser. Ne le perdez pas non plus à cause d'une fierté têtue.

Les doigts de Sara se resserrèrent autour de ceux de David. Son amour pour lui était presque tangible. Elle l'avait toujours aimé et l'aimerait toujours.

— J'ai offert… la bague de Mason à Jamie. Sara, je voudrais que tu donnes… à chacune des femmes de mon cercle de couture… une couverture, en souvenir de moi. Garde tes préférées… pour Elizabeth.

— Je le ferai, je te le promets, souffla Sara en s'essuyant furtivement les yeux.

Louzanna prit une profonde inspiration, parut incapable d'expirer, mais y parvint finalement.

— À présent… j'aimerais être seule avec David.

Sara se pencha pour l'embrasser et lui murmura à l'oreille :

— Merci, Louzanna. Merci pour tout ce que tu as fait pour Elizabeth et moi. Je ne t'oublierai jamais. Au revoir, ma sœur.

Jamie dut aider Sara à sortir de la pièce.

Lorsque David se retrouva seul avec Lou, il scruta son regard et comprit qu'elle savait mieux que lui ce qui l'attendait. Elle était en paix avec elle-même, prête à les quitter.

— Il est temps de baisser les bras, David. Je suis… sans doute plus calme maintenant… que je ne l'ai jamais été de toute ma vie. Vois-tu, je n'ai plus rien à craindre. J'ai fini de me cacher.

— Tu vas me manquer, Lou, fit-il d'une voix étranglée, songeant à toutes ces années perdues durant lesquelles ils avaient été séparés.

— Tu as... Sara et Elizabeth. Ne tarde pas trop... pour lui dire que tu l'aimes toujours. Cela me semble évident, mais elle... ne le sait pas. Il faut aussi que tu lui dises... que tu lui as pardonné. Reprenez un nouveau départ, et laissez le passé... derrière vous.

Elle chercha son souffle, battit des paupières. David crut qu'elle s'était éteinte, mais elle rouvrit les yeux. Il était toujours accroché à sa main.

— Je ne te demande pas... une promesse sur mon lit de mort... mais ce que j'aimerais par-dessus tout... c'est que... Sara et toi... vous soyez... heureux.

Dans le silence qui suivit, David embrassa sa sœur. Ils avaient toujours été si proches. Elle avait cru en lui bien avant qu'il ne croie en lui-même.

Sa main toujours étroitement serrée dans la sienne, il demeura assis à son chevet une partie de la nuit, jusqu'à ce qu'il trouve en lui la force d'admettre qu'il était seul, que sa sœur n'était plus.

47

Les habitants de Magnolia Creek se souviendraient toujours que la quarantaine avait été officiellement levée le jour de l'enterrement de Louzanna Talbot. George Langston rouvrit les routes, et les voyageurs et les marchandises entrèrent de nouveau dans la ville.

Vêtue de noir, Sara se tenait près de David, au bord de la tombe, la petite main d'Elizabeth dans la sienne. Comme si elle avait perçu la solennité du moment, la fillette était restée très calme pendant le service religieux.

Sara glissa un regard à David. Ces trois derniers jours, il s'était replié sur lui-même, se retirant dans sa chambre dès le repas terminé. La tendresse qu'il lui avait manifestée le soir où sa sœur les avait quittés semblait appartenir au passé. Il n'était ni brusque ni maussade, non. Il s'était simplement retranché dans son chagrin, évitant les contacts. Notamment le sien.

Accablée par son propre chagrin, incertaine quant à l'avenir, Sara avait envoyé Jamie prévenir les femmes du cercle de couture. Surmontant ce qu'elles pouvaient encore éprouver de ressentiment à son égard, chacune était venue choisir une couverture, selon les dernières volontés de Louzanna.

Elizabeth profita de ce que sa mère était perdue dans ses pensées pour lui échapper. L'instant d'après,

David sentit une petite main se glisser dans la sienne. Surpris, il baissa les yeux.

— You? dit la fillette en fronçant les sourcils.

Sara se penchait vers sa fille quand David la devança et la souleva dans ses bras.

Le nez contre celui de la fillette, il murmura :

— Lou n'est pas là.

— Pa'tie?

Il se racla la gorge.

— Oui, partie.

L'infinie tristesse qui perçait dans sa voix brisa le cœur de Sara. Sans se soucier de sa réaction, elle se rapprocha de lui jusqu'à ce que leurs épaules se touchent.

Le prêtre referma sa Bible et contourna la tombe pour venir serrer la main de David. La sympathie et les paroles apaisantes qu'il lui offrit étaient, hélas, impuissantes à soulager sa douleur.

Sans Lou, la maison ne serait plus jamais ce qu'elle avait été. Plus jamais ils ne la verraient dans le salon, en train de lire une histoire à Elizabeth, ou occupée à coudre ses patchworks. Ils ne l'entendraient plus marmonner dans la cuisine en se tordant les mains, ou assister aux changements des saisons à travers les vitres du jardin d'hiver.

Sara balaya du regard toutes les nouvelles pierres tombales qui peuplaient le cimetière. Tout à coup, sa vision se troubla et un bourdonnement étrange gronda à ses oreilles, s'amplifia jusqu'à ce qu'elle fût incapable d'entendre ce qui se disait autour d'elle. Elle eut comme un éblouissement, puis le monde bascula, et tout s'évanouit autour d'elle.

Elle avait dix-sept ans. Étendue dans le grenier obscur, elle rêvait qu'elle courait vers le vieux chêne où la rosée du matin s'était accumulée. Elle avait hâte d'y baigner son visage au lever du jour, mais à la différence de la première fois, elle savait maintenant qui était l'homme qu'elle souhaitait envoûter.

Il s'agissait de David Talbot.

Cependant, avant de quitter le grenier, elle devrait chercher son chemin à travers les ténèbres épaisses qui l'enveloppaient.

— Sara ?

Elle battit des paupières, et le premier visage qu'elle vit fut le sien.

— David, murmura-t-elle avec un soupir de soulagement.

Elle n'aurait pas à le chercher dans les ténèbres. Il était à ses côtés, là où était sa place. Ses grandes mains étaient posées sur ses épaules et son visage, tout près du sien. Son regard, autrefois si plein d'espoir et de promesses, était à présent empreint de tristesse.

Sara voulut s'asseoir et comprit soudain qu'elle ne rêvait pas. Elle était étendue dans le boghei, et David était assis près d'elle.

Un attroupement s'était formé autour de la voiture. Il y avait le prêtre, Jamie avec Elizabeth dans les bras, les amies du cercle de couture de Lou, Lorna Pickering. Sara se frotta les yeux et découvrit qu'elle portait des gants noirs. L'attelage était rangé le long du cimetière.

L'enterrement de Louzanna.

La mémoire lui revint d'un coup, en même temps que tout ce que David et elle avaient enduré au cours des dernières semaines.

Embarrassée, elle s'efforça d'ignorer les regards inquiets tandis qu'il l'aidait à s'asseoir. Son chapeau gisait sur le plancher. David lissa sa robe puis, après une seconde d'hésitation, lui arrangea les cheveux. Elle tenta d'avaler la boule qui lui obstruait la gorge.

— Je ne comprends pas ce qui m'est arrivé. Je pensais à Lou, et tout à coup… tout est devenu noir.

— Tu te sens souffrante ?

— Fatiguée, surtout. Et puis, il fait si chaud !

David lui tâta le front, mais elle secoua la tête. Elle ne ressentait ni douleur ni aucun des symptômes qui annonçaient la fièvre jaune.

Elle s'apprêtait à lui dire qu'elle ne s'était jamais évanouie de sa vie, quand un souvenir lui revint. Cela lui était déjà arrivé une fois, lorsqu'elle était enceinte d'Elizabeth.

— Sara ? s'inquiéta-t-il en la dévisageant.

Elle l'écoutait à peine tandis qu'elle procédait à un rapide calcul. Elle compta les jours, les semaines depuis qu'elle avait fait l'amour avec David.

— Je vais bien… vraiment.

Elle espérait que son désarroi n'était pas inscrit sur son visage. Ses mains tremblaient si fort qu'elle dut les croiser sur ses genoux.

— Tu es sûre ?

Elle hocha la tête, essayant de s'en persuader elle-même.

— Pas de douleur derrière les yeux ?

— Non, aucune.

— Aux muscles ? À la gorge ?

— Non, rien de tout cela. S'il te plaît, David, j'aimerais rentrer à la maison.

Il l'étudia encore un instant, puis se tourna vers les visages anxieux qui attendaient son diagnostic.

— C'est seulement de l'épuisement, pas la fièvre jaune.

Sa déclaration suscita un profond soulagement dans l'assemblée.

Gênée d'être ainsi au centre de l'attention, Sara garda le silence, toute raide sur son siège, tandis que Jamie tendait Elizabeth à David afin de récupérer son cheval. Il avait prévu de passer une nuit supplémentaire à Magnolia Creek avant de regagner New York.

— Peux-tu la tenir ? demanda David à Sara, hésitant à lui confier l'enfant.

— Je me sens bien, maintenant.

Elle installa sa fille sur ses genoux, et David fit claquer les rênes.

Était-il possible qu'elle porte son enfant ?

Sa place ici, chez lui, était tellement incertaine à présent que Louzanna n'était plus là.

Que se passerait-il si elle devait avoir un autre enfant ? Comment parviendrait-elle à subvenir à ses propres besoins ainsi qu'à ceux d'Elizabeth et d'un nouveau bébé ?

Et comment l'annoncer à David ? Ils savaient tous deux que, si un enfant avait été conçu cette nuit-là, c'était dans la colère, pas dans l'amour.

48

David regardait Sara glisser les mains le long des jambes de sa fille, jusqu'à ses petits pieds, et faire soudain claquer ses chaussures l'une contre l'autre. Elizabeth éclatait de rire chaque fois. Sa joie paraissait incongrue, vu les circonstances, et cependant, elle agissait comme un baume.

Il y avait eu trop de douleur dans leurs vies, trop de drames durant les semaines écoulées.

Il étudia subrepticement Sara, et la trouva trop pâle à son goût. Il doutait que la chaleur ou l'épuisement soient à l'origine de son évanouissement. Certes, elle avait travaillé sans relâche à ses côtés et, depuis la mort de Lou, il l'avait laissée se débrouiller seule tandis qu'il se murait dans son chagrin. Toutefois, cela ne lui disait pas *pourquoi* elle avait perdu connaissance.

Il avait cru mourir de peur quand elle s'était écroulée à ses pieds.

Elle avait peut-être l'impression d'aller bien, mais il l'examinerait dès leur arrivée. Si la guerre et les épidémies lui avaient appris une chose, c'était que la vie, de même que le temps, était bien trop précieuse pour être traitée à la légère.

La maison était silencieuse. Sara était en haut où elle s'occupait d'Elizabeth. Assis devant le secrétaire du petit salon, David feuilletait la Bible de la famille

Talbot. Il venait d'y inscrire la date de la mort de Lou-zanna, à côté de celle de sa naissance. Depuis quelques minutes, il observait celle de son mariage avec Sara, notée près de leurs noms.

Le plancher craqua dans l'entrée. Il leva la tête et aperçut Jamie sur le seuil. Il ferma la Bible, la posa et se leva, soulagé de quitter la petite chaise incon-fortable.

— Vous avez fait vos bagages ?

Jamie hésita. Visiblement, il avait quelque chose d'important à dire. David attendit. Il n'était plus question de rapports de maître à domestique entre eux. Il lui offrit un bourbon, mais Jamie refusa. David ne remplit donc qu'un verre, puis s'installa dans le fauteuil de son père, près de la cheminée.

— Mlle Louzanna m'a chargé d'une dernière mis-sion, annonça Jamie après avoir refermé la porte du salon.

Il glissa les doigts dans sa poche gousset et en sor-tit un anneau d'or qu'il tendit à David.

— Elle m'a dit qu'elle espérait que vous sauriez en faire bon usage.

David reconnut l'alliance de Sara ornée de feuilles de laurier gravées. Il avait supposé qu'elle l'avait ven-due ou échangée durant la guerre.

— C'était l'alliance de ma grand-mère, fit-il douce-ment en la retournant entre ses doigts.

Jamie se frotta la nuque avant d'expliquer :

— Mlle Sara l'a laissée ici avec une lettre pour Mlle Lou quand elle est partie. Mlle Lou l'a conser-vée précieusement afin que vous puissiez la rendre à Mlle Sara.

David se rappela Sara le jour de leur mariage, si jeune, si innocente. Une constellation d'étoiles dan-sait dans ses yeux. Il était si amoureux, si fier d'en faire sa femme, si sûr de ne pas se tromper. Il avait pris le risque d'épouser une fille de dix-sept ans qu'il ne connaissait que depuis deux semaines, parce que l'idée de partir à la guerre en remettant leur avenir entre les mains du hasard lui semblait n'avoir aucun sens en ce printemps 1961.

Non seulement il avait voulu lui donner son nom, mais la protéger des temps difficiles qui s'annonçaient. Il était parti confiant, avec le souvenir de leur nuit de noces et l'espoir qu'elle porterait son enfant.

Son enfant.

David contempla la bague.

Est-ce que Sara portait son enfant ?

Il se leva d'un bond, fourra la bague dans sa poche et faillit heurter Jamie de plein fouet en se ruant vers la porte.

— Il faut que je sorte. Je dois retourner au cabinet.

Il allait s'excuser rapidement, quand il se souvint soudain que Jamie partait à l'aube. S'immobilisant, il lui tendit une main amicale, se refusant à croire que c'était la dernière fois qu'ils se voyaient.

— Promettez-moi de trouver un moyen de nous donner de vos nouvelles.

— Je n'y manquerai pas, dès que je serai installé.

— Jamais je ne vous remercierai assez de tout ce que vous avez fait pour nous tous ici. Je sais que votre vie n'a pas été facile, Jamie. Je regrette que les choses n'aient pas été différentes…

— Dès que vous en avez eu la possibilité, vous m'avez donné ce qui compte le plus à mes yeux. La liberté.

— Je ne sais pas ce que j'aurais fait sans vous, ces dernières semaines. Merci d'avoir accepté de rester.

— Je l'ai fait pour Mlle Lou. Pour lui rendre la vie plus facile. Je serais revenu plus tôt si j'avais su qu'elle avait besoin de moi.

— Je sais. Et elle aussi le savait.

David lui serra la main de nouveau en lui donnant une bourrade.

— Que Dieu vous garde, Jamie ! Vous serez toujours chez vous ici, ne l'oubliez pas.

Sara tira les rideaux et vérifia qu'Elizabeth dormait. Avec un sourire, elle caressa la chienne qui ronflait au pied du lit, puis se laissa tomber dans le fauteuil à bascule et refit mentalement ses calculs.

Je pourrais être enceinte.

La main sur le ventre, elle tenta de se rappeler ce qu'elle ressentait lorsqu'elle attendait Elizabeth. Elle se souvenait seulement des derniers mois, quand elle souffrait du dos, que ses chevilles avaient enflé, et qu'elle avait sans cesse envie de beurre. La veille au soir, elle avait mis plus de beurre que d'ordinaire sur son pain...

Elle se leva et s'approcha de la psyché, près de la coiffeuse.

En étudiant son reflet, elle se demanda comment un homme pouvait la trouver désirable. Ses yeux étaient gonflés à force d'avoir pleuré, et des cernes sombres les soulignaient. Examinant ses seins à travers le corsage, elle s'aperçut qu'ils s'étaient arrondis, et que leurs pointes étaient particulièrement sensibles lorsqu'elle les effleurait. Avait-elle inconsciemment refusé d'admettre ces changements jusqu'ici ?

Si elle était enceinte, elle ne pourrait le cacher à David. Il ferait alors ce qui s'imposait quand on est un homme d'honneur : il la garderait à ses côtés, uniquement à cause de l'enfant. Il ne lui pardonnerait peut-être jamais ni ne l'aimerait de nouveau, mais il se sentirait des obligations envers elle.

Impensable.

Et comment traiterait-il Elizabeth une fois qu'il aurait un enfant à lui ? La considérerait-il éternellement comme une bâtarde, de même que ses frères et sœurs, et le reste de la ville ?

Sara se détourna du miroir. Elle songea qu'en passant un peu de temps chez sa mère, et en parlant avec son grand-père, elle parviendrait peut-être à prendre la bonne décision ?

Maintenant que la quarantaine était levée et que son père n'était plus de ce monde, plus rien ne l'empêchait de retourner là-bas.

Rien, hormis David, et la vérité.

49

Le soir tombait lorsque David rentra du cabinet. Il parcourait les rues obscures à grandes enjambées. Avant de tirer des conclusions, il était allé consulter un article d'obstétrique paru dans une revue médicale.

La période de gestation habituelle est de neuf mois, quarante semaines ou deux cent quatre-vingts jours. Les signes généraux en sont l'arrêt des règles, les nausées matinales après la cinquième ou la sixième semaine, les brûlures d'estomac, les ballonnements douloureux en fin de journée nécessitant l'abandon de toute compression due aux vêtements; les indigestions, l'irritabilité, des envies et des désirs fantaisistes.

Parmi d'autres inconvénients était mentionné *l'évanouissement*, ce qui troubla grandement David. Dans son article, le Dr A.W. Chase précisait par ailleurs :

Étant donné la sensibilité extrême du système nerveux des femmes enceintes, et la vulnérabilité particulière de leur corps comme de leur esprit, elles doivent éviter toute tension ou choc nerveux, et être tenues à l'écart de tout objet de répulsion. Elles doivent aussi se protéger des risques d'infection. En effet, si elles peuvent échapper à certaines maladies, le bébé, lui, peut avoir été gravement contaminé et développer les symptômes à la naissance.

Pour ce qui était des chocs nerveux et des objets de répulsion, Sara y avait été exposée plus que toute autre femme. Sans parler de la fièvre jaune. David se demandait à présent quels dommages cette exposition pouvait avoir causés au bébé.

Lorsqu'il arriva chez lui, il oscillait entre l'anxiété et un vague espoir.

Une unique lampe était allumée dans le salon. La cuisine était plongée dans l'obscurité et le rez-de-chaussée désert. Il éteignit la lampe et monta lentement.

Devant la porte de Sara, il s'arrêta. L'entendant remuer à l'intérieur, il frappa sans se laisser le temps de changer d'avis.

Elle entrouvrit la porte tout en nouant la ceinture de son peignoir.

— Tu es rentré.

Elle semblait étonnée de le voir, ce qui était compréhensible. Il la fuyait depuis des jours.

— J'avais à faire au cabinet.

— Jamie part à l'aube.

— Je lui ai fait mes adieux tout à l'heure.

— Je lui ai préparé un sac de provisions.

— C'est bien. Merci.

Baissant les yeux, il vit ses orteils dépasser de l'ourlet de son peignoir. Elle était pieds nus, comme le jour où ils s'étaient rencontrés. Ses longs cheveux auburn ondulaient sur ses épaules. Il s'avança légèrement et perçut son parfum, mélange de savon et de talc.

— Euh... Elizabeth dort, et je m'apprêtais à me coucher.

— Est-ce que tu te sens mieux ?

— Je suis fatiguée. J'ai besoin de sommeil, c'est tout. Bonne nuit, David.

Elle parlait anormalement vite et semblait sur la défensive. Alors qu'elle s'apprêtait à refermer la porte, il la bloqua de la main. Stupéfaite, elle écarquilla les yeux. Le battant était suffisamment ouvert pour qu'il puisse voir l'intérieur de la chambre.

Goldie était couchée près du lit d'Elizabeth. Celui de Sara n'était pas défait. Les petites robes de sa fille s'y empilaient près d'un vieux sac de voyage. Le regard de David revint sur Sara.

— Tu vas quelque part ?

— Je vais me coucher, je te l'ai dit.

Elle tenta à nouveau de fermer la porte, mais il l'en empêcha. Lorsqu'il l'ouvrit en grand, elle pâlit et battit en retraite à l'intérieur.

— Tu pars ? insista-t-il en lui montrant le sac sur le lit.

Elle croisa les mains, luttant pour ne pas s'affoler tandis qu'il s'approchait d'elle.

— J'avais l'intention d'aller rendre visite à ma mère, lâcha-t-elle en haussant les épaules comme si cela expliquait tout. Je ne sais même pas si d'autres membres de ma famille sont tombés malades ou sont morts.

— Tu étais pourtant pressée de les quitter quand le Dr Porter t'a proposé de venir travailler ici.

— Je sais ce que c'est que d'avoir une famille, à présent, même une famille telle que la mienne.

David se dirigea vers le lit et effleura du doigt l'une des robes d'Elizabeth que Louzanna avait agrémentée d'une broderie au point de croix. Son cœur flancha. À part Sara, il n'avait plus de famille.

— Il semblerait que tu te prépares pour une longue visite. À moins que tu ne partes pour de bon, cette fois ?

— Je vais seulement voir ma mère.

— Qu'est-ce que tu fuis, Sara ?

— Je ne fuis pas.

— Ce n'est pas l'impression que tu me donnes. Que me caches-tu ?

— Rien.

Il secoua la tête, s'approcha d'elle jusqu'à ce qu'elle se retrouve coincée contre le lit. Elle porta la main à sa gorge, dans l'échancrure de son peignoir, et s'humecta les lèvres.

— Maintenant que Louzanna n'est plus là, je pensais que tu avais besoin d'un peu de solitude.

— C'est à cause de ma sœur que tu restais ici ? Et de la quarantaine ?

Il lança un bref regard vers le lit où dormait Elizabeth, puis reprit un ton plus bas :

— Pourquoi es-tu soudain si pressée de partir ?

— Je ne suis pas particulièrement pressée, je...

— Tu me caches quelque chose, s'entêta-t-il.

Son regard glissa sur son corps aux courbes voluptueuses sous le peignoir léger. Ses seins n'étaient-ils pas plus pleins qu'avant, ou faisait-il totalement fausse route ?

— Non, je ne te cache rien, riposta-t-elle.

— Tu es enceinte, n'est-ce pas, Sara ?

Elle en resta bouche bée. Il avait joué à quitte ou double, mais jamais il n'aurait prévu que la vérité le bouleverserait à ce point. Il crut que ses jambes allaient se dérober sous lui.

— Tu *es* enceinte. Bon sang !

Elle fit volte-face et tenta d'essuyer discrètement ses larmes.

— Sara...

— Je savais que tu ne voudrais pas.

— Avais-tu l'intention de t'en aller sans me dire que tu portais mon enfant ? Je ne suis pas Jonathan Smith. *Jamais* je ne t'aurais laissée partir avec mon enfant.

Elle se retourna pour lui faire face.

— J'allais chez moi pour *réfléchir* !

— Réfléchir à quoi ?

Avec un rire crispé, elle repoussa ses cheveux en arrière.

— *À quoi ?* répéta-t-elle. Peut-être au fait que je suis de nouveau enceinte, cette fois d'un mari qui ne supporte pas ma vue ! Je ne peux même pas t'appeler mon « mari », n'est-ce pas, David ? Parce que nous ne vivons pas comme un couple marié, et que tu ne m'aimes plus. Si c'était le cas, tu m'aurais pardonné.

Elle prit une profonde inspiration avant d'ajouter :

— Je ne te connais même plus. Tu n'es pas l'homme que j'ai épousé.

— Tu n'es pas non plus la femme que j'ai épousée.

— J'étais une gamine à l'époque.

David pivota et marcha jusqu'à la coiffeuse. Il se tenait là, immobile, l'esprit en ébullition, quand il aperçut quatre feuilles de papier jauni étalées sur la table. Il reconnut aussitôt son écriture.

Il s'agissait de la dernière lettre qu'il avait envoyée à Sara. Elle l'avait conservée durant toutes ces années et avait dû la lire et la relire si souvent qu'elle était presque en lambeaux. Un grand calme l'envahit soudain, un sentiment de paix si profond qu'il faillit s'écrouler sur la chaise.

Il retourna près d'elle.

— J'étais un rêveur à l'époque. Je voulais une maison pleine d'enfants, et une femme qui m'aimerait suffisamment pour rester à mes côtés envers et contre tout. Je voulais m'établir ici, à Magnolia Creek, en tant que médecin, et mener une vie tranquille. Je m'imaginais marchant la tête haute dans les rues de cette ville à la fondation de laquelle mon grand-père avait participé.

— Hélas, j'ai tout gâché, intervint-elle d'une voix douce.

— C'est la guerre qui a tout gâché, pas toi.

Il s'interrompit, conscient que ce qu'il allait dire maintenant serait décisif pour l'avenir.

— Depuis que Lou est morte, j'ai réfléchi... J'ai pensé que nous pourrions essayer de repartir sur de nouvelles bases. Peut-être n'est-il pas trop tard pour réaliser nos rêves ?

— Que viens-tu de dire ?

Sara se demandait si elle avait bien entendu.

— J'ai dit que nous pourrions peut-être avoir ce dont nous avons toujours rêvé… si tu veux mon enfant. Si tu veux réellement être de nouveau ma femme.

Il se tenait devant elle, tout près, la dominant de toute sa hauteur, mais elle n'avait pas peur. Ce qu'elle craignait, c'était de nourrir de faux espoirs et d'avoir le cœur brisé.

— Comment, David ?

Il plongea la main dans sa poche et en retira l'alliance. Le cœur de Sara manqua un battement.

— Acceptes-tu de la porter à nouveau ? Acceptes-tu d'être ma femme ?

Elle désirait désespérément la glisser à son doigt. Elle s'était sentie si nue sans elle. C'est alors qu'un soupçon s'insinua dans son esprit. Pourquoi ce brusque revirement, sinon parce qu'elle portait son enfant.

— C'est à cause du bébé, n'est-ce pas ? Pour que je ne parte pas avec lui ?

— Tu ne ferais pas une chose pareille, n'est-ce pas, Sara ? Si c'était le cas, cela signifierait qu'il ne reste absolument rien de la jeune fille dont je suis tombé amoureux. Qu'il n'y a pas de mariage à sauver.

— Tu n'es pas tombé amoureux de moi, David. Je t'ai envoûté, avoua-t-elle en baissant la tête, honteuse.

Mais n'était-ce pas la nuit des aveux ?

D'abord, il fronça les sourcils, puis l'ombre d'un sourire se joua sur ses lèvres.

— Tu m'as *envoûté* ? Qu'est-ce que tu racontes ?

— À l'aube du jour où nous nous sommes rencontrés, j'avais recouru à l'un des plus vieux sortilèges de grand-père. N'importe quel homme sur lequel j'aurais jeté mon dévolu se serait épris de moi.

— Es-tu en train de me dire que tu avais prévu de trouver un mari ce jour-là, et que c'est tombé sur moi ?

Sara haussa les épaules.

— Mais tu prétendais que tu ne croyais guère à ces pratiques auxquelles recourait ton grand-père ?

— Pourquoi un homme comme toi serait-il tombé amoureux d'une pauvre fille comme moi ? Une fille des basses terres ?

— Si tu crois cela, alors peut-être que tu ne m'aimais pas vraiment. Peut-être était-ce l'effet du charme, finalement.

— Bien sûr que je t'aimais ! Je suis tombée amoureuse de toi dès que je t'ai vu sur le bac !

Il s'empara de sa main.

— Tout comme je suis tombé amoureux de toi, sortilège ou pas, Sara. J'ai continué de t'aimer tout le temps où j'étais à la guerre, et je n'ai jamais cessé de t'aimer depuis. Seulement, j'ai laissé mon maudit orgueil s'en mêler.

— Mais…

— Ce n'est ni à cause de ce sortilège ni du bébé, Sara. Je ne me doutais pas que tu étais enceinte jusqu'à ce que je comprenne pourquoi tu avais perdu connaissance. Lou avait confié l'alliance à Jamie pour qu'il me la rende et, dès que je l'ai vue, j'ai compris que sa place était à ton doigt parce que nous sommes faits l'un pour l'autre. Je veux que tu sois ma femme. Je veux fonder avec toi cette famille dont j'ai toujours rêvé. Et je ne laisserai plus rien se mettre en travers de notre chemin cette fois – ni cette ville ni le passé.

Le cœur de Sara se gonflait de bonheur, mais elle avait besoin de l'entendre dire une chose.

— Est-ce que tu me pardonnes, David ?

— Je ne serai pas l'homme que tu mérites à moins que toi, tu me pardonnes. Je comprendrai que tu ne veuilles plus entendre parler de moi après ce que je vais t'avouer, Sara.

— Tu me fais peur…

— Quand je me suis réveillé, à l'infirmerie, je ne savais ni qui j'étais ni où j'étais, sinon dans une salle de soins, avec d'autres patients. Cependant, la mémoire m'est revenue assez vite. J'ai retrouvé mon nom et je me suis rappelé que j'étais médecin. Bien sûr, je me suis souvenu de toi aussi.

— Tu disais que tu avais mis six mois à retrouver la mémoire.

— J'ai menti. Je t'ai menti. J'ai menti aux médecins et aux infirmières de ce camp de prisonniers. J'ai prétendu être toujours amnésique pour ne pas être échangé avec un autre prisonnier et retourner au front. C'était trop tôt, Sara. Je venais de frôler la mort et je ne me sentais pas la force d'affronter de nouveau tous ces blessés, et encore moins ceux que je ne parvenais pas à sauver.

Il secoua la tête en soupirant.

— Jamais je n'aurais imaginé que ces semaines volées au temps me coûteraient mon mariage. Si je t'avais écrit plus tôt, si je t'avais fait savoir que j'étais toujours en vie, tu ne serais pas partie avec Jonathan Smith.

Sara ferma les yeux et pensa à ces longs mois de souffrance durant lesquels elle l'avait pleuré alors qu'il était allongé sur un lit d'hôpital en feignant de ne pas connaître son propre nom.

— Je ne te blâmerai pas si tu ne peux me pardonner, Sara.

Elle secoua la tête, essayant de comprendre. Jusqu'à présent, elle n'avait vu que les blessures physiques que David avait ramenées de la guerre. Pour un homme d'honneur tel que lui, un homme bon, dévoué et généreux, avoir menti pour gagner quelques semaines de repos et de paix après toutes les horreurs qu'il avait vues devait être un fardeau terrible à porter.

Elle croisa les bras autour d'elle, alors que c'est

autour de lui qu'elle brûlait de les refermer en lui disant que le moment était venu de faire table rase du passé pour s'ouvrir à l'avenir. Le vent avait tourné. C'était lui qui implorait son pardon, à présent, lui qui lui demandait de prononcer les mots qui leur permettraient de commencer une nouvelle vie.

Alors elle posa la main sur la sienne.

— Peut-être est-il temps de nous pardonner mutuellement, David. Nous pourrons alors, je l'espère, laisser la guerre derrière nous.

Il lui tendit l'alliance.

— Acceptes-tu de la porter de nouveau ?

Elle s'apprêtait à dire oui, puis parut hésiter.

— Qu'y a-t-il ?

— Elizabeth.

— Elizabeth ?

— Je ne veux pas la voir grandir dans l'ombre de frères et sœurs qui seront *tes* enfants. L'idée qu'elle soit la petite bâtarde...

Il referma les mains autour de son visage et l'obligea à le regarder.

— Écoute-moi, Sara. Légalement, tu étais toujours ma femme quand tu l'as conçue. Mon sang ne coule peut-être pas dans ses veines, mais elle porte mon nom. Elle est Elizabeth Talbot. En ce qui me concerne, elle est à moi et le sera toujours.

Muette de surprise, elle le laissa lui passer la bague au doigt et l'attirer dans ses bras. Il lui embrassa le front, les paupières, les joues avec une tendresse émouvante.

— Tu trembles.

— Je n'arrive pas à croire ce qui m'arrive, murmura-t-elle en palpant la bague qui ornait son annulaire gauche comme pour s'assurer que tout cela était bien réel.

— Tu dois le croire, répondit-il avant de capturer ses lèvres en un long baiser qui lui coupa le souffle. J'ai envie de toi, Sara.

— Oh, David… fit-elle en se blottissant contre lui.

— Tu es en train de mouiller ma chemise, remarqua-t-il.

Pleurant et riant à la fois, elle fit sauter le premier bouton.

— Je dois pouvoir faire quelque chose, murmura-t-elle.

— Je te laisse carte blanche.

Tremblant toujours, elle parvint à déboutonner sa chemise et à glisser les mains sur son torse puissant. Elle l'entendit soupirer, puis elle se retrouva dans ses bras, nichée contre sa poitrine nue, comme il la transportait dans sa chambre de l'autre côté du couloir.

Il poussa du pied la porte déjà entrouverte et se dirigea vers le lit devant lequel il s'arrêta. Avant de l'y allonger, il la contempla longuement, si longuement et si gravement qu'elle sentit le désir couler en elle telle de la lave en fusion.

— C'est bien ce que tu veux, Sara ?

— Oui, je veux tout. Je veux être ta femme et la mère de tes enfants, et travailler à tes côtés jusqu'à la fin de mes jours.

Alors seulement il la déposa sur le lit. Ses cheveux se déployèrent autour d'elle telle une flamme ardente. Il y plongea les doigts, et ce fut comme s'il les enfouissait dans une mer de soie. Puis il lui sourit, et elle retint son souffle lorsque leurs lèvres se rejoignirent.

Cette fois, il se montra d'une tendresse infinie, comme si c'était de nouveau la première fois, comme si elle avait encore dix-sept ans. Il dénoua son peignoir et dévora du regard son corps magnifique, les rondeurs de ses seins, la finesse de sa taille et la courbe de ses hanches. Il se débarrassa alors de ses vêtements, les jetant sur le sol, et la rejoignit.

— Embrasse-moi, David, l'implora-t-elle dans un murmure.

Il captura ses lèvres en un baiser à la fois doux et ardent qui s'acheva dans son cou, sur ses épaules. Il était fort, capable de guérir comme de combattre, de mettre un enfant au monde comme de travailler la terre, mais ses mains étaient délicates et tendres. Il lui avait fait un enfant, le cadeau le plus précieux qui soit, il lui avait accordé son pardon et son amour. Sara l'aimait pour ce qu'il était et pour toutes ces raisons.

Il lui fit longuement et divinement l'amour toute la nuit, scellant la promesse qu'il avait renouvelée en lui glissant l'alliance au doigt. Lorsqu'ils reposèrent enfin dans les bras l'un de l'autre, repus et épuisés, Sara se laissa aller à sourire.

La lampe crachota et la flamme s'éteignit, mais il eut le temps de voir son expression.

— Qu'est-ce qui te fait sourire ainsi ?

— Je ne pensais pas pouvoir être aussi heureuse de nouveau, lui confia-t-elle.

— Moi aussi, je le suis.

Il l'attira plus étroitement contre lui, enroula la jambe autour des siennes.

— Sara ?

— Oui ?

— Je voudrais que tu me fasses une promesse.

— Tout ce que tu voudras.

— La prochaine fois que quelqu'un t'annoncera que je suis mort, prends la peine de t'en assurer par toi-même.

50

Le lendemain matin, à 8 heures, ils furent réveillés en fanfare. Quelqu'un frappait à la porte d'entrée. Goldie se mit à aboyer et Elizabeth à pleurer. David se leva d'un bond, et tâtonna vers son pantalon, à demi endormi. Sara repoussa la masse de cheveux emmêlés qui lui tombait sur le visage et s'aperçut qu'elle était dans le lit de David. Nue. Avec seulement son alliance au doigt.

Achevant d'attacher son pantalon, David enfila sa chemise et courut vers la porte sans un mot. Sara se leva à son tour, chercha son peignoir, s'en revêtit et sortit à son tour.

Quand elle arriva près du lit d'Elizabeth, Goldie était déjà en bas, aboyant toujours.

— Maman est là, mon bébé. Ne pleure pas, murmura-t-elle en prenant sa fille dans ses bras.

Elle l'embrassa et la berça.

— Woo ?

À la seule mention du nom de Lou, le cœur de Sara se serra.

— Elle est partie, ma chérie. C'est quelqu'un qui frappe à la porte.

Elle se demandait d'ailleurs de qui il pouvait bien s'agir et ce qu'on leur voulait. Songeant de nouveau à Lou, elle pria pour que ce ne soit pas le mauvais sort qui revenait.

Lorsque Elizabeth eut retrouvé le sourire, Sara la

recoucha et tendit l'oreille. Des voix lui parvinrent. David parlait à un homme et à une femme.

Alors qu'elle sortait en hâte une robe bordeaux de l'armoire, son regard tomba sur l'alliance à son doigt. Elle ferma les yeux en la faisant tourner autour de son annulaire.

Les événements de la nuit dernière étaient-ils vraiment arrivés ?

Son appréhension augmentait à mesure que le temps passait. Elle ne savait absolument pas quoi dire ni comment se comporter avec David, ce matin. Décidément, la vie n'était jamais aussi simple qu'elle le paraissait.

Pieds nus, la chemise hors du pantalon, les boutons attachés de guingois, David ouvrit la porte à l'instant précis où Hugh Wickham levait le poing pour frapper de nouveau. Anne et les garçons l'entouraient, des plats recouverts de torchons entre les mains.

— Tu n'étais tout de même pas en train de dormir à une heure pareille ! s'écria Hugh en essayant de jeter un œil à l'intérieur de la maison par-dessus l'épaule de David. Réveille-toi, docteur Talbot ! La quarantaine est levée et les Wickham viennent te rendre une petite visite.

Les garçons ouvrirent la marche et la famille Wickham s'engouffra dans la maison.

— Sara et Lou sont dans la cuisine ? s'enquit Anne.

Sans attendre, elle fonça dans cette direction, ses fils sur les talons.

David refermait à peine la porte qu'il l'entendit s'exclamer :

— Ça alors, la cuisinière n'est pas encore allumée ! Je m'en occupe, et je prépare le café que j'ai apporté.

Hugh quant à lui balayait l'entrée du regard, appuyé sur ses béquilles.

— Rien n'a changé, ici, observa-t-il tandis que David rentrait sa chemise dans son pantalon. J'espère qu'on ne t'a pas dérangé au beau milieu de quelque chose, ajouta Hugh avec un sourire en coin. Nous voulions venir plus tôt, mais nous avons dû attendre la fin de la quarantaine.

— Il y a eu des cas de fièvre jaune, chez vous ?

— Pas que je sache. En revanche, tu as été débordé, ici, d'après ce qu'on m'a dit.

David hocha la tête.

— Oui. Il y a eu quarante-deux morts à Magnolia Creek.

Il observa un long silence avant d'ajouter :

— Nous avons enterré Lou hier.

Le sourire de Hugh s'évanouit. Il avait toujours aimé Louzanna et adorait la faire rire.

— Mon Dieu, David... Nous ne savions pas, sinon nous n'aurions jamais débarqué ainsi. Si tu préfères que nous partions...

— Pas du tout.

David jeta un œil dans l'escalier, se demandant ce que fabriquait Sara et quand elle allait descendre. Il frotta son menton râpeux.

Anne émergea de la cuisine.

— J'ai allumé la cuisinière et le café est en route. Nous avons apporté du pain frais. J'ai aussi une grande jarre de haricots verts tout prêts, du bacon et du poulet pour le déjeuner. J'espère que Sara et Lou ne m'en voudront pas d'avoir pris ces initiatives.

Elle s'interrompit en remarquant l'expression de son mari.

— Que se passe-t-il ? Sara est toujours là, n'est-ce pas, David ?

— Oui, elle est là. Elle ne va pas tarder à descendre.

Du moins l'espérait-il. Il ne savait même pas si elle descendrait... Il avait prévu une matinée tranquille avec Sara et Elizabeth, la première qu'ils étaient censés partager comme une vraie famille, mais cela n'aurait pas lieu apparemment.

Hugh annonça lui-même la triste nouvelle à sa femme. Elle en fut choquée et fort attristée.

— Oh, David, je suis désolée. Nous n'aurions pas dû venir.

Elle le scrutait, épiant sa réaction. David savait qu'ils partiraient s'il le leur demandait, mais c'était si bon de retrouver ses amis, de voir la maison à nouveau pleine de vie et de joie. Les deux garçons couraient autour de la table de la salle à manger devant une Goldie effarée. Mais la vieille chienne était assise au milieu de la pièce, la langue pendante, et David aurait juré qu'elle souriait. L'odeur du café commençait à se répandre dans toute la maison.

La famille, les amis. C'était tout ce qui comptait.

— J'aimerais que vous restiez, affirma-t-il. J'ai déjà l'eau à la bouche à l'idée de ce poulet.

— Tu crois que cela n'ennuiera pas Sara si je commence à préparer le petit-déjeuner ? Nous avons réveillé les garçons tellement tôt qu'ils ont déjà faim.

— Fais comme chez toi, Anne. Je monte voir ce qui retient Sara.

— Si elle s'est réveillée dans le même état que toi, elle aura besoin d'un peu de temps pour se rendre présentable ! lança Hugh en riant.

David grimpa les marches en hâte en essayant de remettre de l'ordre dans ses cheveux. Comme il s'y attendait, Sara n'était plus dans la chambre. La porte de celle qu'elle occupait était fermée. Inquiet, il frappa et attendit qu'elle réponde.

Vêtue d'une robe qu'il ne lui connaissait pas, elle tenait Elizabeth dans ses bras. Le corsage moulait sa poitrine pleine et ses cheveux lustrés étaient noués sur la nuque en un chignon lâche.

Elle avait les joues roses, les yeux brillants et les lèvres gonflées par ses baisers de la nuit. Mais elle ne souriait plus et il s'alarma.

Sara n'avait jamais vu David ainsi, pieds nus, les cheveux en bataille, la chemise boutonnée n'importe comment, une barbe naissante assombrissant sa mâchoire. Il la dévisageait, et son sourire s'évanouit peu à peu.

— Ça va ? demanda-t-il.

— Bien sûr. Que se passe-t-il ? Qui est là ?

— Hugh et Anne, avec les garçons. Anne a préparé du café et elle a apporté de la nourriture.

Sara n'avait pas revu Anne Wickham depuis le début de la guerre… Ne serait-ce pas à elle, l'épouse de David, d'être dans la cuisine à préparer le café ?

— Qu'est-ce qui ne va pas ? fit David en l'étudiant attentivement.

— Rien ne va !

— Comment cela *rien* ?

Elle se précipita vers le lit où étaient toujours empilés les vêtements de la veille, assit sa fille entre le linge et le sac de voyage, et entreprit de lui ôter sa chemise de nuit.

Consciente du regard de David rivé sur elle, elle finit par s'interrompre et ferma les yeux en soupirant.

Il s'approcha d'elle.

— Sara ? Tu regrettes déjà la nuit dernière ?

Elle fit volte-face si vivement qu'elle faillit le heurter. Son cœur cognait dans sa poitrine et sa bouche était desséchée.

— Et toi ?

Ils s'affrontèrent un instant du regard, puis David sourit.

— Nous n'y arrivons pas encore très bien.

— Nous n'arrivons pas à quoi ?

— À être de nouveau mariés.

Sara exhala un soupir de soulagement et lui rendit son sourire.

— En effet, reconnut-elle.

— Alors, quel est le problème ?

— Je devrais être en bas en train de préparer le petit-déjeuner pour nos invités, pas le contraire.

— Anne adore cuisiner, cela lui est égal.

— Mais…

— Ils ne savaient pas, pour Louzanna. Je le leur ai appris, et je leur ai demandé de rester. Laisse Anne se rendre utile. Cela lui donne l'impression de faire quelque chose pour nous.

Il posa la main sur son épaule, la laissa courir le long de son bras, jusqu'à sa main.

— Tu es très belle ce matin, Sara.

Elle rougit.

— Eh bien, toi, on dirait que tu es tombé du lit ! Si tu essayais de te rendre un peu plus présentable pendant que je descends m'occuper de nos premiers invités ? Mais ne sois pas trop long, s'empressa-t-elle d'ajouter.

— Tu es nerveuse.

— Je n'ai jamais vraiment été ta femme, David. Tout est nouveau pour moi.

Il l'attira dans ses bras et l'embrassa jusqu'à ce qu'Elizabeth réclame leur attention.

— Vous vous en sortirez très bien, madame Talbot. Après la nuit dernière, je crois que nous n'avons plus de soucis à nous faire.

Ils prirent leur petit-déjeuner avec les Wickham. À 11 heures, on frappa de nouveau à la porte. Ce fut Sara qui alla ouvrir, cette fois. Harold et Dinah Newberry, accompagnés de Harold junior et d'une petite Violette resplendissante de santé -- la balle aplatie en forme d'amulette autour du cou – se tenaient sur le seuil. Harold Newberry avait un énorme jambon à la main. À 1 heure, tous étaient réunis autour de la table pour partager le déjeuner.

Abel Foster se présenta une demi-heure plus tard. David l'avertit qu'en plus des convives, il y avait cinq enfants et un chien sous la table. Abel l'informa qu'il n'en avait pas pour longtemps mais qu'il avait quelque chose à leur dire, à Sara et à lui.

— Je n'avais pas l'intention de jouer les trouble-fête, fit-il, une fois dans le salon. Je voulais simplement vous informer que j'allais écrire un texte à la mémoire de Louzanna. J'ai l'intention de retracer l'histoire de votre famille et de rappeler ce que le nom des Talbot signifie pour cette ville. Vous vous êtes tellement dévoués tous les deux, durant l'épidémie, et Sara s'est montrée si magnanime avec Minnie, c'est le moins que je puisse faire, même si je sais que vous méritez bien davantage. Avec mes excuses sincères à tous les deux.

Sara ne sut que dire, excepté merci. David l'imita et serra la main d'Abel.

Lorsqu'ils regagnèrent la salle à manger, David reprit sa place en bout de table, et Sara lui sourit. Elle contempla les Wickham et leurs fils, les Newberry et leurs enfants, et surtout, surtout, sa petite Elizabeth, assise sur les genoux d'Anne et visiblement aux anges. Une telle émotion lui étreignit le cœur qu'elle faillit éclater en sanglots devant tout le monde.

S'excusant, elle se leva, traversa la cuisine et se réfugia dans le jardin d'hiver. Goldie, qui l'avait suivie, s'allongea à ses pieds.

Debout derrière la baie vitrée qui donnait sur le jardin en fleurs et le potager regorgeant de légumes, Sara sentit la présence de Louzanna, et regretta plus que jamais que son amie ne soit pas là pour partager son bonheur.

Elle s'apprêtait à rejoindre les autres quand un profond sentiment de paix descendit en elle, et elle eut soudain l'impression qu'on l'observait.

Scrutant la lisière des bois, elle aperçut son grand-père appuyé contre un arbre, son vieux mousquet à l'épaule.

Elle lui sourit et lui fit un signe de la main auquel il répondit.

Elle n'eut pas le temps de l'appeler pour l'inviter à se joindre à eux qu'il avait déjà fait demi-tour et disparu entre les arbres.

— À bientôt, grand-père, lui promit-elle dans un murmure.

Elle aurait voulu lui annoncer que son avenir n'était plus menacé par son passé et que ses rêves se réalisaient enfin.

Mais quelque chose lui disait qu'il savait déjà.

Découvrez les prochaines nouveautés
de la collection

Aventures et Passions

Le 20 août
L'homme du Texas
de Georgina Gentry (n° 7386)

Texas, XIXᵉ siècle. Lynne, institutrice et suffragette, souhaite par-dessus tout aller au Kansas à l'occasion d'une manifestation sur les droits de la femme. Quel meilleur moyen pour s'y rendre que d'intégrer incognito, habillée en garçon, le convoi de bétail mené par Alex ? Le séduisant Alex, qui préfère traverser le pays plutôt que de retourner en prison pour des histoires de femmes et des bagarres en tous genres...

Le 27 août
Dans l'antre du mensonge
de Patricia Potter (n° 7387)

Londres, XIXᵉ siècle. Le puissant lord Stanhope est responsable de la mort de la mère de Monique. Il est aussi coupable de la ruine et du suicide du père de Gabriel. Aussi Monique et Gabriel ont-ils soif de revanche et un but commun : détruire lord Stanhope. Leurs destins se croisent, mais ils se cachent réciproquement leur quête car rien ne doit les détourner de leur désir de vengeance. Même pas l'attirance évidente de l'un envers l'autre qui les hante nuit et jour...

ainsi que les titres de la collection

Escale Romance

De nouveaux horizons pour plus d'émotion

Le 2 juillet
Trésors perdus
de Elizabeth Aymeric (n° 6851)
Agnès, jeune journaliste, part aux Caraïbes pour un reportage sur les chasseurs de trésors. Accueillie par des autochtones généreux et amicaux, elle tombe sous le charme de Laurent, aventurier des grands fonds. Il traque un galion espagnol, naufragé au XVIIᵉ siècle, avec à son bord une vierge. Par malheur, il se blesse au cours d'une plongée, alors que sa concession doit se terminer. Résolue et courageuse, la jeune femme décide de l'aider...

Qui perd gagne
de Anaïck de Launay (n° 7313)
Catherine, négociatrice dans une entreprise immobilière, fait visiter des demeures de rêve pour amateurs fortunés dans le décor paradisiaque des Bermudes. Son premier client ? Un géant canadien, à qui elle a volé une place de parking la veille. Catastrophe ! Il la reconnaît et tourne les talons sans même avoir vu la maison. Mais Catherine n'a pas l'intention de le laisser partir comme ça. Pas sans avoir tenté l'impossible pour le retenir...

7347

Composition Chesteroc Ltd
Achevé d'imprimer en Allemagne (Pössneck)
par GGP
le 9 juin 2004.
Dépôt légal juin 2004. ISBN 2-290-33878-8

Éditions J'ai lu
84, rue de Grenelle, 75007 Paris
Diffusion France et étranger : Flammarion